Shane Kuhn

Feindliche Übernahme

Shane Kuhn

Feindliche Übernahme

THRILLER

Aus dem Englischen
von Daniel Hauptmann

DUMONT

FSC
www.fsc.org
MIX
Papier aus verantwortungsvollen Quellen
FSC® C083411

Die amerikanische Originalausgabe erschien 2015 unter dem Titel
›Hostile Takeover‹ bei Simon & Schuster, New York

Erste Auflage 2017

Übersetzung: Daniel Hauptmann
Umschlaggestaltung: Lübbeke Naumann Thoben, Köln
Satz: Fagott, Ffm
Gesetzt aus der Haarlemmer und der Avenir
Druck und Verarbeitung: CPI books GmbH, Leck
Gedruckt auf säurefreiem und chlorfrei gebleichtem Papier
Printed in Germany
ISBN 978-3-8321-6406-5

www.dumont-buchverlag.de

Prolog

Federal Bureau of Investigation – Nationales Zentrum zur Analyse von Gewaltverbrechen,
Quantico, Virginia
Gegenwart

Das ist der erste Tag vom Rest meines Lebens, denke ich mir, während ich im grellen Licht eines fensterlosen Verhörraums die Augen zusammenkneife. In der Reflexion des gelblichen Einwegspiegels sehe ich aus wie ein Käfer in einem Einmachglas, der still darauf wartet, dass ein geistig zurückgebliebener Fünfjähriger es mit Wasser füllt und zusieht, wie ich steif herumstrampelnd einen langsamen, qualvollen Tod sterbe. Aber mein Henker erscheint nicht in Gestalt eines gelangweilten Vorstadt-Rotzlöffels. Er erscheint in Gestalt von Assistant Director Winton Fletcher – einem FBI-Agenten Mitte fünfzig, wie er im Buche steht: gerötetes Gesicht (von seiner Ivory-Seife), mit maschineller Präzision geschorener Haarschnitt (von Floyd, seinem Lieblingsfriseur), billige, schlecht sitzende Privatschulen-Krawatte (von Joseph A. Bank) und auf Hochglanz polierte Budapester mit rutschfesten Gummisohlen (von Florsheim).

Fletch, wie ich ihn gerne nenne, verkörpert alle konservativen, patriotischen amerikanischen Werte, die sich spießige Werbestrategen und Leiter politischer Kampagnen in den Fünfzigern ausgedacht haben. All das zusammen erzeugt absichtlich das Bild eines farblosen Charakters, der nur deswegen inszeniert wird, um selbst dem kaltblütigsten Verbrecher ein behagliches Gefühl zu vermitteln und ihm ein volles Geständnis zu entlocken. Wäre ich kein Ehrengast von Uncle Sam – in Zylinder, Frack und orangefarbenem Overall, abends die hohe Kochkunst einer Hochsicherheitsgefängnis-Kantine mit Giftspritze zum Nachtisch –, würde ich ihn glatt für einen Lutheraner-Pfarrer oder einen Vertreter für Aluminiumverkleidung aus Wichita halten. Er nimmt auf der gegenüberliegenden Seite des Tisches auf seinem hohen Ross Platz.

»Ich bin Assistant Director Fletcher«, beginnt er.

»Hi, ich bin Doktor Rosenpenis«, antworte ich in Hommage an *Fletch*, den schlechtesten viel zitierten Film aller Zeiten.

Er lächelt mich an, unsicher, wie er das, was ich gerade sagte, verstehen soll, aber abgestumpft genug, um sich einen Dreck darum zu scheren. An einem solchen Ort hat jemand in seiner Position schon so ziemlich alles gesehen ... bis heute. Er holt einen nagelneuen gelben Notizblock aus seinem Aktenkoffer und beginnt, umständlich darin zu stöbern, offenbar sucht er noch etwas anderes.

»Ihr Stift steckt in Ihrer seitlichen Anzugtasche, Fletch«, komme ich ihm zu Hilfe. »Dort haben Sie ihn vermutlich hingesteckt, damit die Wachen keinen Ärger machen, weil Sie eine potenziell tödliche Waffe in einen Raum mit einem durchgeknallten Mörder bringen.«

Er lächelt erneut und holt den Stift hervor.

»Ich bin beeindruckt«, sagt er, während er seinen Notizblock sorgsam auf den Tisch neben einen dicken Aktenordner legt, auf dessen Etikett mein Name in einheitlichen Blockbuchstaben prangt: JOHN LAGO.

»Das sollten Sie auch sein«, erwidere ich bedrohlich.

Er sieht mich weder an noch reagiert er. Er wurde dazu ausgebildet, nie auf negative emotionale Schwankungen zu reagieren, nur auf positive, und bei allen Unterhaltungen völlig die Kontrolle zu behalten. Verhörbeamte dürfen nie als menschliche Wesen mit Privatleben und Schwächen betrachtet werden. Sie müssen wie Fletcher wirken: in jeglicher Hinsicht unnahbar und unaufdringlich, wortgewandte Roboter, die ihren Job mit fehlerfreier Präzision ausführen. Zumindest was das betrifft, haben wir zwei etwas gemeinsam.

Fletcher zieht eine durchsichtige Plastikasservatentüte aus seinem Koffer und legt sie auf den Tisch. In ihrem Inneren befindet sich ein blutbeschmiertes Notizbuch, auf dessen Vorderseite mit einem Edding folgender Titel gekritzelt wurde:

Leitfaden für Praktikanten.

Mein Originalmanuskript. Erstausgabe. Ich lächle es an, wie ein Vater sein Neugeborenes anlächeln würde, nachdem er von einem langen Kampfeinsatz heimgekehrt ist. Er sieht mein Lächeln und macht sich im Geiste die Notiz, dass ich vermutlich keinerlei Reue für meine Sünden empfinde.

»Darüber würde ich gern reden, John.«

»Haben Sie es gelesen, Fletch?«

»Mehrmals.«

»Und?«

»Und was?«

»Was halten Sie davon?«

»Nun, ich habe viele Fragen zu …«

»Nein, was ich meinte, war: Hat es Ihnen gefallen? War es unterhaltsam zu lesen? Passt es gut zu einem Kartonwein im Buchclub Ihrer Frau?«

Er setzt sich eine Lesebrille auf, noch so eine entwaffnende Taktik. Opa möchte, dass du dich auf seinen Schoß setzt, dir ein Karamellbonbon schmecken lässt und eine Runde mit ihm plauderst. Jetzt kommt das pedantische Grinsen. FBI-Agenten sind Meister darin, dir das Gefühl zu geben, du wärst krank oder gestört. Wieso, denkt ihr, versuchen sie derart verbissen, so aufgesetzt normal auszusehen? Weil sie eine Kontrastfigur für den kriminellen Verstand darstellen wollen, eine Art Anti-Fahndungsfoto, das dich dazu zwingt, dich selbst anzusehen und zu fragen: *Was stimmt denn nicht mit mir?*

»Ich fand es äußerst interessant.«

Interessant ist in diesem Kontext bloß ein Synonym für »irrelevant«. Er hält *Reader's Digest* und *Parade* vermutlich für kulturelle

Orakel. Ich hasse ihn für seine ausweichende Antwort und mich selbst dafür, dass mich das stört.

»Wie ich schon sagte, ich würde gern darüber reden«, wiederholt Fletch.

»Was wollen Sie denn wissen?«

»Ist alles darin wahr?«, fragt er.

»Jedes verdammte Wort.«

»Sie haben gesagt, Sie hätten es verfasst, um anderen jungen Menschen zu helfen, die in die gleiche Lage wie Sie gebracht worden seien. War das der einzige Grund?«

»Deswegen hab ich *angefangen*, es zu schreiben. Aber nach ein paar Kapiteln wurde mir klar, dass ich es eher für mich selbst schreiben musste als für irgendjemand anderen.«

»Sie mussten sich also etwas von der Seele schreiben?«

Ich stoße einen lauten Seufzer aus, in dem eine Menge Verärgerung mitschwingt. Es wird Zeit, Fletch ein bisschen an der Nase herumzuführen. Er steckt viel zu sehr in seiner Routine fest, und ich muss ihn ein wenig durchrütteln. Ich lehne mich wie ein verschwörerischer Mitwisser aus einem Film noir nach vorn und spiele den Teufel auf seiner Schulter.

»Ich bin mir sicher, Sie können das nachfühlen, Fletch. Ein Mann in Ihrer Position. So viele Geheimnisse. So viele Dinge, von denen Sie wünschten, Sie könnten sie ungeschehen machen. Seit Jahren leben Sie im Druckkochtopf, aber Sie können nicht heimgehen und Ihrer Frau davon erzählen, ohne ihr damit eine Zielscheibe auf den Rücken zu pinseln. Seien wir doch mal ehrlich, Sie können mit niemandem sprechen, denn was Sie erlebt haben, ist wie eine Seuche, die zusammen mit den Leichen tief vergraben oder verbrannt werden muss. Aber sie bleibt nicht dort vergraben, nicht wahr, Fletch? Früher oder später … muss man alles rauslassen, so als würde man ein volles Magazin in jemandes Gesicht leer ballern. Hinterlässt eine ziemliche Sauerei, aber es ist unbestreitbar erlösend.«

Fletch, Profi durch und durch, lehnt sich ebenfalls nach vorne. Er lässt sich auf mein Spielchen ein und will mir zeigen, dass er ein ganz normaler Kerl ist. So als würde ein blassgesichtiger Geschäftsführer, dem das Leben die Eier abgeschnitten hat, versuchen, sich mit breitem Kreuz an eine Flughafenbar zu setzen und Kriegsgeschichten zu erzählen, obwohl er in seinem ganzen Leben noch nicht mal in eine Prügelei verwickelt war.

»Ist das der Grund, weshalb Sie heute mit mir reden wollten, John? Gibt es etwas, was Sie rauslassen müssen?«

»In gewisser Weise, ja.«

»Ich bin ganz Ohr.«

Das sehe ich, denke ich mir, *die Jungs in meinem Zellenblock würden voll auf deine Dumbolauscher abfahren, Weißbrot.*

»Kann ich eine Zigarette haben, Fletch?«

»Hier drinnen ist Rauchen untersagt.«

»Okay. Dann geh ich wohl zurück in meine Zelle.« Ich gähne. »Heute Abend gibt's Hacksteak mit Kartoffelgratin. Und nach der Pastete zum Nachtisch wollen mir ein paar der Jungs ein Arschgeweih verpassen.«

Er zündet mir eine seiner Zigaretten an. Marlboro Red: das Budweiser unter den Krebsstängeln. Ich ziehe gierig daran. Der Nikotinrausch betäubt zwar den Schmerz in meinem Kopf, verschlimmert aber den unfassbar nervigen Juckreiz an einer Stelle, an der ich mich wegen des Gipsverbands, der mein Bein vom Knöchel bis zum Hintern bedeckt, nicht kratzen kann.

Ein paar meiner neuen Zellengenossen – etwa acht oder zehn mit Steroiden vollgepumpte Berserker mit lebenslangen Haftstrafen, die beim Bankdrücken zwei von meiner Sorte stemmen könnten – hatten von meinem früheren Beruf erfahren und mich an meinem ersten Tag im Knast gleich mal zum Tänzchen aufgefordert. Den meisten riss ich ein funkelnagelneues Loch in den Arsch, aber sie schafften es, mir mein Bein extrem ungesund zu verdrehen und meine Visage umzugestalten, bevor die sadistischen Wachmänner einschritten und so taten, als würde es sie doch einen Scheißdreck interessieren. Ich versuche erneut, mich unter dem Gips zu kratzen. Keine Chance. Ich mutiere innerlich zum Zenmeister und versuche, das Jucken mithilfe meines Verstands zum Schweigen zu bringen, was aber nur damit endet, dass ich gucke, als hätte ich einen leichten Schlaganfall.

»John, sind Sie sich Ihrer Rechte und der Umstände dieses Verhörs völlig im Klaren?«, fragt Fletch, wobei er arrogant eine Augenbraue hebt.

»Nein. Wo bin ich noch mal?« Ich lache und blase ihm Rauch ins Gesicht.

Er zündet sich ebenfalls eine Zigarette an, um mir zu zeigen, dass er hier nur seinen Job macht.

»Ich muss sicherstellen, dass Sie im Vollbesitz Ihrer geistigen Kräfte sind«, fährt er höflich fort.

Ich lache unangenehm lange. Nur so aus Spaß.

»Sie haben doch gesagt, Sie hätten mein Buch gelesen.«

»Das habe ich.«

»Dann haben Sie eben bewiesen, dass es *doch* dumme Fragen gibt.«

Er ignoriert mich und notiert sich wie ein Schauspieler in einer dieser miesen Gerichtsshows etwas auf seinem Notizblock.

»Als man Sie festnahm, hatte man Sie angeschossen und Sie hatten einen Cocktail von Betäubungsmitteln im Blut, der einen doppelt so großen Mann wie Sie locker hätte umbringen können. An Ihrem ersten Tag im Hauptblock haben Sie mehrere Häftlinge und zwei Wärter angegriffen, bevor diese Sie bewusstlos schlugen und Ihr Bein zertrümmerten. Ganz ehrlich, John, ich kann kaum glauben, dass Sie noch leben, und noch weniger, dass Sie imstande sind, sich einem Verhör zu unterziehen.«

»So nennen Sie das also? Ein *Verhör*?«

»Ja. Wie nennen Sie das denn?«

»Einen schlechten Witz mit einer umwerfenden Pointe«, erwidere ich und drücke die Zigarette auf meiner offenen Handfläche aus.

Seine Lippe zuckt leicht, fast unmerklich, aber ich sehe es, eine unwillkürliche Reaktion. Er fängt langsam an, die Situation zu begreifen:

John Lago ist im Gebäude.

»Durch solche Aktionen vermitteln Sie womöglich den falschen Eindruck über Ihren Geisteszustand«, sagt er ruhig.

»Warum denn?«

»Weil die meisten Menschen einen Aschenbecher benutzen.«

»Ich bin nicht wie die meisten Menschen. Aber das wussten Sie ja schon.«

Er macht sich Notizen und schindet so Zeit, um herauszufinden, wie er die Kontrolle über die Unterhaltung wieder an sich reißen kann, aber ich habe gar nicht vor, ihn wieder selbstständig nachdenken zu lassen. Ich bin nur aus einem Grund hier, und es wird Zeit, zur Sache zu kommen.

»In diesem Notizblock werden Sie keine Antworten finden, Fletch. Wenn Sie sich unwohl dabei fühlen, mit mir zu reden, sollten Sie vielleicht jemanden mit einer teureren Krawatte holen gehen.«

Er stützt sich auf seine Ellenbogen und lehnt sich nach vorne. Die Alphatierpose. Er ist sauer. Ich sehe, dass er an irgendeinem Punkt in seinem Leben mal einschüchternd gewirkt haben muss. Ihm ist jedoch nicht klar, dass er über diese Fähigkeit nicht mehr verfügt.

»John, es gibt eine sehr wichtige Regel, die Sie befolgen müssen, wenn das hier funktionieren soll.«

»Kein Sex im Champagnerzimmer?«

»Verarschen Sie mich nicht«, sagt er gereizt. »Ich habe auf dieser Seite des Tischs schon viele Typen wie Sie sitzen sehen, alle mit derselben Einstellung, vollkommen überheblich. Sie denken vielleicht, Sie wären etwas Besonderes, wegen dem, was Sie *da draußen* waren. Aber hier drinnen sind Sie bloß ein Mann, der mich erst davon überzeugen muss, ihm keine Nadel in den Arm zu rammen und einzuschläfern wie den Familienhund. Habe ich mich klar ausgedrückt?«

»Wir wollen doch nicht streiten«, antworte ich.

Er lehnt sich zurück, voller Stolz auf seine knallharte Ansprache und das strategisch platzierte Fluchen. Vermutlich ein Fan von Marlon Brando. Er liebt den Geruch von Testosteron am Morgen.

»Ich will nur sichergehen, dass wir uns richtig verstehen«, sagt er und schraubt den Aggressionspegel herunter, damit ich nicht völlig dichtmache vor Zorn.

Ich lächle zurück, aber das Licht in meinen Augen verschwindet, und ich weiß, dass ich für ihn aussehe wie ein Dämon in orangefarbenem Overall. Einschüchterung ist mein Spezialgebiet, seit ich die Pubertät erreichte, und dieser Fleischklops unterscheidet sich in keiner Weise von meinen früheren Zielpersonen. Sein überraschter Blick wegen meines abrupt veränderten Verhaltens gleicht einem Zusammenzucken.

»Fletch, wenn Sie mich auch nur ein kleines bisschen kennen, dann wissen Sie, dass Sterben wirklich die kleinste meiner Sorgen ist. Verglichen mit dem, was meine Feinde mit mir anstellen, lange bevor ich überhaupt einen Gerichtssaal erreiche, wirkt Ihre kleine Nadel eher wie *ein Sommerurlaub mit dem Familienhund*. Vergessen Sie alles, wovon Sie dachten, es würde mich motivieren, denn ich kann Ihnen garantieren, dass ich *ganz und gar nicht* so bin wie die anderen, die Ihnen an diesem Tisch gegenübersaßen. Und nur damit wir uns richtig verstehen, ich habe nicht darum gebeten, mit Ihnen zu reden, weil ich mich schuldig fühle und mir einen VIP-Pass für den Zutritt an der Himmelspforte verschaffen will. Nein, ich komme in die Hölle, und das Einzige, was mich interessiert, ist, dafür zu sorgen, dass ich dort nicht allein lande.«

Jetzt ist er tatsächlich ganz Ohr.

»Wen wollen Sie denn mitnehmen?«

»Alice.«

Er hält inne, während der ganze Raum elektrisiert zu sein scheint.

»Wissen Sie, wo sie ist?«

»Ich kann sie finden.«

»Wo?«

Fletch sabbert fast. Clyde hat eben tatsächlich angeboten, Bonnie zu verpfeifen.

»Haben Sie echt gedacht, ich würde mich für Sie bücken, ohne dass Sie mir vorn ein bisschen die Eier kraulen?«

»Wir verhandeln nicht, John.«

»Dann ist dieses Gespräch beendet.«

Er fühlt sich unwohl. Das läuft nicht so, wie er es geplant hatte. Wahrscheinlich hat er vor ein paar Tagen auf dem Schießplatz vor den anderen Schnauzbärten damit geprahlt, wie er John Lago auf dessen eigenem Spezialgebiet eine Lektion erteilen würde. Ziemlich lachhaft. Also lache ich.

»Ich werde mein Bestes beim FBI versuchen«, winselt er schon fast. »Aber ich kann nichts versprechen. Was verlangen Sie im Gegenzug?«

»Ich will sie sehen.«

»Wie bitte?«

»Es ist ziemlich einfach, Fletch. Wenn ich Ihnen helfe, sie festzunehmen, will ich sie sehen, in Fleisch und Blut, ein letztes Mal. Wenn Sie mir das nicht garantieren können, haben wir nichts mehr zu besprechen.«

»Mal sehen, was ich tun kann.«

Eine Stunde später sitze ich wieder in meiner zwei mal zwei Meter großen Zelle und lese die Fanpost, die meine Mithäftlinge auf Toilettenpapier, Schokoriegelverpackungen und alles andere, worauf man mit Tinte schreiben kann, gekritzelt und unter meiner Tür durchgeschoben haben. Natürlich muss jede Berühmtheit, selbst ein D-Promi wie ich, mit dem gesamten Spektrum des Rampenlichts zurechtkommen. Die Gefühlslage reicht von Kerlen, die mir schreiben, dass sie mir ihren Schwanz in den Mund rammen und mich in kleine Stücke zerhacken werden, bis hin zu Kerlen, die mir Geld bieten, um *ihnen* beizubringen, wie man jemandem den Schwanz in den Mund rammt und ihn in kleine Stücke zerhackt. Außerdem gibt es natürlich noch Kerle, die meine Bitch oder meine Braut sein oder mich zu ihrer machen wollen.

Aber im Gegensatz zu den meisten kleineren Berühmtheiten erliege ich nicht dem Wahn, zu denken, ich sei eine Art Eigenmarke, die alle Welt kennt. Für diejenigen von euch, die mich noch nicht kennen, spule ich mal kurz zurück und bringe euch auf den neuesten Stand. Ich bin ein Killer, Gattung Berufskiller, Unterart Attentäter. Hey, ist nicht meine Schuld. Ihr hättet diesen Weg vielleicht auch eingeschlagen, wenn ihr wie ich schon mit einem Bein im Grab geboren worden wärt. Aber die makaber-urkomische Geschichte meiner Kindheit heben wir uns für ein andermal auf.

Bis vor Kurzem war ich bei Human Resources Inc. angestellt, der Fassade einer der elitärsten Auftragsmordfirmen der Welt. Unsere Spezialität war die Tarnung: das Praktikum. HR Inc. schleuste uns als Praktikanten, den Abschaum der Berufswelt, in Unternehmen ein, und wir nutzten unsere Mauerblümchen-Anonymität, um uns wie Schwarze Ninja-Mambas die Karriereleiter hinaufzuschlängeln und schwer bewachte, ranghohe Zielpersonen auszuschalten – meistens wohlhabende, Golf spielende Blutsauger aus Fortune-500-Firmen, die man beim Kirchenpicknick sicher nicht vermissen wird.

Ist man in dieser Branche tätig, ist das tatsächlich ein geniales Konzept und die perfekte Tarnung für Auftragsmorde. Um Bob, meinen ehemaligen und mehr als toten Boss, zu zitieren: »Praktikanten sind unsichtbar. Sagt euren Vorgesetzten hundert Mal, wie ihr heißt, sie werden sich euren Namen nicht merken. Denn vor Leuten, die ganz unten arbeiten und noch dazu umsonst, haben sie keinerlei Respekt. Das Absurde dabei ist, dass ihr eigentlich nur sehr gute, arbeitsfreudige Mitarbeiter sein müsst, und schon werden sie euch mit massenhaft wichtigen Aufgaben überhäufen. Je mehr ihr freiwillig übernehmt, desto mehr bekommt ihr und desto mehr VERTRAUEN und EINBLICKE könnt ihr gewinnen. Zum Schluss wird euch euer Opfer sogar sein Leben anvertrauen, und ihr werdet es ihm nehmen.«

Da überlegt man es sich lieber zweimal, bevor man so einem Winzling den Tag versaut, oder?

Mit Sicherheit fragt ihr euch, wieso zum Teufel jemand ausgerechnet so einen Beruf wählen sollte. Und falls nicht, habt ihr ein ernsthaftes Problem. Aber wie ich immer gern sage: Das ist die Art Beruf, die *dich auswählt*. Genau wie geldgierige Sekten und malaysische Sexhändler durchforsten die Unholde dieser Welt stets die Abflussrinne der Gesellschaft nach entwurzelten Jugendlichen, so wie meine Wenigkeit. Sie wissen, dass wir keine anderen Optionen haben. Außerdem wissen sie, dass wir keinerlei Unterstützung von außen in Gestalt von Eltern oder einem halbwegs engagierten staatlich zugewiesenen Vormund genießen. Wenn ihr als Kind auf euch selbst angewiesen seid, seid ihr nicht mehr als Frischfleisch, und hinterm Grill steht schon eine wartende Schlange Kannibalen. Statt also als Drogenkurier zu enden oder als Festessen an ein Pädophilentreffen verhökert zu werden, wurde ich für die hochgradig unglamouröse, aber höllisch lukrative Welt der Auftragskiller rekrutiert. Ich bin nicht auf den Kopf gefallen und recht sportlich, daher nutzten sie meine Talente für den Job, merzten aber jedwede lästige menschliche Emotion oder Empathie aus, die hinderlich hätte werden können, und drückten mir eine Knarre in die Hand, noch bevor ich meinen ersten feuchten Traum hatte. Ich war zwölf Jahre alt, als HR Inc. mich in die Finger bekam, und ich blieb dreizehn Jahre lang dort.

Vor drei Jahren, im reifen Alter von fünfundzwanzig, stand ich kurz vor der Pensionierung. Bobs Philosophie zufolge würde jeder, der dieses Alter überschritten hatte und eine Praktikantenstelle annahm, automatisch von den etablierten Angestellten als Versager abgestempelt werden und die Art unerwünschte Aufmerksamkeit erregen, die den Erfolg der Mission aufs Spiel setzt. Was mir nur recht war. Ich freute mich darauf, die ganze Sache hinter mir zu lassen, aber bevor ich in den Sonnenuntergang reiten konnte, erhielt ich einen letzten Auftrag. Ich hätte wissen müssen, dass ich ihn nicht hätte annehmen dürfen, denn in Filmen ist *ein letzter Auftrag* immer der erste Schritt in Richtung totaler Vernichtung. Immer. Im Film *Sieben* übernimmt Morgan Freeman *einen letzten Fall* und landet im siebten Höllenkreis. Und was war mit Harrison Ford in *Blade Runner*? Der Typ kehrt aus dem Ruhestand zurück, um *einen letzten Replikanten* zu liquidieren und findet raus: *Er ist selbst ein Replikant!* Himmelherrgott, ich hätte es wissen müssen!

Wie dem auch sei, ich wollte nichts anderes, als das Ganze abzuhaken und ein Leben zu führen, das nicht mit einem »Gesucht wird«-Foto von mir auf der Rückseite einer Milchpackung endet. Ich wollte Baseball, Hotdogs, Apfelkuchen und einen verdammten Chevrolet. Gott weiß, das habe ich mir verdient! Kennt ihr die Sterblichkeitsrate für Leute in meiner Branche? Beinahe hundert Prozent. Es spielt keine Rolle, wie gut ihr als Killer seid – sofern ihr nicht der Terminator seid, wird früher oder später eine dieser Kugeln, die wie kalter Novemberregen auf euch einprasseln, ihr Ziel finden und die Welt mit euren Eingeweiden verzieren.

Es ist nur eine Frage der Zeit.

Ich hatte meine Pflicht erfüllt ... und zwar mehr als ausreichend. Ich hätte ablehnen sollen, als ich die Chance dazu hatte. Natürlich tat ich das nicht. Statt eine goldene Uhr zum Ruhestand geschenkt zu bekommen und es mir in einem idyllischen Einfamilienhäuschen mit Satellitenschüssel gemütlich zu machen, sprang ich wie ein Basejumper vom Regen in die Traufe. Alles nur wegen *eines letzten Auftrags*. Aber das lässt sich nun nicht mehr ändern. Wenn es euch interessiert, könnt ihr das ganze Chaos im *Leitfaden für Praktikanten* von *Töte deinen Chef* nachlesen. Das findet ihr zwar nicht in jeder x-beliebigen Buchhandlung, aber ich habe gehört, das FBI habe ein paar Kopien herumliegen, und es würde mich auch nicht überraschen, wenn ihr es euch gratis beim russischen iTunes runterladen könntet. Mir wurde gesagt, es eigne sich ausgezeichnet als Lektüre am Strand, im Flugzeug, auf dem Klo oder um sich nach einem Motel-Quickie die Zeit zu vertreiben.

Aber damals war damals und heute ist heute. Ich bin achtundzwanzig Jahre jung und gereift wie Nachtschattenbeeren oder penetrant riechender französischer Käse. Seit mir vor drei Jahren gehörig der Arsch aufgerissen wurde, habe ich vehement versucht, mein großmäuliges, schießwütiges Alter Ego hinter mir zu lassen. Auf grüneren Weiden wollte ich die Seele baumeln lassen, aber die Gottlosen finden wahrlich keinen Frieden (trotz unseres ansteckenden Charmes), und letzten Endes wurde ich vom Schicksal auf direkten Kollisionskurs mit – ihr habt richtig geraten – Teil zwei meiner tragischen Lebensgeschichte gebracht. Ich dachte, ich hätte schon nahezu alles erlebt, aber diese Geschichte schießt nicht nur den Vogel ab, sie durchlöchert ihn, köpft ihn und reißt ihm anschließend jede Feder einzeln aus.

Also Kumbaya, meine Freunde, pflanzt eure Ärsche ums Lagerfeuer und lauscht meiner kleinen Gute-Nacht-Geschichte aus dem Knast. Falls ihr schon Mitglieder des John-Lago-Fanclubs seid, wird euch nichts von dem, was ich euch jetzt erzähle, schockieren. Nach der Lektüre des *Leitfadens für Praktikanten* seid ihr es schon gewohnt, von dem erstaunlichen Seemannsgarn, das ich so gerne spinne, gefesselt, ausgepeitscht und am nächsten Baum aufgehängt zu werden. Wäre dies ein Filmsequel, wäre es wie *Der Pate II*: besser als das Original. Für alle John-Lago-Jungfrauen unter euch: Willkommen auf der Party – ein ungezügeltes Gelage, bei dem man euch Engelsstaub in eure Bowle mischt und ihr irgendwo in den Sümpfen Tampas wieder aufwacht, um an einer rituellen Opferung teilzunehmen.

Vermutlich sollte ich am besten bei Alice beginnen, der wunderschönen und bezaubernden Liebe meines Lebens, die mich in jeder erdenklichen Hinsicht hinters Licht geführt, mich bewusstlos geschlagen, auf mich geschossen, mir das Herz rausgerissen, es in kleine Fetzen zerrissen und alles, was mir jemals wichtig war, völlig niedergebrannt hat. Ein paar von euch kennen sie schon und können es kaum erwarten, sich durch den ganzen Dreck zu wühlen, von dem es ganze Wagenladungen gibt. Für all diejenigen, die sie noch nicht kennen: Sie ist genau wie ich – eine Killerin, die dachte, sie wäre herzlos, aber auf die harte Tour herausfinden musste, dass sie sich dabei irrte, als ihr dieser fette, vorlaute Bastard Amor einen 20 Gramm schweren Carbonpfeil mit einer knochenzersplitternden Spitze wie einen Blitz direkt ins Herz schoss und das Leben, wie sie es kannte, wie Blut aus ihr heraus auf den Boden sickerte.

Als Charles Bukowski sagte: »Falls es in der Hölle Schrottplätze gibt, ist Liebe der Wachhund, der die Tore bewacht«, hat er nicht gelogen.

1

Jeder weiß, der beste Teil aller großen Liebesgeschichten ist der Anfang. Der mittlere erinnert nämlich mehr an eine Fahrt quer durch die Vereinigten Staaten: Alles ist flach, vorhersehbar und hat kaum mehr als Fast-Food-Kultur und Rasthof-Romanzen zu bieten. In welcher anderen Phase ihres Lebens wohnen Männer und Frauen denn sonst wochenlang unter demselben Dach zusammen, ohne Sex zu haben? Das Ende einer Liebesgeschichte wiederum ist entweder eine katastrophale Tragödie oder eine enttäuschende Heulerei. Außerdem ist es das Ende, und sofern es keinen Auftritt in der *Jerry Springer Show* rechtfertigt, wen juckt's? Aber diese unbeschwerte Unwissenheit am Anfang wirkt wie eine Droge, die wir uns am liebsten so lange intravenös injizieren würden, bis uns der Arm abfällt.

Wenn Leute sich nach einer Beziehung erkundigen, fragen sie immer: »Wie habt ihr euch denn kennengelernt?« Nicht: »Oh mein Gott, erzähl mir alles über euer drittes gemeinsames Jahr!« Und wenn es in einer Beziehung mal kriselt, versucht das verzweifelte Paar stets, die Magie wiedereinzufangen, die sie beide bei ihrem ersten Treffen verzaubert hat. Das wirklich Tragische daran ist nur, dass es ohne Zeitreisen oder Amnesie unmöglich ist, diesen Zustand noch mal zu erleben. Genau darum fühlt sich die Ehe für die meisten Leute genauso magisch an, wie David Copperfield dabei zuzusehen, wenn er Claudia Schiffer verschwinden lässt.

Der Beginn der Liebesgeschichte zwischen Alice und mir war ein kleines bisschen komplizierter als bei den meisten. Als wir uns vor drei Jahren zum ersten Mal begegneten, waren wir Todfeinde – Raubtiere, die sich in den Fluren einer angesehenen Kanzlei in Manhattan belauerten. Man hatte mich dort als »Praktikant« eingeschleust, um einen der Partner auszuschalten. Und Alice … nun, sagen wir einfach, sie wurde dort eingeschleust, um mich auszuschalten. Witzige Ausgangssituation, oder? Trotz dieser unmöglichen Umstände und der Tatsache, dass wir nur durch unsere Tarnidentitäten miteinander kommunizierten, schafften wir es dennoch, uns auf unsere eigene verkorkste Art ineinander zu verlieben. Wie vorherzusehen war, endete das Ganze nicht gut, hauptsächlich weil Alice bezahlt wurde, um es so enden zu lassen. Statt Alice' Kugel traf mich jedoch Amors Pfeil mitten ins Herz, und dort steckt er noch immer.

Das Interessante an unserer Beziehung ist, dass sie als perfekte Metapher für alle Beziehungen herhalten kann. Liebe ist das Stiefkind von Schmerz und Leid, genetisch bereits zum Scheitern veranlagt. Tiere lieben nur eines: ihre nächste Mahlzeit, und ratet mal, was wir im Prinzip auch sind, und zwar schon seit Millionen von Jahren. Im Grunde ist diese ganze Sache mit der Liebe bloß eine neue Zutat in der primitiven Ursuppe. Während wir also einen besonderen Menschen in teure Restaurants ausführen, ihm oder ihr Blumen kaufen und mit Heldentaten und Wundern im Orgasmus-Zirkus unsere Stärke beweisen, kämpfen wir eigentlich nur gegen unsere angeborene Abneigung gegen das andere Geschlecht an.

Das alles ist mir klar geworden, weil ich mein Leben lang in einem emotionalen schwarzen Loch lebte und die Menschen von außen beobachtete. Das Wissen, dass ich nie das würde haben können, was normale Menschen hatten, gestattete mir, mich von der Welt abzugrenzen und sie durchs Mikroskop der Vernunft zu betrachten, unverfälscht von Emotionen. Aber wisst ihr, was? *Letztlich wollte ich genau das, was sie hatten*. Ich sehnte mich so sehr danach wie ein Wolf, der einer Blutspur nachjagt. Ich war damals der Auffassung, dass ich jemanden lieben müsste, um existieren zu können. Ich kannte kein anderes Leben als HR Inc., und diese Phase neigte sich dem Ende zu.

Alles andere in der normalen Welt schien mich nur dazu zu bringen, weiterhin zu töten, aber Liebe ... Das war das Einzige im Leben, wofür zu sterben sich zu lohnen schien. Diese Liebe empfand ich für Alice. Und letztlich bekam ich, was ich wollte. Quasi.

Aber Liebe bringt so viele Konflikte und Unbeständigkeit mit sich – besonders wenn die Liebe noch frisch ist. Hat man es mit zwei »normalen« Menschen zu tun, führen Konflikte und Unbeständigkeit natürlich zu dem, was man bei einer reifenden Beziehung erwarten kann. Erst ist man heiß, dann eiskalt, man hat Sex, man hat Krach, baut Traumschlösser, reißt Brücken hinter sich ein und so weiter. Aber Alice und ich sind alles andere als normal. Genau genommen sind wir beide wie die zwei Elemente, bei denen euch euer Chemielehrer gewarnt hat, sie *niemals* zu mischen. Wir sind Profikiller! Bei uns erreichen Konflikte und Unbeständigkeit ein ganz neues Level. Bei normalen Paaren fliegt nach einem Streit vielleicht jemand aus dem Haus. Bei uns fliegt vermutlich jemand aus dem Fenster.

2

Rückblende, drei Jahre zuvor. Es war Valentinstag, für diejenigen unter euch, die auf Ironie mit psychotischer Nuance stehen. Ich war irgendwo im Nirgendwo in New Hampshire, fuhr durch einen der schlimmsten Schneestürme der Geschichte und kam mir dabei vor wie Dustin Hoffman in *Der Marathon-Mann*, während mein Auto über die Straße schlitterte. Ich konnte niemandem trauen. Ich wusste, der Tod lauerte an jeder Ecke, dieser lächelnde Freund, der mich zu einer heißen Tasse Kaffee zu sich einladen würde, um der Kälte zu entfliehen. Aber das war zu der Zeit meine geringste Sorge. Alice zu finden war das Einzige, was mir wichtig war. Das letzte Mal, dass wir uns gesehen hatten, war in Honduras durch das Visier unserer Maschinengewehre gewesen. Kurz zuvor hatte sie mich endgültig so tierisch verarscht, dass neben ihr Judas wie Hiob aussah. Genauer gesagt hatte sie sich bei diesem Verrat mit meinem ehemaligen Boss Bob verbündet (lange Geschichte), daher machte ich diesen betrügerischen Mistkerl kalt, und Alice und ich verloren uns in dem Chaos, das honduranische Todesschwadronen, ein Kugelhagel und hochexplosive Sprengsätze nun mal so mit sich bringen, aus den Augen.

Nach meiner Rückkehr in die USA hatte ich jeden wachen Moment mit der Suche nach ihr verbracht. Schließlich stieß ich in New Hampshire auf ihre Spur und kämpfte mich in einem Schneesturm bis zu ihr durch. Nachdem ich durch den halben Staat gepflügt war, sah ich durch das kreisrunde Loch von zehn Zentimetern Durchmesser in meiner Windschutzscheibe, das noch nicht mit Eis und Schnee bedeckt war, die Hütte, in der sie sich verkrochen hatte. Ich fuhr daran vorbei, versteckte meinen Wagen in einem kleinen Wäldchen einen Kilometer die Straße hinunter und stapfte zurück zur Hütte. Ich pirschte mich von hinten an und verwischte meine Spuren im Pulverschnee mit einem Fichtenzweig. Die Luft an jenem Tag glich Flannery O'Connors letztem Atemzug: genauso rau, kalt und hart wie der Zorn Gottes. Ich betrat die Hütte durch die Hintertür. Im Inneren war es dunkel. Ich setzte mich auf einen Stuhl, wickelte eine Decke um mich und wartete ab wie ein Detektiv in einem Film noir. Nach ungefähr einer Stunde hörte ich, wie vor der Hütte Reifen durch den Schnee knirschten, gefolgt von stapfenden Schritten auf den Stufen. Die Tür öffnete sich.

Alice kam herein.

Süße Alice. Sie sah umwerfend aus, wie sie in ihrem langen Belstaff-Mantel mit Fuchsfellkragen eine Tüte mit Einkäufen trug. Ich genoss kurz ihre Schönheit und begrüßte sie dann, indem ich ihr mit meiner Walther P22 in die Schulter schoss. Lebensmittel flogen durch die Luft und sie fiel auf den Hintern, eine Hand auf die Wunde gepresst, mit einer Mischung aus Schock und Verwirrung im Gesicht. Sie griff nach ihrer Waffe, sah dann aber, dass ich der Schütze war, und überlegte es sich anders.

»Hi, Schatz. Ich bin zu Hause.« Ich lachte.

»John? Was zum Teufel willst du hier?«, fragte Alice, während Blut durch ihre Finger rann, mit denen sie die Wunde an ihrer Schulter umklammerte.

»Ich will mich um eine ungeklärte Angelegenheit kümmern«, antwortete ich.

»Meinst du, ich würde mich hier oben verstecken, wenn ich noch hinter dir her wäre?«

»Du bist hier, weil du an der Ermordung einer Zielperson arbeitest. Der Gegend nach zu urteilen würde ich sagen, es ist jemand vom Geheimdienst. CIA. Ein Abtrünniger. Ungefähr eins achtundsiebzig groß, fünfundsechzig Kilo. Komme ich der Sache näher?«

»Was hast du gemacht?«

»Ich hab ihm gesagt, er soll seinen Arsch in Sicherheit bringen, bevor sein Hirn durch ganz New Hampshire spritzt. Und ihm gesteckt, dass seine reizende Praktikantin in Wirklichkeit eine kaltblütige Killerin ist, die ihn nur benutzt, um nahe an seinen Boss heranzukommen, damit sie ihm mit einem Tanto-Messer die Kehle durchschneiden kann – natürlich so, dass es nach den Yakuza aussieht.«

»Herzlichen Glückwunsch. Jetzt, wo du meine Karriere zerstört hast, erzähl mir doch bitte noch ein bisschen was Kitschiges über ungeklärte Angelegenheiten und erlöse mich von meinem Elend.«

»Du bist keine ungeklärte Angelegenheit. Sondern ich.«

»Du redest wirr.«

»Vielleicht wird es jetzt etwas klarer.«

Ich legte meine Waffe auf den Boden.

»Ich liebe dich«, sagte ich.

Ein Tritt und die Waffe schlitterte aus meiner Reichweite, hinein in ihre.

»Ich muss nur wissen, ob du mich auch liebst.«

Ich schob ihr die kleine Schachtel mit dem Harry-Winston-Verlobungsring über den Boden zu, den ich ihr geschenkt hatte, als ich ihr vor Monaten einen Antrag gemacht hatte. Ironischerweise war der Ring damals lediglich ein Trick gewesen, um sie emotional zu manipulieren und so Informationen über mein Ziel zu bekommen. Nun war es ein Symbol dafür, dass ich diesen Teil von mir inzwischen vollkommen ablehnte und sie dagegen vollkommen akzeptierte. Sie sah mich nur an, wartete auf den Clou. Dann lächelte sie. Obwohl sie mich doppelt und dreifach hintergangen und mich zum Sterben zurückgelassen hatte, lagen dort in der Schachtel vier Karat Reinheit, die aussagten: »Ich vergebe dir.«

»Du bist doch völlig irre. Weißt du das?«

»Nicht mehr.«

Sie zog ihre Waffe und richtete sie auf mich.

»Ich liebe dich nicht«, sagte sie trotzig. »Und ich kann auch nicht nachvollziehen, dass du mich liebst.«

»Glaub mir, wenn ich das hier einfach hinter mir lassen könnte, oder besser noch: dir eine verfluchte Kugel in den Kopf jagen, würde ich's tun. Aber ich weiß jetzt, wer ich bin. Und ich weiß, dass du ein Teil davon bist«, sagte ich mit Überzeugung.

»Nein, John. Das bin ich nicht.«

»Dann drück ab«, sagte ich, auf alles vorbereitet. »Dann habe ich meine Antwort.«

»Ich kann es nicht.«

»Einfach den Finger krümmen.«

»Das meine ich nicht. Ich meine das, was passiert, wenn ich dich nicht töte. Das, was du willst. Das kann ich nicht.«

Sie kämpfte gegen die Tränen an, die ihr über die Wangen rollten und ihre vermeintliche Gefühllosigkeit als gespielt entlarvten.

»Ich auch nicht«, entgegnete ich. »Aber ich will lieber sterben, als es unversucht zu lassen. Willst du das auch?«

Wir saßen lange da, starrten uns an und fragten uns beide, was als Nächstes passieren würde. Alice beantwortete meine Frage, als ich sah, wie sich die Muskeln im Unterarm ihrer Waffenhand anspannten, und ich das schwache Klicken des Abzugs hörte, wie er den Hahn spannte.

»Das werte ich mal als Nein«, sagte ich ruhig.

Mein Herz wurde schwer, ich schloss meine Augen und wartete darauf, dass zwei Kugeln kurz hintereinander in meine Brust einschlugen. Dann stellte ich mir den Gnadenstoß vor, den Kopfschuss – ein aus Blut, Hirn und Knochen bestehendes Meisterwerk, das die Wand hinter mir schmücken würde – das *Guernica* meines Lebens, das in blutroten Stückchen Richtung Fußboden gleiten würde. Aber nichts geschah, und ich öffnete die Augen, in der Hoffnung, dass Alice so von ihrer Liebe zu mir überwältigt war, dass sie mich nicht töten konnte.

Dann drückte sie den Abzug.

3

Sie feuerte alle zehn Kugeln aus ihrer Beretta Px4 SubCompact ab. Sie zischten an meinem Kopf vorbei, verfehlten mich nur um Millimeter und schlugen Löcher in die massive Holzwand hinter mir. Der Schwefelgeruch des Schießpulvers hing in der Luft und brannte in Nasenhöhle und Kehle. Aufgewirbelte Holzsplitter rieselten wie Schnee auf meinen Kopf. Ich öffnete die Augen. Alice war verschwunden. Ihre Waffe lag auf dem Boden, eine zynische Rauchwolke dampfte aus dem Lauf. Ich war mir nicht ganz sicher, was ich tun sollte. Ich war halb taub wegen der Schüsse und sprachlos wegen der Tatsache, dass ich noch atmete.

Das Plätschern laufenden Wassers katapultierte mich wieder in die Wirklichkeit, und ich folgte dem Geräusch ins Badezimmer. Alice hatte ihr Top ausgezogen und begutachtete ihre Schulterwunde im Spiegel. Ein Erste-Hilfe-Kit des Militärs lag offen auf dem Waschbecken. Sie sah mich nicht an, sondern hielt mir lediglich ein Skalpell, eine Magill-Zange und ein Paar Operationshandschuhe hin. Ich nahm sie und versuchte vergeblich, Augenkontakt zu ihr herzustellen.

»Worauf wartest du denn noch?«, fragte sie, die Augen starr auf den Spiegel gerichtet.

Ich zog die Operationshandschuhe an.

Alice hielt sich am Waschbecken fest und wappnete sich, während ich mir das Einschussloch näher ansah, das ich ihrer Schulter verpasst hatte. Ein schlechtes Gewissen hatte ich nicht. Sie hatte noch viel Schlimmeres verdient. Ich zog eine Spritze aus dem Kit.

»Ich werde dich erst mal lokal betäuben …«

»Nein.«

»Alice, du …«

»Ich sagte Nein. Machst du das jetzt oder muss ich es selbst machen?«

»Ich mache es«, antwortete ich leise.

Sie schloss die Augen und ihr flaches, rhythmisches Atmen wies auf einen tiefen, beinahe sinnlichen, meditativen Zustand hin. Vorsichtig tastete ich das durch die Pulverexplosion verbrannte Fleisch um die fünf Zentimeter breite, sternförmige Einschusswunde herum ab. Sie zuckte kurz zusammen, aber dann spürte ich, wie ihr verwundeter Arm sich entspannte, so als hätte sie ihn soeben mental von ihrem restlichen Körper abgekoppelt. Meine Finger fanden die Kugel, ein hartes, spitzes Stück, das in Muskelmasse und Weichgewebe vergraben lag.

»Hab sie.«

Keine Antwort.

Sanft führte ich meine Finger in die Wunde ein. Trotz vermutlich brennender Schmerzen rührte sie sich keinen Zentimeter. Ich drang tiefer ein und machte mir im Geiste Notizen, wo größere Blutgefäße und Nerven verliefen, um so später einen Weg für Skalpell und Zange freiräumen zu können. Immer noch keine Reaktion. Ich hatte schon gesehen, wie Leute durch Atmung und Konzentration ihren Schmerz kontrollieren konnten, aber noch nie in einem solchen Ausmaß. Selbst wenn man keinerlei Gesichtsregung oder Muskelzuckung sieht, kann man normalerweise immer erhöhten Puls und schnellere Atmung erkennen. Aber nicht bei Alice. Wenn ich richtig mitgezählt hatte, lag ihr Puls ungefähr bei sechzig Schlägen oder weniger pro Minute, und sie atmete flach und entspannt. Wäre mir nicht warmes Blut über die Hand getropft, wäre ich überzeugt gewesen, dass durch ihre Adern Eiswasser fließt.

Mit Zeige- und Mittelfinger weitete ich die Wunde ein wenig, halb in der Hoffnung, ich würde ihr zumindest ein winziges Zucken entlocken können. Nichts. Ich nahm eine Taschenlampe zwischen die Zähne und suchte nach der Kugel. Ein schwaches Funkeln verriet mir, dass sie in einem Netz aus verbranntem Fleisch feststeckte, das nun daran festklebte. Ich führte das Skalpell ein und schnitt vorsichtig die kleinen, angeschwärzten Fasern weg, um den Bleipilz freizulegen. Dann zog ich ihn sachte mit der Zange heraus und manövrierte seine scharfen, überhitzten Kanten an den Blutgefäßen vorbei, die ich mir zuvor gemerkt hatte. Mit einem nassen Klirren fiel die Kugel ins Waschbecken. Sie rührte sich noch immer nicht, selbst als ich damit fortfuhr, die klaffende Wunde mit Kochsalzlösung und antibiotischer Spülung zu reinigen und sie mit über dreißig Stichen zu nähen. Erst als ich das letzte Stück Verbandsmull um die tropfende Wunde wickelte, öffnete sie wieder ihre Augen.

»Wie fühlt es sich an?«, fragte ich.

Sie drehte sich um und küsste mich – nicht voller Dankbarkeit, sondern mit der ausgehungerten Aggression eines Tieres, das tagelang ohne Nahrung und Wasser umhergeirrt war. In der Weise, wie sie sich an mir festkrallte, schwang eine Art Kapitulation mit. Sie packte mich kräftig, zog mich aber nicht zu sich. Sie hielt sich an mir fest, so als ob sie wüsste, dass sie, wenn sie mich losließe, in den sicheren Tod stürzen würde.

Ich kenne dieses Gefühl, dachte ich, als wir auf ihr Bett fielen.

Während wir einander methodisch verschlangen, war ich verblüfft, wie neu mir das alles vorkam. Ich war schon mit zahlreichen Frauen zusammen gewesen, inklusive Alice natürlich. Aber wie unvertraut es mir vorkam, während ich vertrautes Gebiet betrat, erfüllte mich unerklärlicherweise mit Todesangst. Mir wurde klar, dass Verletzlichkeit wie elektrischer Strom durch unsere Adern floss und einerseits unser Verlangen mit Energie versorgte, andererseits aber auch drohte, uns bei lebendigem Leib zu verbrennen.

Worauf ich damit hinauswill, ist, dass ich bis zu diesem Moment keiner Menschenseele in meinem Leben vertraut hatte. Stattdessen manipulierte ich Menschen, um sicherzustellen, dass ich etwas gegen sie in der Hand hatte. Niemand hatte je die Macht besessen, mich zu verletzen … oder mich zu lieben. Dafür hatte ich gesorgt. Hauptsächlich, weil mein Leben davon abhing. Der Illusion des Überlebens aber abzuschwören und neben einer Frau zu liegen, die einst meine Feindin gewesen war – ohne eine Waffe unter dem Kopfkissen und mit geschlossenen Augen –, erfüllte mich mit einem Gefühl der Stärke, das mein Dasein als Raubtier mir nie hatte bieten können. In jener Nacht schlief ich so tief und traumlos wie ein Toter, bevor ich durch die aufgehende Sonne und einen zarten Kuss meine Wiederauferstehung feierte.

Ich gewinne, dachte ich, als wir erneut miteinander schliefen. *Ich habe mich selbst gerettet, indem ich mich aufgegeben habe.* Glück? Genau das empfand ich. Das wusste ich, weil ich es noch nie zuvor empfunden hatte. Natürlich fiel es mir schwer, dem Gefühl zu vertrauen, aber als ich Alice' Augen sah und die verspielte Wärme ihres Lächelns wahrnahm, blieb mir gar nichts anderes übrig, als mich diesem Gefühl zu ergeben. Dann verschwand ihr Lächeln und ihre Augen füllten sich mit Tränen.

»Was hast du?«, fragte ich.

»Ich fühle mich so … furchtbar … wegen allem.«

»Und genau das ist die Art Entschuldigung, die das alles irrelevant macht.«

»Entweder bist du ein totaler Psycho oder du liebst du mich wirklich«, sagte sie.

»Vermutlich stimmt beides gewissermaßen«, entgegnete ich und zog sie zu mir.

»Es gibt so vieles, was ich dir erzählen will«, fuhr sie fort. »Ich will dir die Wahrheit erzählen, damit wir das abhaken und weitermachen können.«

»Die Wahrheit worüber?«, fragte ich.

»Über das, was passiert ist. New York, Honduras, ich, Bob. Du hast bestimmt wahnsinnig viele Fragen. Ich kann's dir nicht verübeln. Ich meine, wenn ich du wäre …«

»Ehrlich gesagt habe ich tatsächlich eine Frage, Alice«, erwiderte ich mit gespielter Sorge.

»Gut. Du kannst mich alles fragen.«

»Willst du mich heiraten?«

4

»Liebe Gemeinde, wir haben uns heute hier versammelt, um ... Verzeihung, ich habe Ihre Namen vergessen.«

»Das liegt daran, dass wir Sie Ihnen nie verraten haben«, entgegnete ich kühl.

»Kommen Sie, Padre, legen Sie einen Zahn zu«, sagte Alice.

»Liebe Gemeinde, wir haben uns heute hier versammelt, um diese beiden Liebenden in den heiligen Stand der Ehe zu führen ...«

Unsere Hochzeit war eine ziemlich überschaubare Angelegenheit. Wie die meisten Profikiller hatten wir keinerlei Familie oder Freunde, daher war die Gästeliste ein Klacks. John: anwesend. Alice: anwesend. Nicht konfessionsgebundener, Gitarre spielender Ex-Knacki-Pfarrer, der nicht viele Fragen stellt: anwesend. Elegant gekleidetes Hotelpersonal, das bereitsteht, um nach der Eheschließung Blüten der Sweet-Juliet-Rose zu werfen und eine Flasche 1907er-Heidsieck-Champagner zu köpfen, die aus dem schwedischen Frachter *Jönköping* geborgen wurde, nachdem er 1916 von einem deutschen U-Boot versenkt worden war (etwas Altes): anwesend. Alle Hochzeiten sollten so sein wie unsere – die Braut und der Bräutigam, die so vereinsamt wie ihre Doppelgänger oben auf der Hochzeitstorte in maßgeschneiderter Kleidung grinsend vor Jahwe treten.

Auch wenn wir bei der Gästeliste sparsam waren, sparten wir sonst an nichts. Die Zeremonie fand im Ty Warner Penthouse des Four Seasons in Manhattan statt. Mit dem Geld, das eine Übernachtung in dieser Suite kostete, könnte man mehrere Dörfer in Myanmar ein ganzes Jahr lang mit Nahrung und Kleidung versorgen. Alice sah umwerfend aus in ihrem handgefertigten Hochzeitskleid von Vera Wang (etwas Neues). Das wollte ich auch hoffen – immerhin hatte ich Vera ein kleines Vermögen gezahlt und mir jede Menge Gezeter und Genörgel angehört, weil sie ihren Yogatrip auf die Malediven für ein Kleid verschieben musste, das Alice nur ein einziges Mal tragen würde. Versteht mich nicht falsch. Das war es auf jeden Fall wert gewesen. Als ich sie in diesem Kleid sah, wollte ich mir das Herz herausschneiden und auf dem Opferstein verbluten, um den Göttern meine Dankbarkeit zu beweisen. Ironischerweise konnte ich es gleichzeitig kaum erwarten, es ihr ganz unstandesgemäß vom Leib zu reißen.

Ich trug einen Smoking, den ich eigens von Tom Ford hatte anfertigen lassen. Tom war wesentlich lockerer als Vera. Er stammt aus Austin, daher ist er im Grunde nichts weiter als ein netter Typ mit einem Fantastilliarden Dollar schweren Modeimperium. Während er schneiderte, tranken wir flaschenweise sündhaft teuren Small Batch Bourbon und erzählten uns Schwanzwitze. Es war seine Idee gewesen, meinen Look mit maßgeschneiderten Lucchese-Stiefeln zu komplettieren. Alice war zwar nicht besonders angetan davon, aber ich erklärte ihr, mich sie tragen zu lassen sei das Mindeste, was sie für mich tun könne, nachdem sie im vergangenen Jahr mehrfach versucht hatte, mir eine Kugel in den Kopf zu jagen, es allerdings bloß geschafft hatte, meine Ferse zu treffen. Sie übertrumpfte mich noch, indem sie Jimmy Choo zwang, ihr ein Paar einzigartige Pumps in Arterienblutrot anzufertigen (ihre Beschreibung, nicht meine). Ich bin mir zwar nicht ganz sicher, aber ich glaube, im Verlauf dieses Gesprächs hatte sie ihm sogar eine Waffe an den Kopf gehalten. Zumindest Gerüchten zufolge. Das Einzige, worüber ich hingegen nachdachte, war, wie die Schuhe wohl aussehen würden, wenn sie Richtung Schlafzimmerdecke zeigten.

»Möchten Sie … die hier Anwesende … zu Ihrer gesetzlich angetrauten Ehefrau nehmen …«

»Ja, ich will«, unterbrach ihn Alice.

»Echt jetzt?«, sagte ich verärgert. »Du bist doch noch gar nicht dran.«

»Wieso versuchen wir es nicht noch mal?«, sagte der Pfarrer.

»Nein«, entgegnete Alice gereizt.

»Ruinier nicht den Moment«, sagte ich.

»Mir gefällt der Rest dieser langweiligen, abgedroschenen Gelöbnisse nicht«, erklärte Alice.

»Dich zu lieben und zu ehren, in guten wie in schlechten Zeiten, bis dass der Tod uns scheidet. Das?«, erkundigte ich mich beiläufig.

»Genau«, antwortete sie gereizt und zerquetschte fast ihren wunderschönen Safrankrokusblumenstrauß.

»Na schön. Was schlägst du stattdessen vor?«

»Da vorne steht eine äußerst seltene Flasche Champagner, die beinahe hundert Jahre lang geduldig vor der Küste Finnlands auf dem Grund des Meeres darauf gewartet hat, dass wir sie trinken«, fing sie an. »Wir haben richtiges Kush, frisch aus dem Flieger aus Islamabad, und die südafrikanischen Hummer bringen sich noch gegenseitig um, wenn wir sie nicht zuerst umbringen. Ganz zu schweigen von der Tatsache, dass ich so geil bin, dass ich einen mechanischen Bullen ficken könnte. Also, angesichts all dieser dringenderen Angelegenheiten, wieso müssen wir da dieses unsinnige Ritual durchspielen?«

»Ja, ich will«, sagte ich eilig.

»An der Stelle sind wir noch nicht«, sagte der Pfarrer verärgert.

»Schhh«, erwiderte Alice und drückte ihm ihren Finger so stark auf die Lippen, dass sie ihn dabei leicht schnitt, denn ihre Finger hatten, wie ich jetzt erkannte, französisch manikürte Nägel mit einer rasiermesserscharfen, roségoldenen Kante – was meine Schuhfantasie sogar noch einen Tick schärfer machte. Mit dem Vorsatz, die Wartezeit bis zur Vollziehung dieser Fantasie zu verkürzen, küsste ich die Braut.

Der Pfarrer machte ein mürrisches Gesicht und zündete sich eine Zigarette an, während wir miteinander rummachten wie zwei Teenies auf dem Abschlussball.

»Ich erkläre Sie also zu Mann und Frau?«

Hände überall. Gegrabsche. Undeutliche Stimmen.

»Okay. Ich verschwinde dann mal«, erklärte der Pfarrer. »Meinen Glückwunsch. Sie beide sind wirklich füreinander geschaffen.«

Zusammen mit dem Hotelpersonal verabschiedete er sich von uns, und wir verabschiedeten uns von jeglichem Anstand. Stellt euch einfach vor, die Bacchanalien treffen auf die Sexualpioniere Masters und Johnson, die auf die *Penthouse Letters* treffen, dann habt ihr eine ziemlich gute Vorstellung. Nach mehrstündigem »Vollzug der Ehe« zogen wir unsere wunderschöne Hochzeitskleidung wieder an und gönnten uns eine Zigarette auf der Terrasse.

»Versprich mir, dass wir so bis zum Ende unseres Lebens Sex haben werden, ganz egal, wie alt, grau und übel riechend wir dann sind«, sagte sie.

»Unmöglich«, erwiderte ich. »Vielleicht, wenn wir Schimpansen wären, die eine experimentelle Militärdroge geschluckt haben. Andernfalls bin ich in fünf Jahren tot, wenn wir in dem Tempo weitermachen.«

»Vielleicht ist das ja mein teuflischer Plan. Dich zu Tode zu vögeln.«

»Okay, ich versprech's.«

Wir lachten beide, hauptsächlich weil unsere Situation genauso vor Ironie triefte wie unsere Sylvia-Weinstock-Hochzeitstorte vor Zucker und Sahne. Ich habe die Liebe meines Lebens und ehemalige Erzfeindin geheiratet. Wir hatten die wundervollste Hochzeit, die zwei völlig gestörte Psychopathen nur haben können. Wir vergnügten uns mit unbeschreiblichen Dingen. Und dann war die Zeit reif für mein Meisterstück, mein Hochzeitsgeschenk an Alice. Ich öffnete die Türen zum Foyer (ja, so groß war unsere Suite) und gab den Blick frei auf eine riesige, wunderschön verpackte Kiste von der Größe eines Sargs.

»Was ist da drin?«, wollte sie wissen und fuhr sich mit der Zunge über die Lippen.

»Mach sie auf und finde es raus.«

Sie riss das Geschenkpapier auf und öffnete den Deckel der Kiste. Die Kinnlade klappte ihr hinunter.

»Heilige Scheiße, John.«

»Das ist erst der Anfang.«

»Wie bitte?«, fragte sie ungläubig.

»Das ist ein zweiteiliges Geschenk.«

»Was ist der zweite Teil?«

»Bist du sicher, dass du dafür bereit bist?«, fragte ich verschämt.

»Zwing mich nicht, dir auch noch in den anderen Fuß zu schießen.«

Ich sah auf meine Uhr.

»In zwanzig Minuten wirst du alles verstehen. Genug Zeit für den Champagner.«

Wir ließen die schiffbrüchige Flasche Heidsieck knallen und stießen an. Er schmeckte wie ungezügelter Optimismus, mit einem Bouquet aus Schießpulver sowie verbrannten Zitronen und Kerosin im Abgang. Nachdem wir die Flasche bis zum letzten Tropfen ausgetrunken hatten, küssten wir uns und schmeckten den Sieg auf den boshaften Lippen des anderen.

»Bereit?«, fragte ich.

Sie nickte und lächelte.

Ich öffnete ihre Hochzeitsgeschenkkiste, zog fünf wie winzige Hochzeitstorten aussehende Hohlladungen heraus und stellte sie in einem großen Kreis auf dem Boden auf.

»John, was machst du da?«

»Dich vom Hocker hauen.«

»Jetzt mal im Ernst. Was machst du da?«

Ich hielt inne und grinste.

»Das ist dein Geschenk.«

Ich holte zwei X95 SMGs der israelischen Streitkräfte mit eingebauten Schalldämpfern (etwas Geliehenes) aus der Hochzeitskiste, steckte in beide ein 9-Millimeter-Magazin mit dreißig Schuss und reichte ihr eine der Waffen.

»Die sind wunderschön, Schatz, aber hast du eigentlich den Verstand verloren?«

»Nein. Das wird dir mit Sicherheit gefallen. Glaub mir.«

Ich zog sie nah an mich heran und begann, ihr mit einem maßgeschneiderten Ledergürtelholster, den ich ihr bei Hermès hatte anfertigen lassen, Waffen an den Körper zu schnallen.

»Okay, jetzt machst du mich ganz heiß.«

»Heb dir das für später auf. Wir müssen uns konzentrieren.«

Ich schnallte mir ebenfalls Ausrüstung um.

»Wie viele?«, erkundigte sie sich.

»Mindestens ein Dutzend. Vielleicht mehr«, antwortete ich lächelnd.

»Wer sind sie?«

»Willst du dir etwa die Überraschung verderben?«, fragte ich.

»Nein, Liebling.«

»Gut. Jetzt stell dich hier neben mich.«

Ich zog sie nah an mich heran in die Mitte des Kreises, den die Hochzeitstorten-Hohlladungen um uns herum bildeten.

»Vielleicht sollte ich mich umziehen. Ich will mein Kleid nicht dreckig machen.«

»Das Kleid dreckig zu machen ist doch Sinn der Sache, mein Mäuschen.«

»Du bist ein kranker Mensch, John.«

»Ich weiß. Ist das nicht toll?«

»Ja.«

»Schließ die Augen.«

Sie schloss sie und wir küssten uns. Dann öffnete sie sie wieder.

»Gibst du mir einen kleinen Tipp?«, fragte sie und klimperte mit den Wimpern.

»Der Chef von Human Resources Inc.«, antwortete ich beiläufig und ließ die Hohlladungen detonieren.

Das kreisrunde Stück Boden, auf dem wir standen, brach nach unten weg und wir flogen durch die Decke einer anderen palastartigen Suite, die direkt unter unserer lag. Als wir auf dem Boden aufprallten und in Deckung rollten, flogen uns die Kugeln bereits um die Ohren. Es stellte sich heraus, dass ich mich ein wenig verspekuliert hatte. In der Suite befand sich kein Dutzend bewaffneter Männer. Sondern zwei Dutzend.

Bis dass der Tod uns scheidet.

5

Durch die riesige Wolke aus herumwirbelndem Gipsputz fielen nicht nur Atmen und Sehen schwer, jeder der Eingestaubten sah auch noch ziemlich lächerlich aus. Die Israelis sind Meister der urbanen Kriegsführung, vermutlich die besten der Welt. Mit diesem Wissen im Hinterkopf hatte ich unser komplettes Waffenarsenal so angepasst, dass es so aussah, als wären wir ein paar Mista'aravim-Soldaten, die in einem Nest voller Hamas-Kämpfer abgesetzt worden waren. Natürlich hatten wir das Überraschungselement auf unserer Seite, da riesige Teile von Boden und Decke direkt in den Konferenzsaal der Suite hinunterkrachten.

Am Konferenztisch Platz genommen hatten zu diesem Zeitpunkt zahlreiche Schlipsträger eines organisierten Verbrechersyndikats aus Osteuropa. Ihre schwer bewaffneten Hornochsen-Leibwächter lehnten sich hinter ihnen an die Wände des Konferenzsaals und versuchten, mit ihren Chin-Strap-Bärten und nach Kölnischwasser riechenden Nadelstreifenanzügen wie richtig harte Kerle auszusehen. Am Kopf des Tisches saß, flankiert von seiner eigenen Armee mörderischer Schlägertypen, unsere Zielperson, der Geschäftsführer von HR Inc. Und jetzt haltet euch fest: Der Typ hieß auch Bob! Offenbar hatte man ihn von der Ersatzbank geholt, um den ehemaligen Bob nach dessen durch meine Wenigkeit hervorgerufenem, vorzeitigem Ableben in Honduras zu ersetzen.

Der neue Bob hatte keinerlei Ähnlichkeit mit dem alten. Er hatte einst für ein privates Sicherheits- und Militärunternehmen gearbeitet und bildete sich nun ein, er könne mit uns Profis in einer Liga spielen.

Berufen worden war er anscheinend von diesen geheimnisvollen Verschwörern, diesem außerirdischen Beraterstab oder diesem »Zauberer von Oz«-Konsortium, das HR seit der Gründung aus irgendeinem Elfenbeinturm heraus geleitet hat. Bob der Zweite war ein Waschlappen. Darum dürfte es euch auch kaum überraschen, wenn ihr hört, was er tat, als die Decke einstürzte und fünf der Männer zerschmetterte, die nur wenige Meter von ihm entfernt am Konferenztisch gesessen hatten: Er pisste sich in die Hose und verkroch sich im Schlafzimmer unters Bett.

Alice wollte ihm hinterher, aber mehrere Schützen nahmen sie ins Visier, sodass sie in Deckung gehen musste. Ich warf Rauch- und Blendgranaten, um sie von ihr abzulenken. Die Bosse, die nicht von herunterfallenden Betonbrocken zertrümmert worden waren, husteten orientierungslos, und ich glaube, ich konnte sogar einige von ihnen weinen hören. Was logisch erscheint, da sie von ihren sonst so draufgängerischen Leibwächtergorillas, die überall in der Suite Schutz gesucht hatten, komplett im Stich gelassen wurden.

Wir verpassten jedem Gangsterboss eine Kugel und machten uns auf die Suche nach dem Dutzend oder mehr ihrer Schlägertypen. Gut für uns war, dass nicht nur wir für sie eine Gefahr darstellten, sondern auch sie selbt. Unter zur Faulheit neigenden Bodyguards herrscht nicht sehr viel blutsbrüderliche Loyalität, besonders nicht, wenn sie es gewohnt sind, für Auftragsmorde mit rostigen Hackebeilen in Bulgarien in Form von grober Eselsalami bezahlt zu werden. Schlecht für uns war jedoch, dass das zu heillosem Chaos führte. Alle trampelten sich gegenseitig auf der Suche nach Deckung zu Tode. Und wisst ihr, was? In einer Luxushotelsuite gibt es nirgends Deckung! Alles ist dünn und zerbrechlich und teuer. Einige merkten das und flüchteten einfach zur Tür raus. Alice wollte sie erschießen, aber ich winkte ab. Sie konnten uns nicht identifizieren und hatten jetzt vermutlich den einzigen Urlaub, den sie je bekommen würden, bevor der Boss ihres Bosses (vermutlich ein Typ namens Boris) sie zu Fischfutter verarbeiten würde.

Durch den kurzen Exodus wurde die Herde bis auf acht bärtige, nach Drakkar-Noir-Parfüm stinkende, menschliche Zielscheiben ausgedünnt, was für meine Liebste und mich mehr als machbar war. Wir stürmten zum einzigen Ort der Suite, an dem man *wirklich* Deckung hatte – hinter einer riesigen, gefälschten Ming-Vase und einem Servierwagen, die beide dank einiger gefälschter Arbeitsanweisungen meinerseits von Hotelangestellten im Zimmer platziert worden waren. Beides verfügte über eine fünfzehn Zentimeter dicke Schicht aus Titanium und Kevlar und war daher mit Ausnahme des Angriffs einer Stinger-Rakete undurchdringlich. Ach ja, außerdem steckten darin zahlreiche Reservemagazine, daher stellten sie im Grunde ein paar sehr stylische Innenschützengräben mit praktischem Munitionsversteck dar.

»Gut, dass du vorausplanst, Mausezähnchen«, sagte Alice, während sie ein neues Magazin in ihre Waffe steckte.

»Ich glaube, dein Kosenamenvorrat ist leer, Purzelchen.« Ich grinste.

»Das ist das beste Hochzeitsgeschenk aller Zeiten, Shvantzey Bubbeleh«, sagte sie, während sie einen Kerl mit Kugeln durchlöcherte, der genauso aussah wie der Schokovampir auf meiner Cornflakes-Packung.

»Ich hab mir schon gedacht, dass dir das gefällt, Engelsgesicht«, sagte ich. »Aber das ist erst dein erstes Geschenk.«

»Was? John, das wäre doch nicht nötig gewesen!«

»Für meine wunderschöne Braut ist nichts gut genug, ihr Arschgeigen!«, schrie ich, während ich den silbergrauen Diwan mit dem Blut einiger Borats besudelte.

Ab diesem Punkt lief es wie am Schießstand auf dem Rummel. Systematisch nahmen wir uns die verbliebenen Gangster zur Brust und erschossen sie durch Wände, dekorative Raumteiler, Lederklubsessel und Flachbildfernseher hindurch – Dinge, die zwar in Kinofilmen Kugeln abhielten, aber im echten Leben nicht mal ein Luftgewehr mit Rundkugeln aufhalten würden. Gerade als ich dachte, es sei Zeit fürs Feierabendbier, tauchte ein Problem auf in Form einer Kugel, einer 338er Lapua Magnum, die die Flasche Grey Goose oben auf dem Servierwagen mit einer solchen Wucht traf, dass der Wodka im Inneren explodierte und den Kopf eines unserer Gegner verätzte. Schnell entdeckte ich das Loch im Fenster, das Richtung Central Park zeigte. Ein Scharfschütze. Wie sollte es bei Bob dem Zweiten auch anders sein? Inzwischen waren alle anderen Schlipsträger tot und nur noch zwei Schlägertypen übrig.

Ich feuerte in die grobe Richtung von Bob dem Zweiten und sofort prasselte ein Hagelschauer Scharfschützenkugeln auf meine Position ein. Ich schoss erneut, damit ich den Winkel der Schussbahn abschätzen konnte und das Feuer auf einen der letzten Schlägertypen lenken konnte, der sich an Alice heranschleichen wollte. Der Scharfschütze schoss ihm den Schädel vom Rumpf, und ich benutzte mein Infrarotsichtgerät, um die Schießpulverrückstände im Raum zu erkennen, die durch den tödlichen Schuss in der Luft hingen. Diese Linie verfolgte ich zurück, bis ich sah, wie sich das Mondlicht grazil in seinem Sucher spiegelte. Der Mistkerl lag fast einen Kilometer entfernt auf einem Dach mit Blick über den Central Park. Dann schickte ich einem meiner Kontakte beim NYPD eine SMS und verriet ihm den Standort des Scharfschützen. Stadtcops *lieben* es, einen Profikiller festzunehmen, und ich servierte ihnen den Scheißkerl quasi auf dem Präsentierteller.

Während wir in Deckung blieben, fand der letzte Gangster leider einen Weg, sich hinter den Sub-Zero-Kühlschrank zu schmuggeln. Das sind schwere, technisch hochwertige Kühlschränke aus einer Tonne Metall, darum gewann er den Preis für den klügsten Idioten. Von unserem Standort aus konnten wir ihn nicht genau treffen, und er hatte Alice in die dreißig Zentimeter eingekesselt, die weder er noch der Scharfschütze mit ihren Kugeln treffen konnten. Also tat ich, was jeder gute Ehemann in meiner Situation getan hätte: Ich schoss Bob dem Zweiten einen Zeh ab. Er schrie vor Schmerz auf, als das Blut aus seinem Quasten-Slipper quoll. Geschah ihm recht. Wer trägt heutzutage noch Schuhe mit Quasten?

»Pfeif ihn zurück, Bob der Zweite!«

»Was?«, schrie er. »Wen?«

Ich schoss ihm noch einen Zeh ab. Er fing an zu heulen.

»Den Scharfschützen, du Arschloch!«

»Fick dich!«

Zeh Nummer drei, vier und fünf. Höllenqualen. Er jaulte wie ein großes Raubtier.

»Als Nächstes kommen deine Eier!«

»Ich hab gesagt: Fick dich!«

Und tschüss. Wo eben noch Ei Nummer eins baumelte, prangte nun vermutlich ein Loch, durch das man bis nach China gucken konnte. Der nasse Fleck auf seiner Hose hatte mir das Zielen sehr erleichtert.

Zuerst konnte er wegen der Schmerzen kaum atmen, aber dann begann das Geheule erneut.

»Das muss wehtun!«, rief ich.

»Bring ihn einfach um«, sagte Alice. »Ich ertrag sein Gejammer nicht mehr!«

Sie gab ein paar Schüsse in seine Richtung ab, aber der Scharfschütze nahm sie sofort ins Visier, traf die Spitze ihrer Kanone und zerstörte so den Lauf.

»Alice!«, rief ich. »Weißt du, wie viel das Ding gekostet hat?«

»Tut mir leid! Jetzt erlös die kleine Heulsuse einfach von ihrem Leid!«

»Das habe ich vor! Aber zuerst trenn ich ihm seinen Johannes ab!«

»Nein!«, schrie Bob der Zweite. »Ich pfeif ihn zurück.«

Ich hörte, wie er nach seinem Handy tastete. Dann hörte ich, wie er irgendetwas auf Russisch winselte. Ich feuerte ein paar Kugeln in seine Richtung, um zu prüfen, wie aufrichtig er war. Er jaulte ängstlich auf, aber kein Scharfschützenfeuer folgte.

»Jetzt sag ihm, er soll das Arschloch hinter dem Kühlschrank abknallen!«, rief Alice.

Besagtes Arschloch hinter dem Kühlschrank ergriff die Gelegenheit, um mit Dauerfeuer hervorzustürmen. Er lief direkt auf Alice zu, vermutlich weil er dachte, eine Frau sei ein leichteres Ziel. Ich hatte freie Schussbahn, knallte ihn aber nicht ab, da ich zusehen wollte, wie er an seiner Arroganz erstickte. Das tat er auch, als sie ihm die Nase brach und seinen Schädel mit der schweren Vase spaltete. Als seine Augen sich mit Blut füllten, schlug sie ihm so hart in die Herzgegend, dass ich sein Brustbein brechen hören konnte, noch bevor er mit dem Gesicht nach vorn in das Aquarium mit den Tropenfischen krachte.

Dann hörten wir, wie Bob der Zweite dem Scharfschützen befahl, das Feuer wieder zu eröffnen.

Da wir unsere Deckung verlassen hatten, waren wir gefährlich ungeschützt. Als die Kugeln des Scharfschützen durchs Zimmer knallten und alles verwüsteten, schaffte Alice es, wieder hinter ihre Vase zu springen, aber ich war vollkommen schutzlos. Also rannte ich zum Schlafzimmer, warf die Matratze vom Bett und sprang auf Bob den Zweiten. Die 338er-Kugeln hätten genug Wucht gehabt, um uns beide zu durchbohren und trotzdem noch fünfzehn Zentimeter große Löcher in den Betonboden zu reißen. Der Scharfschütze wusste das und hatte nicht vor, seinem Goldesel eine nagelneue Körperöffnung zu verpassen. Bob der Zweite keuchte heftig und kämpfte wie wild, um unter mir wegzukommen. Mit dem fetten Mistkerl zu ringen war in etwa so, als würde man versuchen, acht Sekunden auf einem stocksauren Brahman-Bullen im Sattel zu bleiben. Deswegen rammte ich ihm ein Messer in seine Schlüsselbeinarterie. Durch den Schock ging er k. o. Die Klinge ließ ich stecken, damit er nicht verblutete. Mein Kontakt beim NYPD bestätigte den Erhalt meiner SMS, erklärte aber, dass sie aufgrund des Verkehrs mindestens drei Minuten brauchen würden, um dorthin zu gelangen. Eine Ewigkeit. So viel Zeit hatten wir nicht.

Dann tat meine wunderbare Frau etwas Brillantes. Die Fenster der Suite verfügten über »intelligentes« Glas. Das sind Nanopartikel, die zwischen zwei Glasscheiben in einer flüssigen Schicht schweben. Wird Strom zugeführt, richten sich die Partikel aus und lassen Licht hindurch. So bleibt die Scheibe an wolkigen Tagen oder bei Nacht durchsichtig. Bei heller Sonneneinstrahlung hingegen wird ein Schalter ausgelöst und die Stromzufuhr unterbrochen, wodurch sich die Partikel wieder wahllos umherbewegen, die Fenster sich verdunkeln und so überschüssige UV-Strahlung blockieren. Also quasi eine größere, teurere Version dieser pseudocoolen Sonnenbrillen von Bowlingbahn-Managern, die sich draußen bei Sonnenlicht verdunkeln und in Gebäuden aufhellen. Alice feuerte eine einzelne Kugel auf eine der Steckdosen ab und löste so eine Überspannung aus, wodurch der Schalter für den ganzen Raum umgelegt wurde. Die Lichter gingen aus und die Fenster wurden schwarz.

Dann kam Bob der Zweite wieder zu Bewusstsein. Perfektes Timing.

»Was wollt ihr?«, fragte er schwach.

Allmählich bildete sich eine Blutlache auf dem Teppich. Der Scharfschütze gab wahllos Schüsse ab. Mein Plan war dabei, schiefzugehen.

»Wir müssen hier verschwinden!«, rief Alice mir zu. »Ist er tot?«

»Noch nicht!«

»Was? Wieso nicht?«

»Ich brauche etwas von ihm!«

Ich drehte mich wieder zu Bob dem Zweiten.

»Du gibst mir jetzt deinen Zugangscode für das Hauptquartier, Bob der Zweite, sonst ziehe ich das Messer raus und lasse dich verbluten.«

Alles um uns herum zersplitterte. Der Scharfschütze hatte bereits einen Großteil der verdunkelten Scheiben zerschossen. Falls er eine Infrarotkamera hatte, konnte er nun Bewegungen sehen, und mehr braucht ein Typ wie er nicht, um dir gehörig Feuern unterm Hintern zu machen.

»Fahr zur Hölle«, antwortete Bob der Zweite.

»So ein Maulheld. Könnte es sein, dass das heutzutage alles mit einem Fingerabdruck-Scanner funktioniert?«

Der Ausdruck in seinem Gesicht reichte mir als Antwort.

»Adios, Arschloch«, sagte ich und zog das Messer heraus.

In der Ferne hörten wir Schüsse.

»Klingt wie Manhattans Freund und Helfer!«, rief ich.

Ich riskierte einen Blick über den Rand des Fenstersimses und sah es auf dem Dach unseres Scharfschützen bläulich blitzen (etwas Blaues). Die Cops hatten ihn in eine Schießerei mit allem Drum und Dran verwickelt. Er versuchte weiterhin, ein paar Kugeln in unsere Richtung zu jagen, aber dann wurde die Lage zu heiß und er musste sich darauf konzentrieren, seinen eigenen Arsch zu retten. Als die Luft also halbwegs rein war, krochen wir bäuchlings nach draußen und machten uns aus dem Staub, unsere Waffen und die professionelle Ausrüstung ließen wir einfach zurück.

»Dieses Kleid ist definitiv ruiniert«, stellte Alice mit Blick auf die Blutspritzer und Schießpulverbrandflecken auf Veras feiner Näharbeit fest, während wir das Treppenhaus hinunterrannten.

»Ich glaube, als neue Co-Geschäftsführerin von HR Inc. kannst du dir bestimmt ein neues leisten.«

Sie warf mich gegen die Wand und küsste mich. Mir wurde klar, wie wahnsinnig glücklich sie war.

»Gefällt dir dein Hochzeitsgeschenk?«, fragte ich stolz.

»Soll das ein Witz sein? Von einer feindlichen Übernahme an seinem Hochzeitstag träumt doch jedes Mädchen.«

Sie küsste mich erneut, so hart, dass meine Lippe anfing zu bluten.

»Ich fasse es nicht, dass wir HR leiten werden«, rief sie aufgeregt.

»Versprich mir, dass wir von jetzt an brav sein werden, Spatz«, sagte ich und wischte mir das Blut von den Lippen.

»Ich gebe dir mein Wort, Schnuckiputz«, entgegnete sie.

»Wow, das war bisher der schlimmste«, erwiderte ich. »Aber egal, geben wir uns die Hand darauf«, sagte ich und hielt ihr die abgetrennte Hand von Bob dem Zweiten hin.

»Oh, das ist jetzt echt eklig.«

6

FBI, Quantico, Virginia
Gegenwart

Fletch klickt mit seinem Kugelschreiber und starrt auf die Notizen, die er sich eben hastig über meine Hochzeitsnacht gemacht hat. Er guckt wie jemand, der versucht, eine verschlüsselte Nachricht zu entziffern und zwischen den Zeilen Fäden zu entdecken, mit denen er das unfassbar komplexe Katzenknäuel an Antworten auf all seine banalen Fragen entwirren könnte. Der klickende Kugelschreiber hilft Fletch eindeutig beim Nachdenken, ein dissonantes Metronom, auf das sich sein ausgelastetes Hamsterradhirn konzentrieren kann. Mir ist sehr wohl bewusst, dass er auf weitere Informationen scharf ist, aber er versucht, seinen Wunsch mit dem üblichen, stoischen Blick zu verschleiern. Er sieht mich an, um zu prüfen, ob ich ihn durchschaut habe, und zuckt beim Anblick meines wissenden Grinsens zusammen, da es ihm verrät, dass die Antwort ein überwältigendes »Ja« ist.

»Ich habe exakt sechs Menschen mit unterschiedlichen Arten von Stiften getötet. Sie eignen sich hervorragend als Waffen, Fletch.«

Er lächelt mich an, um mir zu beweisen, dass er weder beeindruckt noch eingeschüchtert ist ... und klickt einfach weiter mit diesem verdammten Stift.

»Nervöser Tick?«, frage ich trocken.

Die Frage ist ihm unangenehm und sein Lächeln verschwindet.

»Stört es Sie denn?«, erkundigt er sich und hält inne. Sein Daumen schwebt über dem Stift wie ein Finger über dem Abzug.

»Ziemlich.«

Er schaut hinunter auf seinen Notizblock und klickt dann weiter mit seinem Stift, um mir zu beweisen, dass er nicht bereit ist, bei seiner Vorgehensweise meinetwegen irgendwelche Kompromisse einzugehen. Das mag trivial erscheinen, und eigentlich ist es das auch, aber es ist gleichzeitig ein Spiel. Fletch will, dass ich mitspiele, in der Hoffnung, dass ich auf sein Ignorieren reagiere und aus Wut irgendetwas tue – vielleicht ihm den Stift in die Augenhöhle rammen? Stattdessen kontere ich, indem ich laut pfeife. Und falls ihr euch fragt: Ja, ich pfeife »Dixie«, eine extrem stumpfsinnige, kindische Melodie. Das Einzige, was er jetzt tun kann, um mich zum Schweigen zu bringen, ist, die Karten auf den Tisch zu legen und mir endlich die Fragen zu stellen, die er eigentlich zurückhalten wollte.

»John, woher wussten Sie, dass sich Bobs Nachfolger und die anderen Männer in diesem Hotelzimmer befanden?«

Eine schwache Frage, gestellt entweder aufgrund von Angst oder, noch schlimmer, des Verlusts von Selbstvertrauen.

»Ich habe da so meine Quellen«, antworte ich verschwörerisch wie Dr. Seltsam.

»Und die wären?«, fragt er.

»Das erscheint mir kaum relevant.«

»Für mich ist das relevant. Ich bin mir sicher, dass dieses Treffen streng geheim war. In Anbetracht der Tatsache, dass Sie nicht mehr für HR Inc. gearbeitet haben, frage ich mich doch, wie Sie den genauen Ort und Zeitpunkt wissen konnten.«

»Und sogar, wo ich ein Loch in den Boden sprengen muss, um die größtmögliche Anzahl an Todesopfern zu garantieren«, füge ich hilfsbereit hinzu.

»Korrekt. Also, wie haben Sie das angestellt?«

»Fletch, ich schreibe hier doch kein Enthüllungsbuch.«

»Welchen Unterschied macht es denn jetzt noch, ob Sie es mir erzählen oder nicht, John?«

»Es macht insofern einen Unterschied, als Sie glauben, ich hätte Hilfe gehabt, und jetzt wollen Sie die Kavallerie losschicken, um die ganze Jesse-James-Bande einzubuchten. Sie haben *mich*, Fletch. Und wenn Sie Ihre Karten geschickt ausspielen, kriegen Sie vielleicht auch noch Alice. Seien Sie nicht so verdammt gierig und bleiben wir beim Thema, in Ordnung?«

Er wird wütend – hauptsächlich, weil ich ihn gerade vor seinen Saufkumpanen hinter dem Einwegspiegel bloßgestellt habe. Er atmet tief ein, reißt demonstrativ die Seite seines Notizblocks heraus, auf die er gerne die Namen einiger interessanter Beihelfer zum Mord notiert hätte, und fängt auf einer neuen Seite an.

»Na schön. Wenn also nicht *wie*, dann: *wieso*?« Zur Betonung tippt er auf den *Leitfaden für Praktikanten*. »Für jemanden, der sehr motiviert schien, aus HR Inc. auszusteigen, haben Sie sich ganz schön viel Mühe gegeben, um nicht nur zurückzukehren, sondern auch noch die Leitung zu übernehmen.«

»Sehr gute Frage, Fletch. Sie haben wirklich das Zeug zum Enthüllungsjournalisten.«

7

So ziemlich jeder bei HR Inc. litt am ersten Arbeitstag, nachdem wir Bob den Zweiten und seine Crew beseitigt hatten, am klassischen Scheiße-schon-wieder-Montag-Kater. Ich glaube, die Rekruten waren gleichzeitig erleichtert und verängstigt, als sie erfuhren, dass (a) John Lago, Autor ihrer verbannten Bibel, den Laden übernommen hatte und (b) er ihn zusammen mit Alice leitete, seiner ehemaligen Erzfeindin und jetzigen Ehefrau Schrägstrich Chinaakrobatik-Kamasutra-Sexpanther. Natürlich mussten wir ihnen so einiges erklären. Aber nach dem anfänglichen Schock bekamen wir die Lage in den Griff. Praktisch war, dass niemand darum bat, HR aufgrund des kürzlich vollzogenen Wechsels im Management zu verlassen. Die Rekruten hatten Bob den Zweiten verachtet, und keiner vergoss wegen seines Ausscheidens aus der Firma eine Träne.

»Er war ein bürokratiegeiler Schlappschwanz«, erklärte einer der Rekruten beiläufig, »mit zarten Alte-Oma-Händen und einem Saugnippel auf seiner Ginflasche. Ruhe in Pisse, Nummer zwei.«

Ich mochte den Kerl sofort – erstens, weil er wusste, wovon er redete, und zweitens, weil er die Eier hatte, es auch auszusprechen. Er war siebzehn, schwarz, hatte die fiesesten Tattoos, die ich je gesehen hatte, und einen seltsamen Hinterwäldler-Dialekt. Er hatte den arglosen, rauen Charme eines Jungen aus der Provinz, aber das Aussehen eines Foltergangsters aus der Bronx. In seinen Augen flackerte eine Weisheit der Straße, die sein eigentliches Alter bei Weitem überstieg, aber sie waren lebhaft und strahlten keine abgestumpfte Bedrohung aus, wie man sie oft bei Jugendlichen sieht, die sich wie ich Blut von den Händen gewaschen hatten, noch bevor sie alt genug gewesen waren, sich einen nicht jugendfreien Film anzusehen.

»Wie heißt du, Sonnenschein?«, fragte ich ihn.

»Sue.«

»Ein Junge namens Sue«, sagte ich grinsend.

»Nur zu, reiß deine Witzchen«, antwortete er, ebenfalls grinsend.

»Ich nehme an, deine Eltern waren Fans von Johnny Cash«, schaltete sich Alice ein und rollte übertrieben mit den Augen.

»Weißbrote aus West Virginia, falls du die Sorte Menschen kennst. Sorgten sich als Pflegeeltern um mich wie um den Familienköter, mit Lederleine und Tischabfällen, bis ich fünf war, dann schmiss Omi mich raus, weil ich nicht mehr süß genug war.«

»Hat es geklappt?«, fragte ich ihn.

»Was?«, fragte er zurück.

»Der Name. Hat es geklappt?«

»Ich bin doch hier, JL. Sag du's mir.«

»Aufträge?«

»Über ein Dutzend.«

»Mit siebzehn? Blödsinn.«

»›Zwischen Wahrheit und ausgemachtem Blödsinn liegen meist nur circa zwei Meter Erde‹, JL«, zitierte er aus dem *Leitfaden*.

»Ein richtiger Fan, John. Wie charmant.«

»Er erkennt eine gute Lektüre, wenn er sie sieht.«

»Normalerweise steh ich auf Romane, aber der *Leitfaden* hat mich irgendwie angesprochen.«

»Glaub mir«, sagte Alice, »vieles davon ist erfunden.«

Als mehrere andere Rekruten zu murmeln anfingen, weil sie bei diesem Thema nicht ihrer Meinung waren, merkte ich sofort, dass ich unter Freunden war.

»Ich denke, ich spreche im Namen der meisten Anwesenden, wenn ich sage: Danke, dass wir dir nicht scheißegal waren«, erklärte Sue.

Ich konnte spüren, wie Wut in Alice aufstieg, so wie wenn dir durch

Ozon die Haare zu Berge stehen, kurz bevor du von einem Blitz getroffen wirst.

»Na ja, ich kann euch ja nicht im Stich lassen. Ich dachte, ich könnte es, aber jetzt bin ich wieder da und dieses Mal habe ich eine Geheimwaffe mitgebracht.«

Ich sah Alice an. Alle Augen ruhten auf ihr, in angespannter Erwartung, ihr Kopf könne jeden Moment explodieren und den Raum mit giftigen Schlangen füllen. Sie hatten keine Ahnung, wie sie mit der Anwesenheit der Femme fatale aus meinem Meisterwerk über Mord und Intrigen umgehen sollten, die aus den Seiten des Buchs gesprungen und einfach so in ihren Konferenzsaal hineinmarschiert war.

»Ich weiß, was ihr alle jetzt denkt«, begann Alice warmherzig. »Und ihr habt recht. Dass ich hier bin, in dieser Konstellation, ist vermutlich das Durchgeknallteste, was ihr je gesehen habt. Aber wie ihr wisst, kann John sehr überzeugend sein. Und wenn er nicht die Eier gehabt hätte, das zu tun, was er getan hat, würde keiner von uns jetzt hier stehen.«

Natürlich musste Alice ihrer kleinen Rede noch Ausdruck verleihen, indem sie mir fest an eben erwähnte Eier packte – nur für den Fall, dass irgendjemand auf den Gedanken gekommen war, ich hätte hier das Sagen gehabt.

Nach unserer Kabinenansprache unterhielten sich viele der Rekruten einzeln mit mir. Das waren tatsächlich Fans, die mir immerzu dankten, dass ich den *Leitfaden* geschrieben hätte und zu ihrer Rettung zurückgekehrt sei, jetzt, da der Laden nach am Ableben der zwei Bobs im totalen Chaos zu versinken drohe. Ich teilte mir mit Sue eine der versteckten Bourbonflaschen von Bob dem Ersten, und wir plauderten noch den ganzen Abend lang. Auch wenn wir quasi von verschiedenen Planeten stammten, war er der einzige Rekrut in der Truppe, der mich an mich selbst erinnerte. Er strahlte eine Aufrichtigkeit aus, die man nur bei Menschen sieht, die während ihres Tanzes auf der Rasierklinge jede Menge Blut vergossen haben.

»Hätte nie gedacht, dass du zurückkommst, JL.«

»Ich auch nicht. Alte Gewohnheiten wird man schwer los.«

»Dich mit ihr zusammen zu sehen ... Keine Ahnung, Mann. Das ist schwer zu glauben.«

»Wem sagst du das?«

Sue hielt inne. Ich merkte, dass ihm etwas auf der Seele lag.

»Spuck's schon aus, bevor du dran erstickst, Sue.«

Er lachte.

»Ich weiß, ich kenn dich zwar nicht, JL, aber ... Ich hab das Gefühl, das wär anders, und daher ... Kann ich dich was fragen, von Mann zu Mann?«

»Klar, Kleiner. Was hast du auf dem Herzen?«

»Versteh mich nicht falsch. Ich weiß, du hast dich dieser Sache verschrieben, damit meine ich uns. Aber du wirkst irgendwie nicht besonders ambitioniert. Aber Alice, bei der funkeln die Sterne in den Augen.«

»Das liegt in ihrer Natur, Sue. Aber du irrst dich, was meine Ambitionen betrifft. Ich hatte in letzter Zeit ein paar Erleuchtungen à la brennender Busch, die mich davon überzeugt haben, dass es auch in meiner Natur liegt.«

»Hat dir der Busch auch verklickert, dass du Alice vertrauen kannst?«

»In gewisser Weise. Aber es geht nicht *wirklich* um Vertrauen, oder?«

»Nein, Sir.« Er lachte. »Ich nehm an, das haben wir schon vor langer Zeit aufgegeben.«

»Ganz genau. So wie ich das sehe, bin ich mit der Frau zusammen, die ich liebe, ich tue, wozu ich geboren wurde, und ich passe auf euch seelische Wracks auf. Das reicht mir. Zumindest fürs Erste.«

»Klingt wie Glückseligkeit«, sagte Sue.

»Wollen wir's mal nicht übertreiben.«

8

Ich muss zugeben, es war schon ein sehr seltsames Gefühl, all meine Zeit und Energie dafür aufzuwenden, den Laden wieder aufzubauen, den ich in meiner Fantasie bereits Hunderte Male bis auf die Grundmauern niedergebrannt hatte. Genau genommen hatte ich vor Jahren sogar Sprengladungen im Kellergeschoss angebracht, als Bobs Handlanger Eva ausgeschaltet hatten, die einzig echte Freundin, die ich je hatte. Ich war damals wild entschlossen gewesen, die Bude wie ein stillgelegtes Las-Vegas-Casino dem Erdboden gleichzumachen. Ich hatte es mit bestimmt über hundertfünfzig Kilo C4 verkabelt, also genug, um es zwei Mal in die Luft zu jagen.

An Heiligabend war alles angerichtet gewesen, um HR auf den Mond zu schießen, aber ich konnte es nicht. Ist schon witzig, aber meine größte Sorge war, dass ich dabei aus Versehen irgendeinen armen Bastard erwischen würde, der nach seiner Spätschicht bei irgendeinem frustrierenden Job nach Hause rannte, um für die lieben Kleinen den Weihnachtsmann zu spielen. Gott, ich hab echt zu viele Disney-Filme geguckt! Wie dem auch sei, die Sprengladungen kleben vermutlich immer noch da unten. Allerdings habe ich alle Zündkapseln und Kabel entfernt, also besteht im Grunde keine Möglichkeit, dass das C4 explodiert … Glaube ich zumindest.

Was aber noch seltsamer war als die Tatsache, dass ich HR leitete, war, wie sehr es mir gefiel. Ich steigerte mich komplett hinein und beschloss, aus der ganzen Plattmacherei eine Handwerkskunst zu machen. Seien wir doch mal ehrlich, man kann es entweder auf die richtige Art tun oder auf die dämliche. Und darüber braucht man wirklich nicht zu diskutieren, denn in dieser Branche landen die Dämlichen am Ende immer unter der Erde. Also machte ich Nägel mit Köpfen, und statt bloß irgendein Handbuch zu schreiben, entwickelte ich ein Trainingsprogramm, mit dem man einen einäugigen Liliputaner in weniger als zwölf Wochen in Carlos den Schakal verwandeln konnte. Ich weiß, jetzt klinge ich wie einer dieser bescheuerten Verkäufer im Nachtprogramm: »Auch Sie können bei Human Resources Inc. in nur zwölf Wochen lernen, wie man jemanden erschießt, ersticht, erwürgt und erschlägt. Und wenn Sie jetzt sofort anrufen, erhalten Sie diesen wunderschönen 44er Magnum Colt Anaconda mit selbst Kevlarwesten durchdringenden Patronen vollkommen gratis dazu!«

Aber mal im Ernst, ich war gut in meinem Job. Wirklich gut. Das Erste, was ich tat, nachdem Alice und ich die prall gefüllte Schatztruhe von HR geplündert hatten, war, eine hochmoderne Trainingsanlage in einem abgelegenen Wald auf dem Land zu errichten. Sie lag nur eine Stunde von Manhattan entfernt, bot aber eine nützliche und willkommene Abwechslung. Ich entwickelte die gesamte Anlage und den Großteil der Trainingsplätze und Parcours selbst. Es war unglaublich. Es gab mehrere *urbane Kampfsimulationen* im Inneren der Einrichtung und draußen auf dem Gelände. Das Innere sah aus wie jede x-beliebige Büroumgebung. Müsst ihr jemanden in einem Fahrstuhl erledigen? Wir hatten einen funktionierenden Fahrstuhlschacht mitsamt Kabine. Von Konferenzsälen über Großraumbüros bis hin zu Vorstandstoiletten und Lagerräumen hatten wir Simulationszonen errichtet, um jedes erdenkliche Szenario völlig authentisch nachstellen zu können. Hurray.

Meine Lieblingstrainingsplätze waren allerdings die *kampffreien Zonen zur Verbesserung der Bürokompetenzen*. Dabei handelte es sich um knifflige Stationen, bei denen unsere Neuzugänge – also Menschen, die meistens nicht mal die sechste Klasse beendet haben – lernten, wie man kopiert und Akten ablegt, tippt, sortiert, Büromobiliar zusammenstellt, einen Wasserspender bedient, etwas versendet,

Rundmails verfasst, in verschiedenen Betriebssystemen arbeitet und natürlich wie man Kaffee kocht. Auch hier war Authentizität oberstes Gebot. Praktikanten, die ohne jegliche dieser Kenntnisse auftauchen, werden in der echten Welt umgehend rausgeschmissen. Unsere Praktikanten mussten sowohl als Büroarbeiter als auch als Auftragsmörder ein exzellentes Niveau erreichen, und unsere Trainingsanlage bereitete sie bestens darauf vor.

Auch auf das Rekrutieren richtete ich mein Augenmerk. Zusätzlich zur Suche der klügsten und besten – und skrupellosesten – Individuen in den USA sahen unsere Expansionspläne vor, dass ich auch in Asien und Europa Leute anheuerte, zwei Märkte mit enorm hohem Wachstumspotenzial. In Europa konnten wir in einer Vielzahl von Ländern Neuzugänge rekrutieren, aber am meisten beeindruckten mich die Norweger. Sie waren allesamt beängstigend intelligente Exemplare in körperlich perfektem Zustand mit der richtigen temperamentvollen Mischung aus methodischem Rationalismus und unterdrückter Mordlust – was sie beides nach Belieben ein- und ausschalten konnten. Außerdem sprachen sie mehrere nützliche europäische Sprachen und ihr Englisch war beinahe akzentfrei. Das einzige Problem war, dass sie unfassbar gut aussahen, aber ich kam zu dem Schluss, dass es sich lohnen würde, Zeit zu investieren und sie ein bisschen zu verunstalten, um mir dann ihre beträchtlichen Talente zunutze zu machen.

Während ich also ein Pantheon des Todes aufbaute und leicht beeindruckbare Teenies zu Killermaschinen formte, musste jemand die Beziehung zu unseren Klienten aufrechterhalten. In dieser Branche kann man über Nacht irrelevant werden, darum erteilten wir unseren talentierteren Rekruten sorgfältig ausgewählte Aufträge, damit sie nicht aus der Übung kamen und wir in der Zwischenzeit nicht völlig von der Bildfläche verschwanden. Darum kümmerte sich Alice. Ich hatte einfach nicht den Nerv, mich mit Kunden herumzuschlagen – machthungrigen Blutsaugern, die unseren Rekruten wie der Riese am Ende von Hans' Bohnenranke die Knochen zermalmen und daraus Brot machen würden. Alice hingegen wusste sehr wohl, welche finanziellen Vorteile es mit sich brachte, wenn man sich mit diesen machthungrigen Blutsaugern anfreundete, und sie genoss es, sie in edlen Fünf-Sterne-Restaurants zu umgarnen, bis sie die HR-Saat in sich trugen.

Vergesst nicht, dass es sich bei den meisten um sonnenverbrannte weiße Männer mit alkoholvernebeltem Verstand handelte, die haufenweise Moneten und eine Liste an Feinden hatten, die länger war als die Gästeliste für die sündhaft teure Hochzeit ihrer verzogenen Tochter. Alice sorgte dafür, dass sie ihr aus der Hand fraßen und uns im Handumdrehen Vorschussschecks in siebenstelliger Höhe ausstellten. Als wir schließlich vollkommen startklar waren, war unsere Kundenliste bereits doppelt so lang und wir hatten doppelt so viel eingenommen wie Bob und Bob der Zweite in ihren erfolgreichsten Quartalen zusammen. Wir hatten, wie der weiße Hip-Hop-Boy in mir sagen würde: *korrekt Asche.*

9

Wenn es darum ging, die Geschäfte von HR zu leiten, waren Alice und ich wie eine starke Links-rechts-Kombination. Sie war die clevere, verführerische, perfekte Schwätzerin, die den Teufel dazu überreden konnte, ihr die auf den Augen eines Toten liegenden Münzen zu schenken, wenn sie nur die richtigen Schuhe trug. Währenddessen leitete ich unsere immer hartgesottener werdende Killerbande, die ebenso versiert darin war, Zielpersonen sauber, und ohne Spuren zu hinterlassen, auszuschalten, wie darin, mehr als hundert verschiedene Kaffeesorten nur am Geruch zu erkennen. Außerdem lernten sie, selbst unter Druck einen kühlen Kopf zu bewahren. Ich wollte, dass sie sich wie Kampfjetpiloten punktgenau auf die jeweilige Aufgabe konzentrieren konnten, selbst wenn um sie herum gerade die Hölle losbrach.

Aber Arbeit allein macht John nicht glücklich, daher achteten Alice und ich darauf, dass wir die Flitterwochenphase unserer Ehe genossen – besonders da wir nie wirklich Zeit für richtige Flitterwochen gehabt hatten. Wir kauften uns eine atemberaubende Wohnung in Chinatown und richteten sie ein wie reiche Rockstars aus den frühen Siebzigern: mit viel Gold, Wurzelholzdekor, Milchglas und Kokain. Alice hatte einen Fetisch für, nun ja, sie hatte beinahe alle Fetische, deshalb besaßen wir sehr viel Ausrüstung zur Freizeitgestaltung und verwandelten unseren begehbaren Kleiderschrank in die Folterkammer eines Kerkermeisters. Ich hatte in meinem Leben zwar schon ziemlich oft gevögelt, aber nichts hätte mich auf das Zusammenwohnen mit einer Frau vorbereiten können, die im Grunde nichts anderes war als eine weibliche Ausgabe von Caligula mit französisch manikürten Fingernägeln. Ich war erstaunt, dass ich es überhaupt Tag für Tag zur Arbeit schaffte, aber das Ganze hatte auch etwas Stärkendes. Die meiste Zeit lebten wir wie wilde Tiere, ohne Regeln und mit regelmäßigem – wenngleich harmlosem – Blutvergießen. Eines Tages verfasse ich womöglich auf Grundlage dieser Erfahrung einen weiteren Leitfaden, einen für verheiratete Paare, denn wahres Eheglück besteht aus rein primitiven Interaktionen und erfreulich wenig Reden.

»John?«, begann Alice eines Nachts, nachdem wir unseren Eero-Aarnio-Hängesessel eingeweiht hatten.

»Ja, meine süße Boudoir-Schlangenfrau?«

»Geht's dir gut?«

»Bald bestimmt, wenn wieder Gefühl in meine Beine zurückkehrt. Was hast du auf dem Herzen?«

»Ich habe … Es fällt mir schwer, das zu sagen. Nein, nicht schwer, aber es ist seltsam.«

»Wie seltsam kann es denn schon werden? Wir sitzen nackt in einem Acryl-Hängesessel. Wir haben eben eine halbe Flasche Absinth geleert und hören uns den Banjo spielenden Jimmy Page auf einer superseltenen, aus Japan importierten 8-Spur…«

»Ich meine nicht diese Art von *seltsam*. Ich meine … Ich sag's einfach: Ich hab Angst. Bist du jetzt zufrieden?«

Sie boxte mich gegen die Schulter. Das tat *richtig weh*.

»Nicht mehr.«

Sie küsste die Stelle, damit es mir besser ging.

»Tut mir leid. Das klingt vielleicht arrogant und idiotisch, aber so habe ich mich wirklich noch nie gefühlt.«

»Ängstlich?«

»Ja, ängstlich.«

»Das klingt wirklich ein wenig suspekt, aber das ist jetzt irrelevant. Wovor hast du Angst?«

»Davor. Vor dem hier. Dass alles vorbeigeht. Mir war nie irgendwas im Leben wichtig, und jetzt …«

»Was glaubst du denn, wie es mir dabei geht? Wieso, glaubst du, hätte ich zugelassen, dass du mir eine Kugel in den Kopf jagst? Ich könnte es nicht ertragen, das mit dir nicht zu haben. Allein der Gedanke daran hat mich dazu gebracht, mir das Hirn rauspusten zu wollen.«

»Hör auf. Du raspelst Süßholz.« Sie lächelte. »Aber jetzt mal im Ernst, jetzt, da wir das zusammen haben, hast du keine Angst, es zu verlieren?«

Ich küsste sie, lange und innig. Ich weiß nicht, warum, aber ich war davon besessen, auf diese Weise mit Alice zu kommunizieren. Ich hasste Worte, denn sie trafen es einfach nicht auf den Punkt. Man kann einer Frau einfach nicht erzählen, dass, wenn man in ihr ist, es sich anfühlt, als wäre man hinten vom Hals bis zum Hintern aufgeschnitten und von der Hand Gottes ausgehöhlt, ohne komplett wahnsinnig zu klingen. Das ist ein Gefühl, ein elektrischer Strom, der vom Herzen zum Gehirn rauscht und wie ein tosend schneller Datenfluss eine Million Worte und Bilder mit sich trägt. Und ich versuchte, sie mit diesem Gefühl bis zur Besinnungslosigkeit zu stromschocken, denn ich liebte sie so sehr, dass es wehtat.

»Was war das?«, fragte sie mit einem Kribbeln auf ihren Lippen.

»Das war meine Antwort.«

Die nächsten paar Monate waren die glücklichsten meines Lebens. Jeden Morgen wachte ich auf und freute mich auf den Tag, statt mich davor zu fürchten. Jede Nacht fiel ich bewusstlos auf mein Kopfkissen, meistens vor koitaler Erschöpfung, und hieß den Schlaf mit wärmender Entschlossenheit statt mit lähmender Angst willkommen. Und obwohl ich wusste, dass Kinder zu kriegen sowohl völlig verrückt als auch völlig ausgeschlossen war, spürte ich diesen Drang, diesen familiären Trieb, in gottgleicher Weise ein leuchtendes Paar Kinderaugen zu erschaffen, das uns beide ansehen und daran erinnern würde, wer wir wirklich sind, und nicht, zu was man uns gemacht hatte. Und dann, eines Morgens, während wir auf der Terrasse Espresso tranken und unsere Gewehre säuberten, waren die Flitterwochen vorbei. *Wie aus dem Nichts.*

10

Ich bin überzeugt, dass es Menschen nicht glücklich macht, wenn sie zu lange glücklich sind. Wir blühen nur im Elend auf und beschwören es bei jeder Gelegenheit hinauf, die sich uns in unserem erbärmlichen Dasein bietet. Natürlich liegt der Ursprung dieses Leids fast immer in etwas, das rein gar nichts mit Liebe zu tun hat. Bei den meisten Menschen ist Geld die Achillesferse. Entweder haben sie zu viel davon oder zu wenig. Bei anderen ist es die Langweile, die der Alltag mit sich bringt. Natürlich denkt dann jeder, es sei die Schuld des anderen, dass (a) euer Sexleben eingeschlafen ist, (b) unrealistische Karriereträume nie Wirklichkeit wurden, (c) der Nachbar ein größeres Boot hat oder (d) deine Frau den Nachbarn gevögelt hat. Und sobald das lustige Schuldzuweisen beginnt, seid ihr schon Vergangenheit. Eure Beziehung besteht jetzt nur noch aus Streiten, und die Wirkung, die eure Liebe auf euch hatte, wurde das Klo hinuntergespült.

Was Alice und mich betraf, hätte es mich eigentlich nicht überraschen dürfen, dass die Quelle unserer ehelichen Streitigkeiten bei Human Resources Inc. lag. Immerhin war das der einzige Ort, der uns mit einem Fluch belegen konnte. Hinterher ist man immer schlauer, aber wir hätten trotzdem sorgfältiger über die geteilte Firmenleitung nachdenken sollen. Auch wenn unser Hauptaugenmerk jeweils auf unterschiedlichen Bereichen lag, hatten wir beide eine Meinung über das Unternehmen als Ganzes und darüber, wie man es für die Zukunft gestalten sollte.

Mein größtes Problem, für das Alice jedoch keinerlei Verständnis hatte, war meine Paranoia im Hinblick darauf, dass es, obwohl wir

Bob den Zweiten eliminiert hatten, da draußen trotzdem noch jemanden gab, der heimlich die Fäden zog und dem es vermutlich nicht besonders gefiel, dass wir uns HR unter den Nagel gerissen hatten. Seien wir mal ehrlich, Bob war weder klug noch reich genug, um das Geschäft ganz allein zu führen. Wir hatten zwar viel Geld in die Kassen gespült, aber HR war immer schon größer gewesen als das durchschnittliche selbstfinanzierte Start-up. Die brennende Frage lautete für mich also: *Wer leitet HR wirklich und wann werden diese Hintermänner ihre Plagen auf unseren kleinen Limonadenstand niedergehen lassen?* Alice' Gegenargument war: Wenn sie wirklich etwas hätten unternehmen wollen, hätten sie das schon kurz nach unserem Hochzeitsnachtgemetzel getan. Hatten sie aber nicht, daher war sie davon überzeugt, dass sie sich entweder vor uns fürchteten oder die Sache abgehakt hatten. Das reichte mir aber nicht aus. Tag für Tag grübelte ich über das Thema und wartete darauf, dass das Damoklesschwert auf uns hinuntersauste.

Alice plagte sich derweil mit anderen, ebenso paranoiden Sorgen herum, obwohl sie sie natürlich nie als paranoid bezeichnen würde, da Alice – zumindest ihrer Meinung nach – *immer* recht hat. Seit wir HR übernommen hatten, war sie besessen von der Idee, einen FBI-Maulwurf zu enttarnen und zu töten, der – davon war Bob überzeugt gewesen – HR vor mehreren Jahren infiltriert hatte, inzwischen aber – davon war *sie* wiederum überzeugt – längst wieder zum FBI-Mutterschiff zurückgekehrt war. Als ich Alice damals bei Bendini, Lambert & Locke kennengelernt hatte, hatte sie den Part des FBI-Maulwurfs gespielt, daher fand ich die Ironie ihres Vorhabens brüllend komisch. Sie hingegen war weniger amüsiert. Sie fand, wenn Bob so einen Verdacht gehegt hatte, stimmte es vermutlich auch. Ich erzählte ihr, dass mich Bob im Laufe der Zeit in Dutzende Verschwörungstheorien eingeweiht hatte, an die er felsenfest glaubte, aber dass sich *keine einzige* davon jemals als wahr erwiesen hatte. Aber auch das brachte sie nicht zur Einsicht.

Erschwerend kam hinzu, dass Alice davon überzeugt war, dass jemand sie beobachtete, seit sie Honduras verlassen hatte. Sie hatte sich schon vor unserer Begegnung in New Hampshire stapelweise Notizen dazu gemacht, die alle sehr überzeugend waren. Völlig aus dem Ruder lief es aber an dem Punkt, als sie sogar hinterfragte, welche Quellen ich benutzt hatte, um sie in New Hampshire aufzuspüren. War mir diese Information vielleicht so raffiniert zugespielt worden, damit ich nicht das Gefühl bekam, als wäre es mir auf dem Silbertablett serviert worden? Ich versuchte ihr zu erklären, dass ich mich auf exakt null externe Quellen verlassen hätte, um sie ausfindig zu machen – denn meine Aktionen vorher per Telegramm anzukündigen ist nicht mein Stil –, aber das konnte sie nicht umstimmen.

Im Endeffekt lief es darauf hinaus, dass Alice immer recht hatte, selbst wenn sie unrecht hatte.

An jenem Morgen, diesem gemütlichen Sonntagmorgen, an dem ich mich einfach nur entspannen wollte, nein, entspannen musste, kam sie ganz beiläufig auf das Thema zu sprechen. Leider war ihre Lösung für das sogenannte Problem mit dem FBI nicht ganz so beiläufig. Im Grunde sollte ich ihr zustimmen, dass wir etwas gegen diesen Maulwurf unternehmen müssten, um dem FBI dadurch jedweden Vorteil zu nehmen, den sie potenziell für einen vernichtenden Angriff gegen uns nutzen könnten. Ich versuchte sie von diesem riskanten Vorhaben abzubringen, nicht zuletzt wegen all des miesen Karmas, das wir mit dem Mord an einem Bundesagenten auf uns ziehen könnten.

»Selbst wenn wir den Maulwurf umlegen, von dem wir gar nicht mit Sicherheit wissen, ob er überhaupt existiert, könnten sie doch einfach einen neuen schicken. Damit jagen wir ihnen bestimmt keinen Schreck ein. Das ist immerhin das FBI.«

»Erstens will ich ihnen gar keinen Schreck einjagen. Das wäre bescheuert. Ich will die eine Person vernichten, die womöglich in der Lage ist, uns im Zeugenstand zu vernichten. Was ist daran so schwer zu verstehen?«

Sie stemmte die Hände in die Hüften. Kein gutes Zeichen. Ich senkte meine Stimme.

»Das ist überhaupt nicht schwer zu verstehen. Solange es einen Maulwurf *gibt.*«

»Bob war überzeugt davon, dass es einen gibt. Außerdem wäre es vollkommen logisch, dass sie einen geschickt haben.«

»Du hast wirklich gründlich über all das nachgedacht«, sagte ich.

Mein versöhnlicher Ton gefiel ihr. Sie nahm die Arme von den Hüften und nutzte sie stattdessen zum Reinigen der Küche, ein Zeichen mentaler Entschlossenheit.

»Ja, und wir müssen diesen Spitzel auf seinem eigenen Spielplatz ausschalten. Damit sie merken, wer hier der Boss ist.«

Mein Gehirn hatte Mühe, die letzte Aussage zu verarbeiten.

»Moment mal, du willst doch nicht etwa vorschlagen, einen Agenten in der FBI-Außenstelle in Manhattan zu eliminieren?«

»Wo denn sonst?«

»Wow, du meinst das echt ernst.«

Ihre Hände schnellten entrüstet wieder zu den Hüften, wie ein Revolverheld, der sich für den Showdown bereit macht.

»Ich meine es absolut ernst, wenn es darum geht, das zu beschützen, was wir haben, und zwar mit allen notwendigen Mitteln.«

»Dann versuch nicht, einen FBI-Agenten auszuschalten. Beim FBI.«

»John, wir setzen alles aufs Spiel, wenn wir nichts dagegen unternehmen. Und wir müssen sie dort treffen, wo es wehtut, damit sie merken, dass sie uns nicht mehr in die Quere kommen sollten.«

»Meinetwegen, aber ich brauche mehr als Bobs Glückskeks-Theorien, um zu beweisen, dass die Bedrohung real ist.«

»Ich hab noch andere Quellen.«

An ihrem Gesichtsausdruck erkannte ich, dass ihr Verlangen, recht zu haben, gerade eben das Verlangen übertrumpft hatte, diese nicht unerhebliche Information weiterhin vor mir geheim zu halten.

»Wen?«

»Verlässliche Quellen. Weitaus verlässlicher als Bob.«

»Und du erwartest, dass ich denen vertraue?«

»Ich erwarte, dass du mir vertraust.«

Da war es also. Das Sakrament der Ehe, durchsetzt mit dem Gift der Paranoia. Als Ehemann musst du deiner Frau den Rücken stärken, egal, was kommt. So lautet das ungeschriebene Gesetz. Selbst wenn du findest, dass sie jetzt vollkommen übergeschnappt ist: Loyal zu bleiben ist wichtiger, als einen möglichen Schiffbruch zu vermeiden.

»Ich vertraue dir ja. Ich halte es bloß für keine gute Idee, Zeit und Ressourcen dafür einzusetzen. Und falls das Problem tatsächlich real ist, könnten wir alles nur noch viel schlimmer machen, wenn wir sie angreifen.«

»Dir ist es einfach egal. Du bist ein einsamer Wolf. Ich versuche hier, etwas für uns aufzubauen, aber du denkst bloß an dich.«

»Alice, natürlich ist es mir nicht egal. Sind dir meine Ansichten egal? Denn du verschwendest keine Zeit damit, sie als nichtig abzutun.«

»Ja, weil du nicht vorausplanst. Deine Antwort auf alles ist nicht zu agieren, sondern zu reagieren.«

Ich spürte, wie die Unterhaltung eine unangenehme Richtung einschlug, daher versuchte ich, auf sie einzugehen und einen freundlicheren Ton anzuschlagen.

»Können wir uns darauf einigen, dass wir uns nicht einig sind?«

Sobald die Worte meinen Mund verlassen hatten, wünschte ich mir sofort, ich könnte sie wieder einfangen. Alice wurde wütend.

»Vielleicht konnten wir dich in Honduras ja deswegen so einfach verarschen, John. Du denkst, was du denken willst, und siehst dabei den Wald vor lauter Bäumen nicht mehr.«

Habt ihr den Ausdruck *Stille vor dem Einschlag* schon mal gehört? Das ist der furchterregende Moment der Lautlosigkeit, die eintritt, kurz bevor eine Kugel eure Brust durchbohrt oder ein Lkw-Sattelzug euch mit voller Geschwindigkeit zu einem T-Bone-Steak verarbeitet. Alice' Worte erzeugten genau diese Art Stille. Für mich versank die Welt in Zeitlupe, ich verließ meinen Körper und schwebte über mir, wie jemand, der gerade eben das Zeitliche gesegnet hatte. Ich konnte zusehen, wie ich mich selbst in ein Instrument pechschwarzer Wut verwandelte, wie sich jeder Muskel meines Körpers wie eine fest gespannte Springfeder zusammenzog.

»Die Wahrheit tut weh«, sagte sie boshaft grinsend mit leiser, entstellter Stimme.

»Ich muss mal an die Luft«, sagte ich.

Und ich musste jede Faser meines Körpers zwingen, langsam und wie beiläufig meine Jacke zu nehmen und zur Tür hinauszugehen.

11

Ich erinnere mich dunkel daran, eine Weile gegangen zu sein. Die Straßen waren nicht mehr als ein Schleier aus Farben und Geräuschen und in der Luft hängenden Autoabgasen. Mein Körper bewegte sich, aber meinem Verstand war es egal, wohin, bis ich merkte, dass ich in Brooklyn angekommen war und vor einer dieser kleinen Kneipen stand, die keinen Namen haben, sondern nur ein heruntergekommenes, altes Miller-Lite-Neonschild im Fenster. Zunächst hatte ich keine Ahnung, warum ich ausgerechnet dorthin gelaufen war. Dann dämmerte es mir. Ich habe vorhin schon erwähnt, dass Bob meine erste echte Freundin, Eva, hatte umbringen lassen – hauptsächlich weil er dachte, Liebe würde einen Killer in einen verweichlichten, unterwürfigen Faulpelz verwandeln. Apropos, die feige Sau hatte nicht mal die Eier gehabt, es selbst zu erledigen. Er hatte einfach den Befehl und dann sein Bestes gegeben, damit es so aussah, als wäre sie von einem Haufen Junkies auf der verzweifelten Suche nach Geld vergewaltigt und erwürgt worden. Das hab ich ihm nie abgekauft. Die ganze Sache stank bis zum Himmel nach Bob.

Irgendwann später hatte ich die Neandertaler ausfindig gemacht, die den Mord tatsächlich begangen hatten. Billiger Abschaum aus dem Viertel Bensonhurst. Hauptsächlich Typen, die für die Mafia Müll wegräumten und dreckige Wäsche wuschen. Denkt an Knastspitzel und dann noch mal ein ganzes Stück die Moralskala runter: auf einer Stufe mit Aas und Kakerlaken. Damals hatte ich jedoch nichts unternommen, aus Angst vor Bobs gnadenloser Antwort. Aber ich habe die Kerle nie vergessen. Und nun stand ich hier vor der Kneipe, von der ich wusste, dass sie sie oft aufsuchten und für ihre »Geschäfte« benutzten. Ich wollte all die Wut, die ich wegen Alice spürte, in Richtung dieser arglosen Spaghettifresser kanalisieren. So als würde man seine Aggressionen im Fitnessstudio am Sandsack auslassen, nur dass der Sandsack einen Schnauzbart voller Suppe und einen Diamant-Hufeisen-Ring am kleinen Finger trägt.

In dem Moment, als ich hineinging, verwandelte ich mich in einen Wolf, der die Höhle eines feindlichen Rudels betrat. Alle pockennarbigen Muskelprotze knurrten mich förmlich an. Ich schlenderte hinüber zur Bar und nahm auf einem leeren Hocker Platz.

»Eine Piña colada, bitte.«

Der Barkeeper starrte mich an und schielte dann hinüber zu seinen Stammkunden in der Ecke. Seine rechte Hand verschwand unter dem Tresen.

»Sieh zu, dass du dich wieder verpisst, du Schwuchtel. Wir verkaufen hier keine Schirmchen-Drinks.«

»Bist du Terry?«, fragte ich beiläufig.

»Wer will das wissen, verdammt?«

»Ich hab letzte Nacht deine Mama gefickt. Sie hat mir erzählt, du rufst sie gar nicht mehr an.«

Mit dem Baseballschläger, den er unter dem Tresen umklammert hielt, seit ich mich hingesetzt hatte, setzte er zu einem Ted-Williams-Gedächtnisschlag an. Mit einer Hand stoppte ich die Keule und schlug ihn mit der anderen bewusstlos. Dann ging die Party los. Überall blitzten Waffen auf. Die Kerle stürzten sich auf mich, sogar die fetten, nur um ein Stück von mir abzubekommen. Ihr hättet mal ihren Gesichtsausdruck sehen sollen, als ich sie so brutal zusammenschlug, dass sie Blut pissten und Richtung Ausgang krochen. Einige von ihnen zogen Messer und Pistolen, aber ich entwaffnete sie schnell, bevor ich ihnen ihre Kiefer, Arme und Beine brach und ihre Waffen durchs Fenster schmiss, sodass der Gehweg draußen mit Glassplittern übersät war.

Als irgendwann schließlich die Cops eintrafen, war deren Gesichtsausdruck sogar noch witziger. An ihrer Reaktion erkannte ich, dass das eine ihrer Schmiergeldspelunken sein musste – vermutlich zahlten die Besucher dieser Kneipe ihnen ein paar Tausender im Monat, um sich einen Freifahrtschein zu sichern. Die Cops waren also nicht hier, um das Gesetz walten zu lassen, sondern vielmehr um ihre Einnahmequelle zu beschützen. Ich entwaffnete die beiden im Handumdrehen und kettete sie mit ihren Handschellen und heruntergelassenen Hosen an den Fußlauf des Tresens. Dann übergoss ich sie mit Bacardi 151 und befahl ihnen, die Klappe zu halten, andernfalls würde ich sie zu gegrillten Spanferkeln verarbeiten.

Als alle entweder geflohen oder k. o. gegangen waren, setzte ich mich wieder an die Bar – gerade rechtzeitig, als der Barkeeper aufwachte und sich orientierungslos schwankend erhob. Terry. Ich wusste, dass er Eva ermordet hatte, und ich sah vor meinem geistigen Auge, wie er seine verschwitzte Fettvisage über sie beugte, als er es tat.

»Wo bleibt eigentlich meine Piña colada, Jimmy Buffett?«, witzelte ich.

»Was zum Teufel willst du?«

Ich zeigte ihm ein Foto von Eva, das ich in meiner Brieftasche aufbewahrte. Sie hatte es in einer Telefonzelle aufgenommen, als sie betrunken gewesen war, und es mir dann als Witz geschenkt. Er versuchte so zu tun, als würde er sie nicht wiedererkennen, aber er stellte sich nicht sehr überzeugend an.

»Niemand wird je erfahren, was wirklich mit ihr passiert ist. Aber was mit dir passiert, das wird man erfahren, Terry.«

Er griff nach seiner Kanone und ich ließ zu, dass er sie unter dem Tresen mit den Fingern umklammerte. Ich wollte, dass er das falsche Gefühl der Macht spürte, das einen überkommt, wenn man, wie ich vermutete, eine 357er mit abgefeilter Seriennummer in die Hand nimmt – direkt aus der Asservatenkammer der Polizei, mit freundlicher Genehmigung seiner Copfreunde. Ich hörte, wie der Hahn gespannt wurde und die Trommel rotierte. Ich gestattete ihm, die Waffe unter dem Tresen hervorzuholen, und ließ ihn sogar auf mich zielen. Aber wie die meisten Laien zögerte er eine halbe Sekunde lang. Diese Gelegenheit ergriff ich, um meinen S.T.-Dupont-Füllfederhalter hervorzuholen – ein echtes Kunstwerk aus Platin und schwarzem Perlmutt, das ich mit neunzehn als Anzahlung für einen Auftrag in Paris erhalten hatte – und ihn (widerwillig) ins Ende des Laufs seiner Kanone zu stecken.

Bevor er den Abzug betätigte, duckte ich mich schnell unter den Tresen. Als der Hahn hervorschnellte, explodierte der Revolver in seinem Gesicht und der Füllfederhalter bohrte sich in die Wand hinter mir. *C'est dommage*. Ich hob den Kopf und sah, wie Terry hinter dem Tresen stand, überrascht, weil er weder Kiefer, Zunge noch Zähne mehr hatte. Die untere Hälfte seines Gesichts war nur noch ein zerfetztes Loch.

»Grüß Bob von mir.«

Seine überraschte Miene wich der ausdruckslosen Wachsvisage der kürzlich Verstorbenen und er fiel mit dem Gesicht nach vorn in den Eisbottich. Seine Lebenskraft sickerte in großen roten Tropfen auf die langsam antauenden Eiswürfel, während er wie die Böse Hexe des Westens vor sich hin schmolz. Dann hörte ich das Geräusch von Polizeisirenen und rannte los. Ich rannte immer weiter, bis ich daheim angekommen war. Ich setzte mich auf die Treppe, weil mir vor Sauerstoffmangel langsam schwarz vor Augen wurde. Als ich die Wohnung wieder betrat, war Alice fort. Neben einer Flasche Bourbon hatte sie einen Zettel hinterlassen: »Ich bin dich suchen gegangen. Bleib hier und gönn dir einen Drink.«

Ich wusch mir die Füße und schenkte mir einen ordentlichen Schluck Whiskey ein. Ich versuchte nicht, sie anzurufen oder ihr eine SMS zu schicken. Ich war mir nicht sicher, ob ich bereit war, ihr in die Augen zu sehen, ohne völlig den Verstand zu verlieren. Was sie gesagt hatte, klingelte mir immer noch wie ein Gong in den Ohren.

Verarscht.

Ich versuchte das Gefühl abzuschütteln, aber ich wusste, das würde mir nie gelingen. Wenn man sich so lange wie ich auf den reinen Überlebensinstinkt verlassen hat, katalogisiert das Gehirn automatisch alles, was es als potenzielle Bedrohung interpretiert. Auch wenn sie es bloß aus Wut gesagt hat und mich damit ins Mark treffen wollte – eine Taktik, die so ziemlich jedes Paar der Welt beim Streiten anwendet –, konnte ich nicht anders, als ständig an die Arroganz in ihrer Stimme zu denken. Eine gewisse Genugtuung schwang darin mit, so als ob ein Teil von Alice tief im Inneren stolz auf ihre »Arbeit« mit Bob wäre, auf die Arbeit, die lediglich eins zum Ziel gehabt hatte: mich zu vernichten.

Misstrauen beginnt nahezu immer mit einer Frage. In meinem Fall fragte ich mich: *Nutzt mich Alice nur aus, um zu bekommen, was sie will? Ist das alles bloß Teil eines weiteren Betrugs? Wird sie mich aus dem Weg räumen, sobald sie das Gefühl hat, dass ich ihr nichts mehr nütze?* In den Stunden, in denen ich auf sie wartete, versuchte ich mir diese Gedanken selbst auszureden, aber die Fragen hielten sich viel zu hartnäckig, als dass ich mit meinem schwachen Bemühen um beruhigende Antworten dagegen angekommen wäre.

Als sie nach Hause kam, sah sie erschöpft und ausgelaugt aus. Ich machte mich auf einen heftigen Streit gefasst, aber stattdessen kam sie zu mir, legte ihre Arme um mich und zog mich ganz nah an sich heran.

»Es tut mir so leid, John«, sagte sie.

Sie küsste mich, Tränen rannen ihre Wangen hinunter.

»Ich liebe dich. Verzeihst du mir?«

Ich war so überwältigt, dass ich kein Wort herausbekam, daher nickte ich nur, nahm sie in den Arm und trug sie in unser Schlafzimmer. Stundenlang lagen wir im Bett und hielten uns einfach nur gegenseitig fest. Wir waren beide zutiefst verängstigt wegen dem, was geschehen war, und klammerten uns verzweifelt aneinander.

In guten wie in schlechten Zeiten …

12

Nach dieser Nacht hatte sich unsere Beziehung verändert. Der Unterschied war kaum merklich, aber er existierte. Wir hatten einen Teil der Unbeschwertheit verloren, die wir einst besaßen, und mir fiel auf, dass Alice jetzt sehr darauf achtete, mir gegenüber ihre Emotionen im Zaum zu halten. Als ich sie darauf ansprach, tat sie es als Anlaufschwierigkeiten ab. Sie sagte, Paare brauchen Zeit, um einander kennenzulernen und herauszufinden, wie man am besten miteinander umgehe. Das klang zwar alles vernünftig, aber auch ein wenig nach den Selbsthilfebüchern aus der Buchhandlung. Ich glaube, wir dachten beide dasselbe, trauten uns aber nicht, es auszusprechen. Hatten wir die Sache überstürzt? Wir hätten auch einfach zusammenarbeiten und mit der Hochzeit noch warten können. Immerhin waren wir nicht wie normale Turteltäubchen vorher erst mal eine Zeit lang miteinander ausgegangen, und keiner von uns hatte irgendwelche Erfahrung auf diesem Gebiet vorzuweisen. Also fingen wir an, unsere Liebe wie einen komplizierten Sprengsatz zu behandeln, der jeden Moment explodieren konnte.

Ein positiver Aspekt war allerdings, dass sich unser Arbeitsverhältnis exponentiell verbesserte. Alice war weitaus offener für meine Ansichten, wie man das Unternehmen leiten sollte, und weitaus weniger geneigt, mich wie einen unterwürfigen Diener regelrecht platt zu walzen. Außerdem versprachen wir einander, dass wir, sobald HR auf Hochtouren lief, sowohl Alice' FBI-Maulwurf-Problem als auch meinem HR-Puppenspieler-Anliegen nachgehen würden – und dabei beiden Angelegenheiten exakt gleich viel Aufmerksamkeit schenken würden. Aber wir einigten uns auch darauf, dass wir uns zuallererst ins Zeug legen mussten, um wesentlich dickere Fische als Kunden an Bord zu holen und die Schatztruhen, die wir für den Bau der neuen Trainingsanlage geplündert hatten, wieder aufzufüllen.

Gleich nachdem wir unsere Angel ins Wasser geworfen hatten, biss ein riesiger Fisch an. Eine anonyme Organisation kontaktierte uns mit einem 5-Millionen-Dollar-Angebot als Visitenkarte. Als Alice und ich sahen, wer die Zielperson war, konnten wir unsere Begeisterung kaum zügeln. Ich habe früher schon oft erwähnt, dass sich unsere Opfer ihren Status als solche meistens redlich verdient hatten, aber bei diesem Typ war Rache ein Gericht, das am besten heiß serviert wird, als Fünf-Gänge-Menü mit einem edlen Bordeauxwein dazu.

Gebt es zu. Wir alle hassen Internet-Milliardäre insgeheim. Klar, sie haben sich in zig schlaflosen Nächten an irgendeinem Hightech-Arbeitsplatz abgerackert, endlos Codezeilen geschrieben und Zweieinhalb-Liter-Kanister Energydrinks von der Tankstelle in sich reingekippt. Aber es ist ja nicht so, als hätten sie die Eisenbahnstrecken gebaut, das nagelneue iSonstwas erfunden oder drei Generationen Kentucky Fried Chicken den Weg geebnet. Das ist nur was für Industriemagnaten. Man kann über Leute wie Gates, Jobs, Ford, Sanders und Mellon sagen, was man will, aber die sind eine Klasse für sich und stehen auf einem Fundament aus Backstein, Mörtel, Schweiß, Blut und Tränen. Facebook an den Start zu bringen ist dagegen eher so, als würde man im Lotto für sozialen Abschaum gewinnen. Du besitzt zwar vielleicht mehr Geld als Gott, aber kein Schwein wird eine Bibliothek nach dir benennen oder eine Bronzebüste von dir im Rathaus aufstellen. Internet-Milliardäre sind die Bourgeoisie der heutigen Zeit, sie verprassen ihren unverdienten Reichtum für allen möglichen Zirkusunfug, lassen ihre selbstverherrlichenden Autobiografien schon in den späten Zwanzigern von Ghostwritern tippen und stecken dann noch mehr Geld in Technikmüll, um die Massen in die digitale Sklaverei zu zwängen.

Alice und ich erwischten den Nerdmogul schlechthin. Wie ihr wisst, schwirren im Netz so einige sehr beliebte Online-Dating-Websites und -Apps herum. Und obwohl es dort vor Bot-Zuhältern, die mit Fakeprofilen auf Kundenjagd gehen, nur so wimmelt, sind diese Websites extrem erfolgreich. Und unsere Zielperson war niemand Geringeres als der Geschäftsführer der wohl größten und erfolgreichsten Online-Fleischbeschauung in den USA – und anderen Ländern, in den Heiraten nicht so abläuft, dass ein Vater seine Teenagertochter einem Mann seines Alters im Tausch gegen ein Dutzend Ziegen und etwas Glitzerkram übergibt.

»Dr. Love«, wie die Presse ihn nannte, war der Erste, der *hundertprozentige Kompatibilität mit Ehegarantie* einführte. Das Versprechen lautete: Wenn du nicht die Liebe deines Lebens kennenlernst, heiratest und mindestens fünf Jahre lang verheiratet bleibst, erstattet er dir nicht nur dein Geld zurück, sondern stellt dir außerdem noch persönlich einen Scheck in Höhe von 10.000 Dollar aus. Dieses Konzept funktionierte auf so beängstigende Weise fehlerlos, dass massenhaft Verschwörungstheorien aus dem Boden schossen, die alles von einer außerirdischen Intelligenz bis hin zu pharmazeutischer Gedankenkontrolle abdeckten.

Als Alice und ich Dr. Loves Akte lasen, ging uns ein Licht auf. Im Grunde war sein Vorgehen ziemlich teuflisch, selbst für den Geschmack von zwei professionellen Zynikern wie uns. Der Kerl hatte als hochrangiger Nerd im nationalen Überwachungsprogramm der NSA gearbeitet. Dort war er verantwortlich für das Schreiben von Programmen gewesen, die das überwachte Verhalten der Menschen analysierten und Trends erkannten, die als Vorhersagemodelle für deren zukünftiges Handeln dienten. Im Grunde kennt uns die NSA dank Dr. Love besser, als wir uns selbst kennen, und kann mit hoher statistischer Wahrscheinlichkeit vorhersagen, was wir morgen, nächsten Monat oder sogar in einem Jahr tun werden. Alles in ihrer Orwell'schen Dystopie lief wie geschmiert, bis Love kündigte und quasi sein eigenes Programm kopierte, um ein elektronisches Dating-Imperium aufzubauen. Denkt mal drüber nach. Wenn eine Maschine eine Person in- und auswendig kennt – vom Konsumverhalten, das Rückschlüsse auf Wünsche und Bedürfnisse zulässt, bis hin zu Krankenakten, die körperliche Merkmale und das psychologische Profil preisgeben –, ist es das reinste Kinderspiel, diese Person mit jemand Kompatiblem zu verkuppeln.

Das hat aber nichts mit Liebe zu tun, meine Brüder und Schwestern. Es geht einzig und allein um das Partnerschaftsparadigma. Die meisten Menschen heiraten, um eine Festung zu errichten, die es ihnen ermöglicht, sich gegen Einsamkeit abzuschotten und sich mit sozialen Verpflichtungen einzudecken. Das ist alles Teil des Musters, dem sie seit ihrer Kindheit folgen und das normalerweise nichts mit ihren wahren Wünschen zu tun hat. Welcher Mensch wünscht sich denn ganz tief in seinem Inneren eine »große Familie«? Versucht mal, fünf Kinder großzuziehen, dann seht ihr selbst, wie es sich anfühlt, seine Selbstständigkeit vollkommen zu verlieren. Aber man erbt diese größtenteils absurden Vorstellungen von Menschen, bei denen man genau weiß, dass sie einem ihre Liebe vorenthalten würden, falls man ihre Ansichten nicht übernimmt – den Eltern.

Natürlich erzeugt die strikte Befolgung dieses Musters ein (falsches) Gefühl von Sicherheit, für das die Leute viel vehementer kämpfen, als sie es jemals für ihre Liebe tun würden. Weswegen lassen sich die Menschen denn am häufigsten scheiden? Geld. Hätte Fred das Konto der Feuersteins nicht mehr mit Dinodollars gefüttert, hätte Wilma angefangen, Mr. Schiefer zu vögeln. Der Punkt ist: Dr. Love hatte den Partnerschaftsaspekt von Beziehungen schon mit einkalkuliert. Wenn jemandem Geld und Besitztümer am wichtigsten sind, kann man Gift darauf nehmen, dass er mit einem Vertreter derselben Spezies verkuppelt wird und dass beide diese Lebensgemeinschaft, die sie mit ihrem in den Himmel gelobten Mitbewohner eingegangen sind, dann um jeden Preis beschützen werden – jedenfalls für mindestens fünf Jahre. Wie schon gesagt: teuflisch.

Der anonyme Klient, der uns grünes Licht für Dr. Love gab, wollte zwar mysteriös erscheinen, aber der erfahrene Bürokrat stand ihm quasi ins Gesicht geschrieben, und ich ging jede Wette ein, dass es die NSA höchstpersönlich war, die ihn unter die Erde bringen wollte. Sie hatten schon genug Peinlichkeiten durch wutentbrannte Presseartikel überstehen müssen und wollten jetzt bestimmt nicht, dass irgendjemand von der Technologie erfuhr, mit deren Hilfe sie die USA in die UdSSR verwandelten, daher stand ein lautloser Meuchelmord auf der Tagesordnung ganz oben, damit die Welt weiter ahnungslos im Elfenbeinturm herumsaß.

Dr. Loves gut dokumentierter, zurückgezogener, ans Eremitenhafte grenzender Lebensstil war ein Hinweis darauf, dass sie bereits versucht hatten, ihn auszuschalten – vermutlich sogar schon mehrere Male –, aber versagt hatten. Er ließ sich nur selten in der Öffentlichkeit blicken, und wenn, dann war auf den Fotos, die von ihm geschossen wurden, immer nur eine undeutliche Gestalt zu erkennen, sodass man, wenn man nicht wusste, wer da zu sehen war, leicht glauben konnte, auf jedem Foto wäre jemand anders abgelichtet. Er lebte wie Pablo Escobar, war schwer aufzuspüren und nahezu völlig unerreichbar, sofern man nicht diverse Sicherheitsmaßnahmen überlistete. Ihn in seinem Büro zu exekutieren wäre zwar machbar gewesen, hätte aber definitiv massiven, blutigen Widerstand bedeutet. Darüber hinaus blätterte unser zahlungskräftiger Klient ein stattliches Sümmchen für unsere Fähigkeit hin, in höchstem Maße diskret vorzugehen, darum wollten wir ihn mit Raffinesse und Einfallsreichtum beeindrucken, um Uncle Sams reißenden Geldfluss nicht versiegen zu lassen.

Nachdem wir uns den Kopf wegen eines Einstiegsszenarios zermartert hatten, wurde uns eine Gelegenheit wie auf dem Silbertablett präsentiert: Dr. Loves jährliches Vertriebsmeeting in Las Vegas. Ein Firmenmeeting! Noch dazu bei einer riesigen Social-Networking-Konferenz! Wir konnten unser Glück kaum fassen. Dazu musste er seinen Bürokokon verlassen und war durch eine Vielzahl potenzieller Attacken angreifbar. Wenn das mal kein Spaß werden würde. Leider würde es extrem schwer werden, als Praktikanten und Angestellte zu diesem Event eingeladen zu werden, da Dr. Love eine relativ kleine und loyale Belegschaft um sich scharte – etwa vierhundert Personen, die schon seit den Start-up-Tagen mit an Bord waren – und jemand mit seinem astronomisch hohen Level an Paranoia ein unbekanntes Gesicht im Handumdrehen erschnüffeln würde.

Als wir jedes mögliche Einstiegsszenario durchgingen, rannten wir immer wieder gegen Mauern, die Dr. Love als kontaktscheuer Geist ganz bestimmt um sich herum errichtet hatte. Ich wollte mich gerade dem altehrwürdigen Ritual des Kopf-gegen-die-Wand-Schlagens widmen, als Alice durch ihren lieb gemeinten Versuch, meine Nerven mit wärmender Zuneigung und einem kühlen Getränk zu beruhigen, eine brillante Idee kam.

»Wir sind ein Traumpaar«, sagte sie lächelnd und zündete sich beiläufig eine Zigarette an.

»Ein bisschen kitschig, aber ich gebe dir völlig recht, Liebling«, antwortete ich und nahm einen Zug.

»Nein, du Dummkopf, wir können uns auf Dr. Loves Konferenz schmuggeln, wenn wir uns als eines *seiner Traumpaare* ausgeben.«

»So wie diese verblödeten Kindergebärmonster bei *Oprah*?«

»Ganz genau. Jedes Jahr lädt er zehn Versuchskaninchen-Paare zu der Konferenz ein, die die magische Fünf-Jahres-Grenze überschritten haben und die er für umwerfende Erfolgsgeschichten hält. Dann führt er sie der Menge wie preisgekrönte Zuchtbullen vor, lädt sie zu einem fürstlichen Dinner ein und nimmt sie für seine Hauptrede mit aufs Podium. Wir hätten Dr. Love die ganze Zeit direkt vor der Nase!«

»Immer wenn ich denke, es ist unmöglich, dass ich dich noch mehr liebe, Alice, verdrehst du mir mit so einer wahnsinnig genialen Nummer den Kopf.«

»Ja, nicht wahr?«

Also setzten wir uns mit Sue zusammen und brachten unseren Coup ins Rollen. Uns einen Platz in der Gruppe der Paare zu sichern war noch der leichte Teil. Die Kandidaten werden von regionalen Handelsvertretern nominiert, daher heuerten wir ein paar Schläger an, um den Vertreter für New York zu »überreden«, uns für die Nordostregion zu nominieren und brav die Klappe zu halten, sonst würde seine Ehefrau die Überreste von ihm und seiner Geliebten in ihrer Yogatasche finden.

Der schwierige Teil war, uns ein Hinrichtungsszenario auszudenken. Erstens brauchten wir ein überzeugendes Attentäterprofil, damit die NSA nie in Verdacht geraten würde, ihm das Licht ausgepustet zu haben. Zweitens mussten wir einen Weg finden, ihn auf äußerst elegante Art und Weise auszuschalten. Ein Blutbad wäre kontraproduktiv, denn es hätte allen möglichen Ermittlungen seitens FBI und Presse Tür und Tor geöffnet. Stellt euch mal den Shitstorm vor, den es gäbe, wenn man Mark Zuckerberg auf offener Straße aus einem vorbeifahrenden Auto heraus abknallen würde. Klar, es wär ein Mordsspaß, aber die Medien würden der Blutspur unerbittlich wie eine Meute tollwütiger Hunde folgen, bis sie die arme Sau den Baum hochgejagt hätten.

Um das richtige Hinrichtungsszenario zu finden, drehten wir den Spieß also um und nahmen *Dr. Love* genauer unter die Lupe. Aus seiner Zeit bei der NSA hatte er nicht viele Feinde, weil der Sesselpupser bloß in seinem Think Tank herumgesessen hatte und keiner, der mal von ihm betrogen wurde, auch nur die leiseste Ahnung hatte, wer er überhaupt war. Vor allem aber wollten wir ja vermeiden, dass man eine Verbindung zur NSA ziehen konnte, um unseren mutmaßlichen Klienten zu schützen. Darum durchleuchteten wir sein Leben als Heiratsvermittlungschef und stießen auf ein ganzes Nest potenzieller Feinde. Am geeignetsten erschien ein ehemaliger Mossad-Agent, dessen Frau eine kurze Affäre mit Dr. Love gehabt hatte. Dieses Techtelmechtel hatte zur Scheidung geführt, und man sah die Frau danach nie wieder. Der Mossad-Agent war noch flüchtig, aber man vermutete, dass er zurück nach Israel geflohen war, um einer Anklage zu entgehen.

Dieses Szenario gefiel uns aus mehreren Gründen. Erstens wissen Mossad-Agenten, wie man effizient und diskret mordet, und sie verschwinden von der Bildfläche, sobald der Job erledigt ist. Zweitens würde das die Affäre ans Licht bringen, was eine erstklassige Steilvorlage für die Presse abgäbe, da der Grund für Dr. Loves Ableben dann ausgerechnet Ehebruch wäre. Da ist in etwa so, als würde Gesundheitsexperte Dr. Oz an einem Zuckerguss-Schokomuffin ersticken. Schließlich fand Dr. Loves Konferenz genau in der Woche statt, in der sich der Hochzeitstag des Mossad-Agenten jährte, und zack, hatten wir ein Motiv. Fertig war unsere Aufführung der bestens bekannten Tragödie des in Ungnade gefallenen Heuchlers, bei der der Chor lauthals rufen würde: »Das hat er nicht anders verdient.«

Wir gaben Sue Bescheid, sich um die Logistik zu kümmern.

13

Als Alice und ich in Las Vegas ankamen, wurden wir wie Könige behandelt. Man quartierte uns in einer Suite in einem der besseren Hotels ein und stopfte unseren Terminkalender mit Auftritten und sonstigen Aktivitäten voll. Diese Sonderbehandlung war zwar nett, aber Zeit mit den anderen Paaren zu verbringen fühlte sich schlimmer an als Folter. Es handelte sich um eine Schar hasenfüßiger Vorortzombies, die gegenseitig ihre Sätze beendeten und den Karaokeabend in einen PDA-Blitzkrieg verwandelten. Wer baut denn mitten in sein »Island in the Stream«-Duett einen innigen Zungenkuss ein? Alice und ich zogen ernsthaft in Betracht, der Welt einen Gefallen zu tun und sie ebenfalls alle umzubringen, quasi als Bonus. Als eine der Ehefrauen Alice fragte, ob sie auch Vollzeit-Hausfrau und -Mutter sei, dachte ich kurz, meine Gattin würde dieses schmachtende Spatzenhirn gleich an Ort und Stelle abknallen. Uns wurde sehr bald bewusst, dass Dr. Loves System intelligentere Menschen mit lästigen komplexen Gedankengängen, die dem Konzept der blinden Hingabe möglicherweise im Weg stehen würden, vermutlich schon im Vorfeld aussortierte. Liebe macht tatsächlich blind – zumindest wenn man es mit dem Schlag Menschen zu tun hat, dem beim Anblick des All-u-can-eat-Buffets im Restaurant um die Ecke das Herz aufgeht.

Dr. Love hielt sich für einen progressiven Business-Guru, deshalb verordnete er seinen Angestellten und uns zahlreiche lächerliche Teambuilding- und Trainingsaktivitäten, durch die wir lernen sollten, unser Potenzial auszureizen: gemeinsames Malen (Dein Blickwinkel ist genauso wichtig wie meiner!), ein Vertrauensfall-Workshop (Nur in der Gruppe fängt mich immer jemand auf!), Hochseilgartentrips (Höhenangst ist was für Weicheier!) und so weiter. Der Vertrauensfall-Workshop war vermutlich der lustigste, weil Alice mich absichtlich fallen ließ, um die anderen Pärchen zu erschrecken.

Der Hochseilgarten bot uns die erste potenzielle Gelegenheit, Dr. Love loszuwerden. Wie vorherzusehen war, entschied er sich für die extreme Version und veranstaltete den Parcours bei Nacht, damit sich auch alle schön ins Höschen machten. Ein Sturz von der höchsten Plattform führte fünfzehn Meter in die Tiefe, aber das allein wäre keine Garantie, dass er wirklich sterben würde. Wir mussten auf Nummer sicher gehen.

Der Mossad gilt als Fan von Garotten-Schlingen, daher sah unser Plan vor, unauffällig aus einem vor ihm liegenden Seilhindernis eine Schlinge zu legen, in die er stürzen sollte. Im Dunkeln würde man sie nur schwer sehen können, vor allem, da Alice ihn oben auf der Plattform ablenken würde, während ich die Schlinge legte und unauffällig seinen Sicherungshaken löste. Dann müsste Alice ihm bloß noch einen kleinen Schubs geben, und schon würde er in die Schlinge fallen, die sich durch seinen Sturz so schnell zuzöge, dass sie ihn schließlich wie eine Garotte erwürgen würde. Die Polizei von Las Vegas sähe im herunterbaumelnden Sicherungshaken dann lediglich einen tragischen Unfalltod, während die Seilgarotte fürs FBI eine Brotkrümelspur zum Mossad darstellen würde.

Alles lief nach Plan, bis Dr. Love beschloss, dass eine Seilrutsche vom Dach unseres Hotels zu dem eines benachbarten noch extremer sei, sodass wir Sue zurück ans Reißbrett schicken mussten. Da der gute Doktor ganz angetan von Alice schien (so eine Überraschung), spielten wir mit dem Gedanken, dass sie ihn zu einem heimlichen Stelldichein lockte, zu dessen Vorspiel gehörte, ihm eine Kugel Kaliber 22 in den Schädel zu jagen – ebenfalls eine beim Mossad beliebte Methode, da man jemanden lautlos aus nächster Nähe erledigen konnte. Aber Sue fand heraus, dass der Typ Türen und Fenster seiner Hotelsuite mit Metalldetektoren ausgestattet hatte und jeder Besucher – wie die Escortdamen, die er jede Nacht auf sein Zimmer bestellte – sich vorm Betreten komplett entkleiden musste. Und da Alice nicht sehr erpicht darauf war, eine Ampulle Nervengift in ihrem Arsch hineinzuschmuggeln – noch ein populärer Mossad-Trick –, strichen wir diesen Plan ebenfalls.

Uns lief die Zeit davon, und die Optionen gingen uns aus. Daher warf ich einen Blick in die unerschöpfliche Ideenfundgrube namens Kinofilme, und wer hätte das gedacht, einer meiner absoluten Lieblingsfilme inspirierte uns zu unserem Tötungsszenario: *Der Pate*. Genau genommen die Szene, in der im Vorhinein eine Pistole auf die Rückseite eines Toilettenspülkastens in einem Restaurant in Brooklyn geklebt wurde, damit Michael Corleone nach dem Besuch des stillen Örtchens munter herumballern konnte. Wenn wir vor Dr. Loves mit Spannung erwarteter Hauptrede irgendwo im Bereich der Bühne eine Waffe versteckten, könnten wir sie während eines der zahlreichen absurden Spektakel des Abends hervorholen und ihm damit den Garaus machen. Sue fand heraus, dass jede Menge Pyrotechnikeffekte eingeplant waren (um das Feuer der Liebe neu zu entfachen!), außerdem Lasershows mit Stroboskoplicht und laute Musik, sodass wir ihn theoretisch erschießen und dann unerkannt abtauchen konnten, noch bevor der Champagner zum Anstoßen serviert wurde.

Die Waffe auf die Bühne zu bringen stellte sich jedoch als weitaus größeres Problem dar als gedacht. Die Bühne war nämlich bereits montiert und schwer bewacht. Jeder, der etwas mitbrachte oder mitnahm, wurde durchsucht und mit Metalldetektoren durchleuchtet. Deshalb mussten wir kreativ werden. Zurück zum DVD-Regal, diesmal: *In the Line of Fire*. John Malkovich spielt den cleveren Attentäter, der eine Kunststoffpistole bastelt, um sie mit auf eine Spendengala zu schmuggeln und damit den Präsidenten zu ermorden. Seit damals hat sich im Bereich Kunststoff enorm viel getan und manche Feuerwaffen werden nahezu komplett mithilfe von exotischen Kohlenstofffaserrezepten hergestellt. Aber egal, ob unsere Waffe aus Plastik oder Butter bestünde, sie würde trotzdem aussehen wie eine Pistole, darum mussten wir sie in Einzelteilen hineinschleusen. Wie es der Zufall wollte, handelte es sich bei den billigen Trophäen, die Dr. Love jedem Pärchen überreichen wollte, um große geflügelte Acrylherzen auf Holzpodesten. Sue fand einen Weg, die Einzelteile der Waffen in unserer Trophäe zu verstecken, aber uns fehlte trotzdem noch eine Lösung für die Kugeln, die wir ja schließlich nicht einfach so in einem Schlüsselanhänger in Hasenpfotenform in den Saal schmuggeln konnten.

Darum stattete Sue einem unserer kreativen Waffenschmiede in Reno einen Besuch ab, der uns den guten alten Vorderlader vorschlug. Die Trommel könne man mit einer Plastikhülle voller Pulver und einem Pulverzündhütchen ausstatten, das das Pulver statt mit einem Hahn mithilfe einer Chemikalie entzündete. Alles, was wir brauchten, war ein Projektil, und genau das würde meine reizende Gattin in Form eines vierkarätigen Diamantrings zur Verfügung stellen, der ihrem Verlobungsring täuschend ähnlich sah. Der Diamant würde dafür sorgen, dass nichts und niemand Dr. Loves Eierkopf wieder zusammenflicken könnte, und thematisch gesehen war es ein echter Volltreffer.

Dann kam der Abend seiner Hauptrede, alles war vorbereitet. Sue hatte es dank einer plötzlichen Erkrankung des ursprünglichen Trophäenschmieds geschafft, unsere Trophäe zusammen mit den anderen hineinzuschmuggeln, und Alice stellte ihren tödlichen Klunker zur Schau. Wie ihr euch vorstellen könnt, war die ganze Veranstaltung eine peinliche Kitschorgie voller gefühlsduseliger Ansprachen und einem frontalen Mediengewitter. Dr. Love verwandelte sich in eine Mischung aus Tony Robbins und David Copperfield und wuselte über die Bühne wie ein Selbsthilfe-Jahrmarktschreier.

Dann bekam jeder ein Plastiksektglas mit warmem Schaumwein in die Hand gedrückt und Dr. Love führte alle Traumpaare auf die

Bühne. Auf der Videowand hinter uns wimmelte es nur so von animierten, Flügel schlagenden Herzchen, die wie eine purpurfarbene Wolke aus Schmetterlingen an einem Sommertag umherschwirrten. Ein Schwarm Frauen in Bikinis und unmöglich hohen High Heels überreichte uns unsere Trophäen, dann stellte sich Dr. Love auf das Podium. Während er seine Rede abspulte, dabei Shakespeare falsch zitierte und Amor mit Jesus verglich, befreiten Alice und ich vorsichtig die Bestandteile der Pistole von ihrer himmlischen Hülle, und Alice setzte sie anschließend blind in den Taschen ihres schwarzen Straußenfederrocks der Marke Dries Van Noten zusammen.

Während wir auf das große Finale warteten, das laut Sues Recherchen die Art Ablenkung aus Pyrotechnik und Lärm bieten würde, die wir brauchten, geschah etwas Unerwartetes: Dr. Love bezog Alice und mich in seine Rede ein.

»All diese Paare sind Traumpaare«, begann er. »Aber ein Paar möchte ich ganz besonders hervorheben, denn es hat mich in der vergangenen Woche sehr beeindruckt. Doug und Karen Goldstein, kommen Sie doch bitte für einen Moment zu mir nach vorne.«

Doug und Karen Goldstein, das waren wir, benannt nach den Pflegeeltern, die mich einst zwei Tage lang mit einem Beutel Hundefutter und einem Eimer Dreckwasser in einen Holzschuppen gesperrt hatten.

Wir gingen nach vorn und stellten uns stolz neben Dr. Love. Er lächelte freundlich, schüttelte mir die Hand und küsste Alice unangenehm lange auf die Wange.

»Doug und Karen haben mir diese Woche bewiesen, dass Kompatibilität manchmal mehr durch Konflikte denn durch Harmonie entstehen kann.«

Er hatte ja keine Ahnung.

»Das beruht auf der eher animalischen Veranlagung, nach brennender Leidenschaft zu dürsten statt sich mit der Bequemlichkeit gleicher Gesinnung zufriedenzugeben.«

Die Mienen der anderen Paare verfinsterten sich und sie hörten auf, sich wie gestörte Kätzchen gegenseitig das Gesicht abzulecken.

»Doug und Karen haben mich derart inspiriert, dass ich das Element der Reibung in unser System integrieren werde. Und wissen Sie, was passiert, wenn man Reibung erzeugt?«

Er starrte hinunter zur Menge, sein Blick forderte eine Antwort.

»Niemand?«

Stille.

»Feuer. So wie man zwei Stöcke aneinander reibt, können sich auch zwei Menschen aneinander reiben, und dann fliegen die Funken!«

Die Menge jubelte. Dann gingen die Lichter aus und um uns herum explodierte das Pyrofeuerwerk, begleitet von Katy Perrys revolutionärem Pophit »Fireworks« in dröhnender Lautstärke. Im Eifer des Gefechts beugte sich Dr. Love vor und flüsterte Alice etwas ins Ohr.

»Servier den Trottel ab, dann treiben wir's wie die Karnickel in meinem Privatjet.«

Alice ergriff die Gelegenheit, zog Dr. Love an seinem pochenden Liebesknochen zu einem dunklen Teil der Bühne und brachte mit einem Diamantschuss direkt in die Pupille seine Augen zum Funkeln. Viva Las Vegas!

14

Nach dem Dr.-Love-Spektakel beschlossen wir, einen Teil unseres hart verdienten Honorars für verspätete Flitterwochen auf den Kopf zu hauen, und jetteten an die Amalfiküste. Zufrieden und optimistisch aalten wir uns in der mediterranen Sonne. Alice blickte gerade auf ihr iPad und saß plötzlich kerzengerade im Sessel.

»John, wir haben die Bezahlung für Dr. Love bekommen«, sagte sie und grinste von einem Ohr zum anderen.

»Ich glaube, so breit grinsen hab ich dich noch nie gesehen, nicht mal als ich um deine Hand angehalten habe … zwei Mal.«

»Rate mal, wie viel der anonyme Geldsack für den Auftrag hingeblättert hat.«

»Ich dachte, er hätte uns fünf Millionen geboten.«

»Es gab einen Bonus für Kreativität«, erklärte sie aufgeregt.

»Ich hasse raten. Sag's mir einfach.«

»Ausgeschlossen. Das ist einfach zu gut.«

»Na schön. Dann werfe ich einfach mal eine absurde Zahl in den Raum: acht Millionen.«

»Wie wär's mit siebzehn?«

Auf einmal saß ich auch kerzengerade im Sessel und kippte mein Glas Barolo um.

»Du verarschst mich doch«, sagte ich.

»Ich verarsche Sie nicht, Mr. Lago.«

»Das sind ganz schön viele Mäuse.«

»Mäuse? Das ist ein ganzer Zoo, verdammt!«

»Ich finde, das muss gefeiert werden«, sagte ich und winkte den

Cabana-Jungen heran, um eine Magnumflasche Champagner zu bestellen.

Als er sie uns brachte, knutschten wir gerade so wild, dass wir beinahe vom Sessel fielen. Der Kellner füllte unsere Gläser, dann stießen wir an und blickten uns durch die Kaskade der sprudelnden Bläschen tief in die Augen.

»Nicht schlecht für ein paar Tage Arbeit«, stellte ich fest.

»Ich finde, wir haben uns eine Gehaltserhöhung verdient«, sagte Alice.

Wir tranken und küssten uns, tranken noch mehr und küssten uns noch mehr und landeten schließlich wieder in unserer Villa, wo wir weitertranken und uns liebten, bis die Magnumflasche leer war und wir anschließend nackt im Mondschein liegend Zigaretten rauchten.

»Ich glaube, es wird uns gut gehen«, sagte ich.

Sie rollte sich auf mich und presste ihre sonnengebräunte, heiße Haut an meine.

»John, nicht einfach nur das. Wir werden reich und berühmt sein. Wenn ich so darüber nachdenke, sind wir das eigentlich schon.«

»Nein, ich meine das mit uns. Wir hatten einen kleinen Durchhänger.«

»Alles Schnee von gestern, Schatz.«

Sie küsste mich erneut und ließ mich an ihrer Zigarette ziehen.

»Ich liebe dich, du kranker Mistkerl.« Sie seufzte.

»Ich liebe dich auch, du irrer Freak.«

Unsere letzten Tage in Italien waren so schön, dass ich gar nicht wieder zurückfliegen wollte. Ich schlug Alice vor, einfach das Geld zu behalten, die Rekruten nach Hause zu schicken und glücklich und zufrieden bis ans Ende unserer Tage zu leben. Aber Alice hatte, wie Sue es einmal beschrieb, Sterne in den Augen, und in jener Woche sah ich sie funkeln. Unser neuer Klient hatte bereits weitere Aufträge für uns, und auch andere Kunden boten uns Jobs an. Wie ich immer sage: Erfolg spricht sich in unserer kleinen Welt schnell herum, und wenn alle wissen, dass du der Beste bist, gibt sich niemand mit weniger zufrieden. Was mir nur recht war. Was zum Teufel sollte ich auch anderes mit meinem Leben anstellen? Geld war mir zwar nicht so wichtig wie Alice, aber sie war mir wichtig und ich wollte mit ihr zusammen sein. Im Grunde wäre ich damals bereit gewesen, mit ihr durch die Hölle zu gehen – und genau dort landeten wir schließlich.

15

Zurück in Manhattan waren wir sofort voll gefordert. Sue brachte uns auf den neuesten Stand, was die von ihm betreuten Aufträge betraf, und ausnahmslos alle verlangten unsere Aufmerksamkeit. Alice und ich wurden überhäuft mit Anfragen existierender Kunden, einer langen Liste potenzieller neuer Auftraggeber und unserem neuen, anonymen Geldsackklienten. Vorschussschecks flatterten uns scharenweise ins Haus und Alice konnte es kaum erwarten, zu expandieren. Aufgrund der strikten Trainingsmethoden, die ich eingeführt hatte, wollte ich das allerdings nicht überstürzen. Damals, zu Bobs Zeiten, hatte ich gesehen, wie er sich einen Haufen blutjunger Anfänger an Bord holte, wenn das Arbeitspensum zu hoch wurde, von denen die Hälfte dann schnell ins Gras biss. Ich hatte nicht vor, erneut in seine alte »Quantität statt Qualität«-Praxis zu verfallen.

Prinzipiell war Alice meiner Meinung, aber grüne Scheinchen anzusammeln gehörte offenbar zu ihren Lebensträumen, und davon ließ sie sich von nichts und niemandem abbringen. Ich spürte langsam wieder diese Distanz zwischen uns, die ich auch schon vor dem Vegas-Auftrag empfunden hatte. Am schlechtesten kam ich mit ihrem Hang klar, keinerlei Kritik an ihren Zielen und Wünschen zuzulassen, sondern sie so verbissen zu verteidigen wie eine Schrottplatztöle ihren Knochen. Dieses Verhalten war bei HR-Rekruten nicht unüblich. Wenn du den Großteil deines Lebens bettelarm gewesen bist, neigst du dazu, so viele Moneten wie möglich einzustreichen, bevor Gevatter Tod an deine Tür klopft und deinen dürren Arsch zum Frühstück verspeist. Das ist zwar nur menschlich, aber dass sich Alice so verhielt, kotzte mich an, denn ich wollte, dass sie wie ich trotz unserer niederschmetternden Vergangenheit anders war als die anderen.

Darüber hinaus brachte mich das in eine seltsame Lage. John Lago als Stimme der Vernunft? Ich bitte euch. Und natürlich kommt ein Unglück selten allein, darum beschloss meine reizende Gattin, während ich noch versuchte, Herr der Lage zu werden, mich auf mein allerliebstes Lieblingsthema anzusprechen: ihre Jagd nach dem FBI-Maulwurf. Offenbar hatte sie seit unserem Streit darüber Quellen im Hintergrund angezapft und Informationen zu diesem Thema gesammelt. Und mit *im Hintergrund* meine ich: hinter meinem Rücken. Sie war sogar so weit gegangen, unseren neuen, mächtigen, anonymen Geldsack-Klienten vom Dr.-Love-Auftrag um Hilfe zu bitten, was ich für einen extrem gewagten Schachzug hielt.

»Was ist denn schon groß dabei?«, sagte sie, obwohl sie ganz genau wusste, was denn schon groß dabei war.

»Das ist vermutlich die NSA. Die Typen dort spielen Golf mit dem FBI!«

»Mach dich doch nicht lächerlich. Die Typen können sich gegenseitig nicht ausstehen.«

»Vielleicht, aber du weißt, wie klein die Welt ist. Falls du recht hast und es tatsächlich einen Maulwurf gibt, dann ist es, je mehr Außenstehende davon wissen, umso wahrscheinlicher, dass der Maulwurf sich in seinen Tunnel zurückzieht oder das FBI beschließt, die Sache selbst in die Hand zu nehmen.«

»Dann nehmen *wir* die Sache eben in die Hand«, erklärte sie draufgängerisch.

»Und wie? Wir haben nicht mal eine Zielperson.«

»Vielleicht doch«, erwiderte sie lächelnd.

Dieses Lächeln war dasselbe wie das, das sie immer aufsetzte, wenn sie sich nicht sicher war, ob mich eine Aussage glücklich oder wütend machen würde.

»Und das heißt?«, fragte ich, obwohl ich die Antwort schon kannte.

»Das heißt, wir haben einen Namen.«

»Wie bitte?«

»Du hast richtig gehört.«

»Einfach so?«

»Einfach so.«

»Wer ist es?«

»Unser Klient schickt uns ein verschlüsseltes Dossier. Direkt aus den FBI-Personalakten.«

»Toll«, sagte ich und versuchte erfolglos, meine Wut zu verbergen.

»Schatz, sei nicht sauer«, sagte sie.

»Bin ich nicht. Freut mich, dass es geklappt hat.«

»Aber ich hätte zuerst mit dir darüber reden sollen«, versuchte sie mich zu beschwichtigen.

»Wir sind doch ein Team, oder?«, fragte ich.

»Ich bitte dich, John. Wir sind ein tolles Team.«

»Dann lass uns das tun, was ein Team so tut, und lass uns zusammenarbeiten. Du sollst nicht das Gefühl haben, du müsstest auf Zehenspitzen um mich herumschleichen.«

»Ich hatte bloß Angst, du würdest Nein sagen.«

»Denn genau das hätte ich getan. Aus gutem Grund.«

»Liebling, sieh mich mal an«, säuselte sie.

Ich sah ihr in die Augen. Sie waren so hell und intelligent, sie sah dadurch aus wie eine Schlangenbeschwörerin, die mich um ihren kleinen Finger wickelte.

»Vertrau mir, okay? Ich weiß, was ich tue.«

Ich vertraute ihr wirklich, und sie wusste tatsächlich, was sie tat. Aber nicht mit ihrer Entscheidung hatte ich Probleme. Sondern mit ihrer Revolverheldattitüde. Als ich Alice kennenlernte, arbeitete ich als Teil eines Systems, einer Organisation mit Regelwerk. HR Inc. war zwar keineswegs perfekt, aber es herrschte ein Gleichgewicht. Wir waren Angestellte, und das beinhaltete eine Hierarchie und Grundregeln. Alice aber war immer Freiberuflerin gewesen. Ja, sie hatte mit Bob gearbeitet und war vermutlich in gewissem Maß von ihm ausgebildet worden, hatte aber nie zu unserer Rekrutenriege gehört. Sie war es gewohnt, im Außendienst ihre eigenen Entscheidungen zu treffen, und empfand es als Last, sich mit einer anderen Person beraten oder zusammenarbeiten zu müssen. Obwohl sie meine Frau war und mich liebte, steckte sie mich, wenn es ums Geschäftliche ging, in die gleiche Schublade wie alle anderen, die ihr nicht einfach blindlings folgten.

An diesem Punkt musste ich eine Entscheidung treffen. Ich konnte mich entweder weiterhin mit ihr anlegen, meinen eigenen Willen und meine Meinungen durchsetzen, um mein Ego zu befriedigen, oder ich konnte mich einfach fügen und mich nur in geringen Dosen mit ihr anlegen. Ich konnte nicht anders, als mich bei ein paar Bieren mit Sue darüber zu amüsieren.

»JL, so läuft das in so ziemlich jeder Beziehung. *Ich hab die Pussy, ich mach die Regeln* ist nicht umsonst so ein beliebter T-Shirt-Spruch.«

Wir lachten, aber nicht sehr lange. Sue holte uns ein paar Gläser Whiskey, um mir das ständige Stirnrunzeln aus dem Gesicht zu wischen.

»Ich muss mich auf dich verlassen können, Sue.«

»Du weißt, das kannst du, JL.«

»Ich liebe Alice, aber manchmal will sie mit dem Kopf durch die Wand, und wir können es uns jetzt nicht leisten, irgendwelche Fehler zu machen.«

»Das seh ich genauso. Bin auch kein Fan von dieser FBI-Sache. Ist bloß Zeitverschwendung. Wie du sagst: Macht man einen Maulwurf kalt, schießt sofort ein neuer aus dem Boden.«

»Logistik. Wenn sie mich schon in die Manege zwingt, dann will ich der Zirkusdirektor sein.«

»Daran arbeite ich schon, seit du's das erste Mal erwähnt hast«, erklärte Sue. »Ich hab da ein paar Ideen. Keine davon besonders gut.«

»Schieß los.«

Sue hatte bereits einen Plan ausgetüftelt, der so unfassbar verrückt war, dass er mir anfangs komplett unlogisch erschien. Aber wenn man mal darüber nachdenkt: Wie viele Möglichkeiten gibt es denn, in eine der größten FBI-Außenstellen des Landes einzubrechen und einen Agenten umzulegen? Wenn einem auch nur eine einzige einfällt, grenzt das schon an ein Wunder. So wie wir die Sache sahen, war es ausgeschlossen, es auf die übliche Weise, also subtil und raffiniert, durchzuziehen. Wir mussten Angst und Schrecken verbreiten. Deshalb arbeiteten wir die nächsten sechsunddreißig Stunden rund um die Uhr, um die Einzelheiten von Sues absurdem Plan auszuarbeiten. Er würde entweder klappen oder zur größten Niederlage in der Geschichte von HR werden.

Als der Plan vollständig ausgetüftelt war, präsentierten wir ihn Alice. Ich war darauf gefasst, dass sie uns ins Gesicht lachen würde, stattdessen zeigte sie sich beeindruckt und war dafür, ihn sofort in die Tat umzusetzen. Was das anging, waren wir einer Meinung. Je länger wir abwarteten, desto wahrscheinlicher würde unsere Zielperson versetzt oder mit anderen Aufgaben betraut werden. Außerdem hatten wir weitere Bedenkzeit genauso nötig wie ein klaffendes Loch im Schädel. Der Maulwurf stand Alice' und meinem Glück im Weg und ich konnte es kaum erwarten, diesem Drecksack das Licht auszupusten.

»John, vielen Dank«, sagte Alice abends im Bett.

»Wofür?«

»Dafür, dass du mir mit dieser FBI-Sache hilfst. Ich weiß, so ziemlich jeder bei HR hält das für eine furchtbare Idee, einschließlich Sue.«

»Sie leiten die Firma nicht. Mir ist egal, was sie denken.«

»Das ist lieb, dass du das sagst, aber ich weiß, das ist es dir nicht.« Sie küsste mich und ich kam mir wie ein unverantwortlicher Vater vor, der seiner Tochter soeben widerwillig einen Porsche 911 zum sechzehnten Geburtstag geschenkt hatte.

»Danke, dass du hinter mir stehst«, sagte sie.

»Immer doch. Danke, dass du mich auch unterstützt«, erwiderte ich in Anspielung auf unsere Vereinbarung.

»Sobald das Thema vom Tisch ist, können wir uns auf die Zukunft konzentrieren und steinreich werden«, fuhr sie fort und verstand den Wink mit dem Zaunpfahl entweder nicht oder ignorierte ihn einfach.

»Alice …«

»Ja, mein Schatz?«

Ich wollte sie daran erinnern, dass ich ihr nicht einfach so ohne Hintergedanken half und zur Seite stand, obwohl das natürlich teilweise zutraf. Ich wollte sie fragen, ob sie noch an die Sache denke, der ich auf den Grund gehen wollte, nämlich an den Marionettenspieler, der heimlich die Fäden bei HR zog, an das Problem, das wirklich eine Bedrohung für alles darstellte, was wir uns aufgebaut hatten. Aber ich blieb stumm. Im Nachhinein betrachtet wird mir klar, dass ich mich Alice' Welt angepasst hatte, nicht umgekehrt. Ich tat, was sie von mir wollte, um Streitereien zu vermeiden. Sie hingegen tat nicht, was ich von ihr wollte, weil ich nicht jedes Mal einen Mordsaufstand machte, wenn ich nicht bekam, was ich wollte, so wie sie. Es war wie Gehirnwäsche. Ob es ihr bewusst war oder nicht, sie hatte mich in etwas verwandelt, das ich nicht sein wollte, in *jemanden*, der ich nicht sein wollte. Und das nahm ich ihr übel.

Als sie mich vorm Schlafengehen küsste, war aller Liebreiz verflogen. Ich roch den Knoblauch und Wein in ihrem Atem und fand ihn abstoßend statt liebenswert.

Ich spürte die Distanz zu ihr, eine Distanz, die ich hauptsächlich selbst schuf. All die Male, die sie mir in der Vergangenheit wehgetan hatte, fühlten sich nicht annähernd so schlimm an wie die langsame Verwandlung, die sie in mir hervorgerufen hatte – eine Verwandlung, die ich selbst gar nicht bemerkt hatte. Ich sagte mir, ich würde dieses Problem ansprechen, sobald die FBI-Mission zu Ende war. Und falls sie sich weigerte, sich zu ändern, würde ich meine Sachen packen. Ich hatte zwar keineswegs vor, sie oder HR zu verlassen, aber ich war durch die Hölle gegangen, um mich selbst zu finden, und hatte nicht vor, dorthin zurückzukehren.

16

Nach einigen Wochen der Vorbereitung waren wir startklar. Wir wählten einen Freitagabend vor einem verlängerten Feiertagswochenende aus, um die große Anzahl an Drückebergern auszunutzen, die sich frühzeitig in den Feierabend verabschiedeten oder komplett mit Abwesenheit glänzten, weil sie »im Homeoffice arbeiteten«. An dem Abend fand darüber hinaus noch ein großes Sportereignis statt, und ein echter Kerl kann dem Ruf von Chickenwings und Bier nun mal nicht widerstehen. Zu guter Letzt legten wir das Zeitfenster für unsere Mission noch genau in jene zwei Stunden, in denen zuerst in der FBI-Außenstelle ein Schichtwechsel stattfand – von der normalen Tagmannschaft zur nächtlichen Minimalbesetzung –, gefolgt von einem Schichtwechsel in den drei am nächsten gelegenen Polizeirevieren.

Die Informationen über den Maulwurf, die uns unser anonymer Klient zugespielt hatte, hatten sich als zutreffend erwiesen und es Sue ermöglicht, ihren – ja, ich sagte: *ihren* – Standort im Gebäude zu ermitteln. Nun mussten wir nur noch die zig Schritte unseres unfassbar komplizierten und gefährlichen Plans fehlerfrei ausführen, und schon wären wir wieder auf dem Heimweg.

Der erste Teil der Mission war zwar der gefährlichste, gleichzeitig aber auch derjenige, der am meisten Spaß machte. Günstige Einstiegspunkte in ein schwer bewachtes Gebäude sind absichtlich dünn gesät, aber überall gibt es eine Schwachstelle, die in diesem Fall, wie bei den meisten Einrichtungen, das Dach darstellte. Es ist extrem schwer, in einer Stadt wie New York ein Dach zu sichern, hauptsächlich aufgrund der dichten Vogelpopulation. In Manhattan leben Hunderte Vogelarten, von Tauben bis hin zu Wanderfalken, und die Dächer der Stadt gehören ihnen. Jede Art von elektronischem Sicherheitssystem würde in New York stündlich gestört werden, daher sieht man sie, wenn überhaupt, nur auf Bankgebäuden.

Wir hingegen hatten es auf das FBI abgesehen, wo Sue nach sorgfältiger Prüfung nur eine Handvoll simpler Schutzmaßnahmen und Überwachungskameras entdeckt hatte, aber nichts, womit wir nicht klarkämen. Aber in das Gebäude *hinein*zugelangen war nicht das Problem. Das Problem war, *auf* das Dach zu gelangen. Ein nur aus Glaswänden bestehendes Hochhaus kann man nicht einfach außen mit Saugnäpfen hinaufklettern, und sich von einem Helikopter abzuseilen würde sicher auch dem einen oder anderen Angestellten oder Passanten auffallen.

Seltsamerweise kam uns die Lösung just während unserer Diskussion über die New Yorker Vogelwelt und Sicherheitssysteme: Wingsuits. Die durchgeknallten Extremsportler der Red Bull Air Force fliegen mit diesen Dingern bei dreihundertzwanzig Kilometern die Stunde nur ungefähr drei Meter an harten Felswänden vorbei. Eine atemberaubende Erfindung. Näher kommst du dem Gefühl, ein Vogel zu sein, nur, wenn dir plötzlich selbst Flügel wachsen.

Für unsere Zwecke benötigten wir aufwendig modifizierte Wingsuits, die den Fokus nicht auf Geschwindigkeit, sondern auf Auftrieb legten. Wir standen auf dem Dach eines Gebäudes, das fünf Häuserblocks von der FBI-Außenstelle entfernt war und etwa hundertfünfzig Meter höher als diese lag, mit freier Sicht auf das FBI-Dach. Wir planten, auf den Aufwinden zu gleiten und dann zum FBI-Dach herabzuschweben wie ein Falke, der sich auf sein Fressen stürzt. Leichter gesagt als getan. Die Hochhäuser Manhattans ähneln in ihrer gemeinsamen Struktur nämlich einer Schlucht mit engen Felsformationen. Die Windströmungen waren bestenfalls unvorhersehbar, was besonders an den Wärme- und Luftdruckschwankungen lag, die der

Verkehr, Sonnenreflexionen und acht Millionen Menschen auslösen, die in diesen Häuserschluchten leben, atmen, vögeln und so weiter.

Als wir am Rande des Dachs standen, gingen wir die Checkliste durch. Sue überwachte alles von einem leer stehenden Apartment im Gebäude auf der anderen Straßenseite aus. Er fungierte nicht nur als unsere Augen und Ohren während der Mission, sondern auch als unser Fluchtfahrer, sobald der Auftrag erledigt war.

»Sue, bist du bereit?«

»Ja, ich hock hier mit dem Equipment rum und dreh Däumchen«, antwortete er leise über unsere gesicherte Funkverbindung.

»Sag das nicht so mürrisch«, erwiderte Alice. »Was wir hier machen, ist definitiv das, was passiert, wenn man den kürzesten Strohhalm zieht.«

»Sagt die Frau, die gleich in der abgefahrensten Mission aller Zeiten über Manhattan fliegt«, antwortete er.

»Das haben wir dir zu verdanken, Sue«, sagte ich. »Wie sehen die Windströmungen aus?«

»Die wirbeln herum wie eine überfürsorgliche Mutter. Zwanzig Knoten rauf, runter, einfach überall, JL.«

»Die Uhr tickt«, sagte Alice. »Lass uns loslegen.«

»Warte noch«, bremste ich sie. »Wir kriegen schon noch ein Zeitfenster. Ein beschissener Abwind reicht aus, und du landest als Geheimzutat in dem Falafelwagen da unten an der Ecke.«

»Ist ja gut, Dad«, sagte sie grinsend.

»Sieht aus, als gäb's in etwa dreißig Sekunden eine Luftdruckveränderung. Eben ist kühler Wind über den Fluss geweht, und wenn der euren Standort erreicht, bekommt ihr ungefähr drei Minuten lang einen angenehmen Gegenwind von fünfzehn Knoten.«

»Wow, fühlt sich an wie Weihnachten«, sagte ich.

Ich küsste Alice.

»Küss mich nicht so, John. Uns passiert schon nichts.«

»Das meinte ich nicht. Ich wollte bloß …«

»Wir wurden hierfür geboren.«

»Ja«, sagte ich. »Wir Glückspilze.«

»Jetzt!«, rief Sue über den Funk.

Wir sprangen. Der Gegenwind hob uns grob geschätzt weitere fünfzehn Meter in die Höhe, wodurch wir sofort Gefahr liefen, über das Zielgebäude hinwegzufliegen.

»Kommt mal ein bisschen runter«, meinte Sue, »sonst landet ihr noch in Queens.«

Wir mussten uns nach unten beugen und eine Sinkflugposition einnehmen, wodurch wir wiederum Gefahr liefen, mit dem Kopf voraus mit hundertvierzig Sachen in die dicke Flachglaswand des Gebäudes zu krachen.

»Jetzt seid ihr zu weit unten!«, rief Sue.

»Mein Gott, entscheid dich mal«, rief Alice zurück.

»Fallschirme auslösen!«

»Die sind zu auffällig«, entgegnete Alice.

»Ihr prallt sonst an der Außenseite des Gebäudes ab.«

»Lass es uns zuerst mit den Hilfsschirmen probieren«, schlug ich vor.

Wir zogen an unseren kleinen Hilfsschirmen, die unseren Sinkflug verlangsamten und uns wieder auf Kurs brachten.

»Gut«, sagte Sue. »Feindliches Flugobjekt auf zwölf Uhr.«

Ein Polizeihelikopter in der Ferne, der in unsere Richtung flog.

»Ich seh ihn«, sagte ich.

»Er wird unsere Schirme sehen, John«, sagte Alice.

»Ich weiß. Wir sind fast da«, antwortete ich.

»Er kommt direkt auf euch zu«, rief Sue.

»Sue, klink dich in den Polizeifunk ein und melde einen 10-88 mit Amber Alert im Battery Park.«

»Verstanden.«

Der Hubschrauber näherte sich, seine Suchscheinwerfer verfehlten uns nur noch knapp. Wir hörten, wie Sue die Falschmeldung über eine Verfolgungsjagd mit Kindesentführung durchgab.

»Wir sind tot«, sagte Alice.

»Beruhige dich. Das klappt schon«, erwiderte ich.

Der Hubschrauber war nur noch etwas mehr als fünfhundert Meter von uns entfernt, als er plötzlich mit einer scharfen Rechtskurve Richtung Battery Park abdrehte.

»Ziemlich clever«, lobte mich Alice.

»Ich geb mein Bestes«, sagte ich.

»Nur noch fünfundzwanzig Meter«, rief Sue. »Fallschirme auslösen.«

Wir konnten das Dach des FBI-Gebäudes vor uns sehen, lösten unsere Fallschirme aus und bremsten so unseren Sinkflug ab. Eine Sekunde lang fühlte es sich so an, als würden wir butterweich landen, aber dann faltete ein plötzlich aufkommender Abwind unsere Fallschirme zusammen und wir schlugen hart auf, rollten über das Dach und krachten laut gegen ein paar Luftschächte. Schnell legten wir unsere Wingsuits ab und versteckten sie hinter den Schächten.

»Glaubst du, das hat jemand gehört?«, flüsterte Alice.

»Drinnen wurde kein Alarm geschlagen«, erklärte Sue.

Wir nahmen uns eine Minute, um uns zu sammeln und vorzubereiten. Der Maulwurf befand sich im siebten Stock.

Nachdem wir die Tür zum Treppenhaus aufgebrochen hätten, würden wir zwanzig Stockwerke hinabsteigen müssen, um zu ihm zu gelangen. Wir vermuteten, dass uns dafür ungefähr neunzig Sekunden blieben, bevor wir im Treppenhaus festsitzen würden, was aus taktischer Sicht kaum einen Deut besser ist als vor einem Erschießungskommando zu stehen. Ich sah Alice an und spürte die elektrisch knisternde Spannung, die ihr enger Catsuit aus Nylon und Kevlarfasern ausstrahlte.

»Der steht dir ziemlich gut«, flüsterte ich.

Sie küsste mich und legte meine Hand auf ihren Hintern.

»Denk dran«, flüsterte sie mir ins Ohr, »wenn du hier nicht lebend wieder rauskommst, siehst du diesen Arsch nie wieder.«

»Das war die beste Motivationsrede, die ich je gehört hab«, sagte ich.

Dann sprengte ich die Zugangstür auf dem Dach aus den Angeln und wir sprinteten das Treppenhaus hinunter.

17

Wir rannten die Stufen hinunter, auf alles gefasst, was sie uns entgegenschleudern würden. Aber nach den ersten fünfzehn Sekunden hörten wir nichts Außergewöhnliches jenseits des Treppenhauses. Wir hörten auch keinerlei interne Alarmglocken, die sie normalerweise mit Sicherheit ausgelöst hätten, um Mitarbeiter zu evakuieren. Alice und ich sahen einander an, und wir hatten beide denselben Gedanken. Es war einfach zu ruhig – die Art von Ruhe, die einen paranoid machte, weil man genau wusste, dass sie nicht von Dauer sein würde. Je tiefer wir kamen, desto stärker konnten wir fühlen, wie die Luft in das Vakuum dessen eingesogen wurde, was auch immer gleich auf uns einprasseln würde. Wir hielten für eine Sekunde inne, um zu lauschen. Und natürlich, in dem Moment, in dem wir das Fehlen jeglicher Reaktion bemerkten, ging es los.

Agenten nahmen uns mit Schnellfeuergewehren im Treppenhaus unter Beschuss. Überall um uns herum schlugen Kugeln ein und beleuchteten uns wie ein Flipperautomat. Wir waren leichte Beute. Alice und ich zündeten wie wild Rauchgranaten und warfen sie hinunter zu den Agenten. Wir hörten, wie sie husteten, fluchten und zu Boden fielen. Dann setzten wir unseren Gegenangriff mit 40er-High-Velocity-Kugeln von Smith & Wesson aus unseren SIG-Sauer-Maschinenpistolen fort. Unser willkürliches Feuer, gepaart mit den Rauchgranaten, stiftete sogar noch mehr Verwirrung und Panik, als wir gehofft hatten. Die Agenten versuchten, das Feuer zu erwidern, aber durch unsere unerbittliche Gegenwehr waren sie gezwungen, sich zu den Ausgängen zurückzuziehen. Das verschaffte uns Zeit, trotz völliger Blindheit die letzten fünfzehn Stockwerke zu unserem Ziel weiterzusprinten.

Dann hörten wir, wie ein Schwarm feindlicher Truppen hinter uns die Treppen hinunterstürmte. Schlecht. Sehr schlecht. Sorgt dafür, dass euer Feind sich niemals oberhalb von euch befindet. Sonst hat er jeden Vorteil und ihr habt einen Scheiß. Es klang, als würde mindestens ein Dutzend von ihnen nach unten trampeln. Wir blieben ruckartig stehen, legten unsere Gasmasken an und schmissen ein paar Tränengaskanister zu ihnen hinauf. Tränengas ist zwar nicht tödlich, aber trotzdem ziemlich fies. Es verursacht intensive Hautirritationen, vorübergehende Erblindung, unkontrollierbaren Hustenreiz, Atembeschwerden und Panikattacken.

Wir hörten, wie die Kanister aufplatzten, und das Treppenhaus füllte sich sofort mit dichtem, gelbem Rauch. Die Agenten fingen an zu husten, nach Luft zu schnappen und blind das Treppenhaus hinunterzuschießen. Wir warfen uns zu Boden, als ein Schwall Kugeln die Wände um uns herum durchsiebte. Ich wurde seitlich am Hals getroffen – nichts Ernstes, aber eine lästige Menge Blut. Alice stoppte die Blutung mit Sekundenkleber, dann rannten wir weiter. Dass die Agenten brüllten, sich übergaben und versuchten, aus dem Treppenhaus zu fliehen, gab Alice und mir die Chance, die letzten drei Etagen unbehelligt hinunterzurennen. Wir luden neue Magazine in die Waffen und stoppten vor der Tür zum Stockwerk unserer Zielperson.

»Bereit?«

»Schnappen wir sie uns«, sagte ich ruhig.

Wir stürmten durch die Treppenhaustür und sprinteten quer durch das Großraumbüro, wobei wir Agenten in ihren Arbeitsnischen mit unserem Kugelhagel festnagelten, bevor sie überhaupt ihre Waffe ziehen konnten. Trotz der Schlacht im Treppenhaus lagen wir noch voll im Zeitplan. Genau genommen waren wir sogar drei Minuten zu früh dran, was uns ein wenig mehr Spielraum für Fehler beim Erfüllen unserer Mission einräumte. Während wir nach unserer Zielperson suchten, erwiderten wir jedwede Gegenwehr mit kreisenden Angriffen – Rücken an Rücken, Schussrichtung drei, sechs, neun Uhr und Mitternacht. Niemandem außer uns gelang es, einen sauberen Schuss abzugeben.

Ein paar Bürohengste versuchten uns zu umzingeln, aber mit ihren Bierbäuchen und schlechten Reflexen konnten sie mit unserer Geschwindigkeit nicht mithalten. Wir nagelten sie alle rechtzeitig fest, um noch ein paar Tränengaskanister abwerfen zu können. Das brachte sie zur Vernunft. Sie husteten und würgten so heftig, dass sie es gar nicht mehr wagten, unserem höllischen Sperrfeuer etwas entgegenzusetzen. Für einen kurzen Moment ließ ich die Szenerie auf mich wirken: brennende Papierfetzen, die im gelben Rauch herumwirbelten, und FBI-Agenten auf allen vieren, die sich in die Hose machten. Tut mir leid, aber es war einfach ein wunderschöner Anblick.

Dann erreichten wir das Glaswandbüro unserer Zielperson. Alice erspähte ihre Schuhe, die unter dem Schreibtisch hervorlugten. Ihre Tür war abgesperrt und das Licht ausgeschaltet. *So eine Amateurin*, dachte ich. Es verdarb mir fast die Laune, wie verdammt leicht es sein würde, sie abzuknallen, nach dem ganzen Vorspiel mit würdigen Gegnern.

»Darf ich?«, fragte Alice und scharrte mit den Hufen.

»Aber selbstverständlich«, antwortete ich und gab noch mehr Sperrfeuer zu ihrem Schutz ab.

Alice zerschoss mit einer Salve die Glastür des Büros unseres Opfers. Eine ihrer Kugeln traf den Schuh unseres Maulwurfs, der daraufhin einfach unter dem Schreibtisch umkippte. In diesem Moment erkannte ich, dass die Schuhe lediglich als Köder dort platziert worden waren. Das Büro selbst hatte keinerlei Fenster und nur einen Ein- und Ausgang. Es war eine Falle. Kurz bevor Alice durch die Tür ging, sah ich Agenten aus zwei Arbeitsnischen wie aus einem Unterstand hervorschnellen. Sie hatten nur auf uns gewartet.

»Auf den Boden!«, schrie ich.

Alice drehte sich um, sah die Agenten und warf sich in dem Moment zu Boden, als sie das Feuer eröffneten. Ich schoss zurück, aber sie setzten mich unter Beschuss, bis ich nichts anderes mehr tun konnte, als in verzweifelter Suche nach Deckung über den Boden zu kriechen. Ich fand ein paar Arbeitsplätze und kroch unter einen der Schreibtische. Ich suchte nach Alice, sah sie aber nirgends. Dann sah ich ihre Hand in die Höhe schnellen. Darin lag eine M68-Splittergranate.

»Okay, das wird heftig«, flüsterte ich mir selbst zu und rollte mich wie ein Embryo zusammen, die Hände auf den Ohren.

Sekunden später hörte ich, wie sich Agenten gegenseitig Warnungen zuschrien, dann explodierte die Granate und erschütterte das Büro wie ein Erdbeben. Danach hörte ich sie nicht mehr. Der Rauch war so dicht, es war unmöglich, auch nur einen halben Meter weit zu sehen. Ich tastete mich zu einer Tür und ging in dem Raum dahinter in Deckung. Für einen Augenblick fiel im ganzen Gebäude der Strom aus und die Notbeleuchtung erhellte den Raum, der, wie ich jetzt erkannte, eine Damentoilette war.

»Keine Bewegung, Arschloch.«

Eine Frauenstimme hinter mir. Ich hörte, wie der Sicherungshebel einer Beretta 92 zurückgezogen wurde. Langsam drehte ich mich um. Sie stand nahe den Kabinen im Schatten, trat dann aber ins Licht. Zunächst schaute sie mich an, als würde sie mich gleich erschießen, aber dann wandelte sich ihre Miene zu einem geschockten Ausdruck des Wiedererkennens.

»John?«

Mein Gott, was für ein wahnsinniger Zufall, dachte ich, während sie näher trat, damit ich ihr Gesicht sehen konnte. Sie sah mich an, als würde sie erwarten, dass ich sie erkannte, aber bei mir klingelte es nicht.

»Ich bin's … Juno.«

Mir gefror das Blut in den Adern. Sie kam mir zwar irgendwie bekannt vor, aber nur sehr vage. Als ich Juno das letzte Mal gesehen hatte, war sie neunzehn gewesen. Sie arbeitete für HR, und Bob trug mir auf, bei einem Auftrag den Babysitter für sie zu spielen. Nachdem wir das Opfer erledigt hatten, befahl Bob mir, sie umzulegen. Damals dachte ich, der Grund sei ihre Unfähigkeit und dass sie zu einem Risiko geworden sei. Darum ließ ich Gnade walten und setzte sie in ein Boot nach China. Unser Opfer war nämlich ein Reedereichef und Menschenhändler, dessen Büro sich in einem Frachthafen befand. Sie kletterte in einen Container, und ich sah sie nie wieder, bis zu diesem Moment in der FBI-Außenstelle. Der Grund, weshalb ich sie in der Akte nicht erkannt hatte, war, dass sich wichtige ihrer früheren äußeren Merkmale – Haarfarbe und -länge, Augenfarbe, Gewicht (sie war damals noch etwas mollig) – dramatisch verändert hatten. Inzwischen trug sie ein äußeres Erscheinungsbild der Marke Büroschonkost. Dann dämmerte es mir.

Juno ist der Maulwurf.

Darum hatte Bob mir damals aufgetragen, sie umzubringen. Aber ich hatte ihr stattdessen den Arsch gerettet, nur um eines schönen Tages zurückzukehren und sie doch abzuknallen. Offenbar ist es wahr, dass keine gute Tat unbestraft bleibt.

»Erinnerst du dich nicht an mich, John?«

»Doch, ich bin bloß überrascht, dich zu sehen.«

»Ich auch. Was machst du denn hier?«

»Ich verkaufe Zeitschriften-Abos.«

Laute Feuergefechte vor der Tür.

Wir duckten uns, als wir Maschinengewehrfeuer hörten, gefolgt von einer weiteren Explosion.

»Wir müssen von hier verschwinden«, sagte ich zu ihr.

»Komm mit mir mit«, entgegnete sie.

»Wohin? Wenn sie mich da draußen sehen, bin ich ein toter Mann.«

»Ich kann dir zeigen, wie du wieder rauskommst.«

Sie ergriff meinen Arm.

»Wieso, verdammt, solltest du das tun?«

»Ich schulde dir was.« Sie lächelte.

Ich hätte ihr gleich an Ort und Stelle eine Kugel in den Kopf jagen sollen, aber der Gedanke, jemanden zu retten, nur um ihn Jahre später doch umzubringen, war lächerlich. Alice würde nie erfahren, dass ich sie am Leben ließ, denn Alice war entweder tot oder verduftete gerade mithilfe unserer Fluchtstrategie. Juno führte mich durch die Toilettentür nach draußen. Der Strom auf der Etage war ausgefallen, und so erzeugte der schwache, gelbliche Schein der Notbeleuchtung ein bizarres Bild des totalen Chaos. Aus der gemütlichen FBI-Außenstelle war ein rußgeschwärztes, lichterloh brennendes Kriegsgebiet geworden. Juno zog mich hinter eine Wand. Sie deutete zur gegenüberliegenden Seite des Büros.

»Die Fahrstühle liegen in dieser Richtung. Wenn du es in den Schacht schaffst, landest du unten in einer Tiefgarage.«

»Danke für den Tipp«, sagte Alice hinter mir.

Mit einem Peitschenknall raste eine Kugel an meinem Gesicht vorbei und bohrte sich in Junos Kopf.

18

Ich wirbelte herum. Alice stand neben mir, Rauch stieg aus dem Lauf ihrer SIG Sauer auf. Sie sah mich nicht an, nur Juno. Sicherheitshalber verpasste sie ihr noch ein paar Kugeln.

»Den Punkt kann ich jetzt also von meiner Liste abhaken«, erklärte sie. »Gehen wir.«

Wir rannten zum Fahrstuhlschacht.

Etwa ein Dutzend FBI-Agenten in voller Montur durchkämmten in Formation die Flure. Wir blieben in Deckung, bis sie vorbeigegangen waren. *Ding*. Die Fahrstuhltür öffnete sich plötzlich wie der glänzende Stahlmund eines Roboters. Statt einer Aufzugskabine war bloß ein schwarzes Loch zu sehen, das nur darauf wartete, die Menschheit zu verschlucken und sie zur obligatorischen Euthanasie ins Kellergeschoss zu führen. Wir schlichen uns an den ahnungslosen Sturmtrupplern vorbei und kletterten in den Fahrstuhlschacht. Die Tür hinter uns schloss sich und es wurde so finster wie in einem Grab. Wir setzten unsere Nachtsichtbrillen auf. Eine der Aufzugskabinen befand sich vier Stockwerke über uns und bewegte sich nach unten. Kurz nachdem sie uns passiert hatte, sprangen wir auf das Kabinendach und ließen uns zwei Stockwerke nach unten mitnehmen, dann stoppte der Aufzug plötzlich.

»Scheiße«, zischte Alice.

»Sie haben die Fahrstühle abgestellt, das heißt, in nächster Zeit werden sie hier nicht nachsehen«, flüsterte ich.

»Ist ja schön und gut, aber wir sind immer noch fünf Stockwerke zu weit oben«, erwiderte sie.

Es waren noch gut und gerne zwanzig Meter bis zum Boden des Fahrstuhlschachts. Mein Blick fiel auf das vertikale Tragkabel der zweiten Aufzugskabine, an dem jahrzehntealtes Schmierfett klebte, und mir kam eine Idee.

»Das Tragkabel«, sagte ich. »Wir können rüberspringen und daran hinunterrutschen.«

»Das muss doch auch anders gehen«, überlegte sie und funkte Sue an. »Sue, schau dir mal die Baupläne des Aufzugschachts an und hol uns hier raus.«

Nur Rauschen am Funkgerät.

»Spitze«, sagte Alice.

»Die Betonwände hier drinnen sind zu dick«, mutmaßte ich.

Sie zog ihr Handy hervor und wollte gerade Sue anrufen, als sie plötzlich innehielt und auf den beleuchteten Bildschirm starrte.

»Was ist los? Kein Empfang?«, fragte ich.

»Doch. Ich hab eben eine Nachricht von unserem anonymen Klienten bekommen.«

»Was schreibt er? Dass du gefeuert bist?«

Sie blieb stumm und starrte nur auf den Bildschirm.

»Alice, was hast du? Was steht in der Nachricht?«

Sie drehte sich mit todernster Miene zu mir.

»*Töte John*«, flüsterte sie.

Ich wartete auf ihr schiefes Lächeln oder irgendeine andere Reaktion, die signalisierte, dass sie bloß Witze riss.

»Lass mich mal …«

Ich griff nach ihrem Handy, aber stattdessen hielt sie mir ihre Waffe ins Gesicht.

»Alice, Schatz, was zum Teufel soll das?«

»Du hast mich reingelegt, John.«

Aus ihren Augen quollen Tränen der Wut und der Traurigkeit. Ich hatte das Gefühl, der Boden unter meinen Füßen bricht ein.

»Nein. Alice, was …?«

»Du kanntest unser Opfer. Ich hab gehört, wie du mit ihr geredet hast, bevor ich sie kaltgemacht habe.«

»Das kann ich dir erklären.«

»Halt die Klappe!«

Dann liefen ihr Tränen übers Gesicht.

»Du hast schon mal mit ihr zusammengearbeitet. Als Bob noch lebte.«

»Das ist doch lächerlich! Wer behauptet das?«

»Hast du ihr etwa nicht geholfen, das Land zu verlassen, als Bob wollte, dass du sie umlegst?«

»Ich hatte Mitleid mit ihr. Woher weißt du das überhaupt?«

»Bob wusste, dass du sie hast entkommen lassen. Der einzige Grund, weshalb er dich nicht beseitigen ließ, war, dass die Firma damals personell unterbesetzt war.«

»Ich habe sie gehen lassen, weil sie grottenschlecht war und ich mir sicher war, dass ich sie nur deswegen für Bob aus dem Weg räumen sollte … oder weil er mich testen wollte. Darum hab ich die einzige gute Tat in meinem Leben vollbracht und sie gehen lassen. Verrat mir mal, was du an meiner Stelle getan hättest, Alice. Sie mit einem Beil in kleine Stückchen zerhackt? Bist du wirklich so kaltblütig?«

Aber Alice hörte mir schon nicht mehr zu. Ihre animalischen Instinkte übernahmen das Denken und verlangten eine schnelle, reflexartige Entscheidung. In Sekundenschnelle hatte ich mich für sie in nichts als eine weitere Option verwandelt, die abgewogen und eventuell zugunsten einer besseren verworfen werden musste.

»Vielleicht ist dein Schweigen ja Antwort genug.«

Dann spürte ich, wie mir selbst die Tränen kamen. Unsere Blicke trafen sich, und in diesem Moment erkannte ich, dass sie auf die andere Seite gewechselt war. Ich stand vor Gericht, und die Situation erforderte ein schnelles Urteil.

»Kein Wunder, dass du so dagegen warst, dass ich sie ausschalte«, schlussfolgerte Alice.

Sie schäumte vor Wut und fühlte sich in ihren offenbar zahlreichen heimlichen Verdächtigungen bestätigt und war deswegen vollauf bereit, alles wegzuwerfen, nur um sich selbst einreden zu können, dass nichts von dem, was wir miteinander hatten, echt gewesen sei. Ich versuchte, meine eigene ungläubige Wut vorerst hinunterzuschlucken und mit ihr auf eine weniger offensive, einfühlsamere Art zu sprechen. Ich war absolut nicht dazu bereit, unsere Beziehung einfach das Klo runterzuspülen.

»Alice, bitte. Ich liebe dich. Ich bin bei dir. Wieso sollte ich denn …?«

»Leb wohl, John.«

Und dann drückte sie den Abzug, einfach so. Ich war so perplex, dass meine Reflexe nicht so schnell funktionierten wie sonst, aber ich schaffte es gerade noch, ihr die Waffe aus meinem Gesicht zu schlagen, sodass ihre Kugel mich in die Schulter traf. Ich trat ihre Beine um und wir fielen auf das Dach der Aufzugskabine. Sie verlor beim Sturz ihre Waffe, deshalb schlug und trat sie mit allem, was sie hatte, auf mich ein. Mein Arm blutete und war schwach, und ich versuchte, ihre Angriffe abzuwehren, aber ihr Zorn hatte den Siedepunkt erreicht und sie trat mir mit voller Wucht mit beiden Füßen gegen die Brust. Ich schlitterte über das Kabinendach und schnappte nach allem, was mich vor dem Sturz in den Tod bewahren konnte. Mit meinem unverletzten Arm umschlang ich eines der Elektrokabel, das mir kurzzeitig Halt gab, aber ich hatte so viel Schwung, dass es teilweise aus seiner Verankerung herausgerissen wurde. Funken sprühten durch den Schacht, als ich über den Rand der Kabine hinausrutschte.

Alice kam auf die Beine und fand mich neben der Kabine am Funken schlagenden, feuerspeienden Kabel baumeln.

»Dich zu heiraten war mit Sicherheit das Allerdämlichste, was ich je getan habe«, verkündete sie kalt.

Meine Hände rutschten und ich hatte kaum noch Halt am Kabel, während ich versuchte, die Spinnweben von meinem Kopf abzuschütteln.

»Ich nehme mal an, das könnte man wohl als unsere Scheidung bezeichnen«, sagte sie ruhig.

»Danke«, erwiderte ich.

»Wofür?«

»Dafür, dass du es mir so leicht machst, dich nicht mehr zu lieben.«

Ich riss das Kabel aus dem Motor und stürzte in die Finsternis. Über mir entzündete eine Funkenexplosion das Schmieröl am Tragkabel, an dem sich wie bei einer gigantischen Zündschnur Flammen nach oben und unten ausbreiteten. Das Feuer loderte dunkelorangefarben mit weißen Spitzen auf, gebar lange Dämonenschlangen aus schwarzem Rauch und verwandelte den Fahrstuhlschacht in einen hell erleuchteten Tunnel zur Hölle.

Während ich auf den Aufprall wartete, durchfluteten Erinnerungen an meine Hochzeitsnacht mit Alice mein Hirn, und ich dachte: *Wenn das mein Leben ist, das gerade vor meinem geistigen Auge vorüberzieht, dann ist Gott ein noch größeres Arschloch, als ich dachte.* Wie sich aber herausstellte, war ich das Arschloch, denn Gott oder Buddha oder Steve Jobs wachte tatsächlich in diesem Fahrstuhlschacht über mich. Ich hatte erwartet, einfach auf den Boden des Schachts hinunterzudonnern. Die Jungs vom FBI würden meine Überreste dann mit einer Spachtel vom Boden abkratzen und mich wie ein überfahrenes Tier in den Müll werfen. Aber was sagt man dazu? Ich hatte das Glück, dass zwei Stockwerke weiter unten die zweite Aufzugskabine parkte, die meinen Sturz beendete. Versteht mich nicht falsch, es war trotzdem noch ein sechs Meter tiefer Sturz, und da ich nicht wusste, dass sich dort noch eine Kabine befand, schlug ich völlig unvorbereitet und mit voller Wucht auf dem Rücken auf, und der Aufprall knipste mein Herz aus wie ein Lichtschalter. Das nennt man Commotio cordis: durch eine plötzliche Erschütterung des Herzens verursachtes Kammerflimmern, dann Herzstillstand.

Mein Atem setzte augenblicklich aus, alles wurde schwarz. Als ich dort auf der zweiten Kabine lag und den Todestango tanzte, überkam mich plötzlich das Gefühl, als stünde ich in Flammen. Mein ganzer Körper fühlte sich so heiß an, dass ich dachte, ich würde explodieren. Ich war überzeugt davon, ich würde als ein weiterer mit Lippenstift verschmierter Zigarettenstummel im Aschenbecher des Teufels enden, als das unter Strom stehende elektrische Kabel, das ich aus der oberen Aufzugskabine herausgerissen hatte und das mir wie eine zischende, sich windende Schlange den Schacht hinab gefolgt war, nun seitlich gegen die Kabine knallte, auf der ich lag. BUMM! Das Kabel versetzte der Kabine einen Stromschlag und defibrillierte mich zurück ins Land der Lebenden, bevor es auf dem Boden des Schachts aufschlug und in einer Pfütze Petroleumdreck einen Kurzschluss erlitt. Rollt den Stein beiseite, ihr Arschgeigen. Dank Jesus und ein paar Tausend Volt bin ich von den Toten wiederauferstanden.

19

Als ich wieder zu mir kam, wusste ich weder, wer, noch, wo ich war. Dann lichtete sich der Nebel, und ich blickte den Schacht hinauf. Keine Spur von Alice, was mir gelegen kam, denn ich war ziemlich übel zugerichtet und hätte nicht einmal einem Niesen standgehalten. Ich schaffte es, im Schneckentempo die Stufen der Notfallleiter bis hinunter zum Keller zu klettern und in die Tiefgarage zu gelangen. Dort klaute ich mir einen grauen Crown Vic aus dem FBI-Fuhrpark, der nach jahrzehntelangem Chili-Dog-Konsum und Bierfürzen stank, und fuhr zu meinem Unterweltkrankenhaus. Nachdem ein schaurig aussehender Doktor mit Boris-Karloff-Akzent und dem ärztlichen Einfühlungsvermögen eines Lobotomiepatienten mich zusammengeflickt hatte, ging ich ins Badezimmer, um mich zu erleichtern, und warf einen Blick in den Spiegel. Unter meinem Auge klaffte eine Wunde, die exakt so aussah wie eine blutige Träne. Das erinnerte mich an die Bibelstelle: *Wird aber deine rechte Hand dir zum Ärgernis, so haue sie ab und wirf sie von dir.*

Wahre Worte. Alice, meine rechte Hand, hatte mich im Stich gelassen, ich taumelte, stürzte beinahe, aber ich fing mich, bevor ich in den Gedanken an sie ertrank. Das Feuer, das in meiner Brust für sie gebrannt hatte, war erloschen. Sie hatte es mir aus dem Leib geprügelt. Aber am schlimmsten war, dass die ganze Geschichte so unfassbar surreal war. Mit Juno hätte ich in diesem Büro als Allerletztes gerechnet, ganz zu schweigen von der Tatsache, dass ausgerechnet sie der Maulwurf war, dem wir das Licht ausknipsen wollten. Ich würde es ja als unvorstellbaren Zufall abtun, aber das Spiel des Lebens ist meistens kein Glücksspiel. Ich musste vor langer Zeit lernen, dass Zufälle zu den Dingen gehören, an die zu glauben du anfängst, kurz bevor dein Schädel zufällig die Flugbahn einer Kugel kreuzt.

Apropos Kugel: Mir kam in den Sinn, dass Alice Juno ziemlich schnell abgeknallt hatte, selbst unter den gegebenen Umständen. Man sollte doch annehmen, wenn Alice endlich die Superspionin schnappt, die ihrer Meinung nach unser gesamtes Unternehmen bedroht, würde sie ihr zumindest erst ein paar Fragen stellen, bevor sie den Abzug betätigt und die Kaffeemaschine hinter ihr mit den Antworten vollspritzt. Das war das Erste, was mir unlogisch vorkam, als ich endlich wieder halbwegs klar denken konnte.

Das nächste Detail, das mir reichlich spanisch vorkam, war ihre Anschuldigung, ich hätte sie reingelegt. Lös mal folgendes Rätsel, Batman: Wenn ich tatsächlich versucht hätte, Alice in eine Falle zu locken, wieso zum Teufel hätte ich dann all diese Strapazen auf mich nehmen sollen? Ich war es doch gewesen, der von Anfang an gegen den Angriff aufs FBI gewesen war. Außerdem hatte ich ja ebenso wie sie Kopf und Kragen riskiert, wenn nicht sogar noch mehr. Und schließlich war sie ja diejenige, die in direktem Kontakt zu unserem mysteriösen Auftraggeber stand, diesem schon bald unter der Erde liegenden Klienten, der ihr befohlen hatte, mich kaltzumachen.

Je mehr ich darüber nachdachte, desto mehr stank die ganze Sache gewaltig zum Himmel, und entweder steckte Alice' Kopf zu tief im Arsch unseres Auftraggebers, um das zu riechen ... *oder sie hat mich reingelegt*. Letzteres ergab tatsächlich viel mehr Sinn, daher schluckte ich meine Gefühle hinunter und zwang mich, des Teufels Advokat zu spielen. Erstens wäre die Jagd nach dem FBI-Maulwurf die perfekte Möglichkeit, um mich auszuschalten, ohne Gefahr zu laufen, dass ich oder die anderen Rekruten den Braten riechen würden – so als würde man den Jagdhund der Familie mit zur Jagd nehmen und er kehrte praktischerweise nie wieder nach Hause zurück. Zweitens war, wie ich bereits sagte, *sie* diejenige, die in Kontakt mit dem geheimnisvollen Klienten stand, dessen Identität für Alice womöglich gar nicht so geheimnisvoll war. Es war tatsächlich äußerst bequem, dass dieser unsichtbare Mann zufällig imstande gewesen war, uns hilfreiche Tipps zur Identität einer Zielperson zu geben, die wir seit Monaten verfolgten, und er dann den Spieß umdrehte und mich genau in dem Moment zum Abschuss freigab, in dem ich angreifbar und fernab jeder Überwachungskamera war. Das Schwierigste jedoch war, mir einzugestehen, dass Alice in ihrer Gier, HR zu besitzen, offenbar so blutrünstig war, dass sie, ohne mit der Wimper zu zucken, ihre Ambition mir vorzog. Das hätte ich mir anfangs nie träumen lassen, aber nach dem FBI-Angriff gab es daran keinen Zweifel.

Mein Gott, ich bin so ein Idiot.

Alice hatte mir damals in New Hampshire gesagt, sie könne mir nicht geben, was ich wolle, und sie hatte nicht gelogen. Ich war einfach nicht bereit gewesen, auf sie zu hören. Nach ihrem Verrat verschwendete ich allerdings keine Zeit damit, in Selbstmitleid zu zerfließen und darüber nachzudenken, dass sie mich vielleicht die ganze Zeit über bloß benutzt hatte, um das zu bekommen, was sie wollte. Das entsprach zwar höchstwahrscheinlich der Wahrheit, war aber zu diesem Zeitpunkt völlig irrelevant. Ich nutzte meine Zeit lieber sinnvoll, kippte ein, zwei Schnäpse und dachte daran, dass auf mich zu schießen Alice genauso leicht gefallen war, wie mir zu sagen, dass sie mich liebe, und meinen Ring zu tragen. Aber sie würde schon bald herausfinden, dass sie nicht die Einzige war, für die Töten genauso Routine war wie das Atmen.

20

FBI, Quantico, Virginia
Gegenwart

Fletch lächelt. Es ist die Art von Lächeln, mit dem ein Vater seinen Sohn empfängt, wenn der kleine Racker gerade den letzten Strike vermasselt hat und sein Team deswegen das Schülerligaspiel verloren hat.

»Was ist?«, frage ich.

»Ich habe nichts gesagt«, antwortet er.

»Ich rede von dem Grinsen in Ihrem Gesicht.«

Er versucht einen »Ich hab keine Ahnung, wovon Sie da reden«-Blick aufzusetzen.

»Im Ernst? Solche Spielchen wollen Sie mit mir spielen?«

»Ich weiß wirklich nicht …«

»Drauf geschissen. Ich geh wieder in meine Zelle. Wache!«

»Warten Sie, John. Lassen Sie uns darüber reden.«

»Gute Idee. Ich will wissen, wieso Sie so gelächelt haben, sonst verschwinde ich hier.«

Ich schlage mit der flachen Hand auf den Tisch. Fletch springt auf und seine Hand schnellt zu der Stelle, wo er vermutlich sein Pistolenholster trägt. Er weicht ein wenig vor mir zurück. Ein kleiner, gut platzierter Wutausbruch kann sehr effektiv sein. In diesem Fall keimt dadurch in Fletchs Kopf die Frage auf, wie unberechenbar ich womöglich bin. Da er mich lediglich als einen der unzähligen Typen betrachtet, die ihm an diesem Tisch gegenübersitzen, unterschätzt er, inwieweit alles, was ich tue, genau geplant ist. Trotz all meiner Stärken ist bei mir in seinen Augen eine Schraube locker. Für ihn bin ich wie ein Wolf, der sich jederzeit auf ihn stürzen könnte, wie man an seiner Fluchtreaktion ja gesehen hat.

»Kriegen wir beide ein Problem, John?«

»Wenn man etwas gefragt wird, dann antwortet man brav. Hat man Ihnen das im Kindergarten nicht beigebracht?«

Fletch schiebt seinen Stuhl zurück an den Tisch, um sich wieder hinzusetzen, stellt ihn aber ein wenig weiter von mir entfernt hin als zuvor. Ich widerstehe dem Drang, ihn anzuspringen, nur um ihn zusammenzucken zu sehen.

»Ich habe gelächelt, weil mich Ihre unvollständige Analyse von Alice' Verrat ein wenig überrascht hat.«

Ich hingegen bin ein wenig überrascht von seiner Bereitschaft, Informationen preiszugeben. Das widerspricht seinem üblichen Vorgehen, aber es geht nicht anders, denn er muss vor seinen Kollegen das Gesicht wahren.

»Ich höre.«

»Kam es Ihnen nicht merkwürdig vor, dass sich Alice ausgerechnet diesen Plan gewählt hat, um den Maulwurf auszuschalten?«

»Sie geben also zu, dass Juno ein Maulwurf war?«

Sein Enthusiasmus verblasst ein wenig, als er merkt, dass er bereits mehr gesagt hat, als er sollte.

»Sagen wir der Einfachheit halber mal, sie war einer.«

»Der Einfachheit halber.«

»Sie in der FBI-Außenstelle anzugreifen würde Alice doch nur mehr Druck durch das FBI verschaffen. Sie glauben doch nicht wirklich, dass Alice dachte, ihr dreister Angriff würde uns einschüchtern, oder?«

»Spucken Sie's einfach aus, Fletch, bevor Sie daran ersticken.«

»Alice hatte einen Grund, Sie umzubringen, John.«

»Gibt es hier drinnen ein Echo?«

»Sie hat nicht nur auf Sie geschossen, weil sie die Firma übernehmen wollte und Sie ihr nicht mehr von Nutzen waren. Nein, Ihr Zweck war es, in den Augen des FBI als der Schuldige zu gelten. Auf diese Weise konnte Alice den Maulwurf loswerden *und* sich uns vom Hals schaffen. Denn wenn Sie tot sind, haben wir niemanden, den wir jagen können.«

»Sie war doch auch dabei.«

»Aber sie trug die meiste Zeit eine Gasmaske und ist geschickt allen Kameras ausgewichen. Und selbst wenn wir sie identifizieren könnten – sie steht nicht in unserer Datenbank. Was uns beträfe, wäre sie Ihre Patty Hearst, die sich dem Bösewicht angeschlossen hat.«

Jetzt setze ich das väterliche Lächeln auf.

»Nicht schlecht, Assistant Director Fletcher. Gar nicht schlecht.«

Ich gestatte es ihm, sich in seinem Stolz zu aalen, während er hin und wieder einen scheuen Blick Richtung Einwegspiegel wirft.

»Ich denke, Alice' Kopf sähe an der Wand Ihres Trophäenzimmers ganz gut aus, Fletch. Finden Sie nicht auch?«

»Wie ich schon sagte, John, ich arbeite daran.«

Er setzt auf einer neuen Seite seines nahezu vollgeschriebenen Blocks an.

»Was geschah, nachdem Sie aus dem FBI-Büro fliehen konnten?«

21

Als ich wieder hergerichtet war, begutachtete ich den Schaden, der sich als sehr viel schlimmer entpuppte als gedacht. Mein Handy war deaktiviert worden und ich konnte nicht auf meine Konten zugreifen. Nachts ging ich zu meiner Wohnung, aber sie hatte das Schloss bereits ausgetauscht. Ich wusste, Alice würde nicht dort übernachten, darum kletterte ich über die Feuerleiter hinein. Die meisten ihrer Klamotten waren verschwunden. Sie hatte eilig gepackt, nur das mitgenommen, was ihr lieb und teuer war, und die Wohnung dann vermutlich ein für alle Mal verlassen. Mein Blick streifte etwas, das glitzernd im Mülleimer lag. Es war ihr Verlobungsring. Ich wollte ihn gerade rausholen, ließ ihn dann aber doch drin liegen. Es gab kein Zurück mehr. Ich *konnte* nie wieder zurück. Sie hatte uns weggeworfen wie den Ring, und in diesem Moment hasste ich sie dafür fast genauso sehr wie mich selbst.

Anschließend ging ich zu HR. Dort war es nicht anders. Mein Sicherheitscode funktionierte nicht. Nur auf die Webcams, die ich während der Renovierung im Büro installiert hatte, konnte ich noch zugreifen. Ich beobachtete das Büro mehrere Stunden lang und sah, wie Alice es mithilfe einer kleinen Armee von Söldnern, die sie beschützen sollten, in eine Festung verwandelte. Das war nur logisch. Menschen wie Alice und ich töten zwar Leute, aber täglich, stündlich will auch irgendein Profi *uns* umbringen. Dieses Wissen haben wir verinnerlicht. Sie wusste, wenn sie ihren Ehemann loswird, die einzige Person, die sie wirklich beschützt hat, musste sie schwere Geschütze in Sachen Sicherheitsmaßnahmen auffahren, um das Ungeziefer fernzuhalten, besonders da das FBI einen Arsch voll Geld investieren würde, um jeden Kleinganoven der Stadt mit Vorstrafen in einen Spitzel zu verwandeln. Als ihr schließlich einfiel, auch das Passwort für meinen externen Zugriff aufs System zu sperren, wurde mein Bildschirm mit der Videoübertragung so finster wie zurzeit alles in meinem Leben.

Ich rief meine Banken an, um mir einen Überblick zu verschaffen. Alice hatte all meine Konten leer geräumt, selbst diejenigen, von denen ich gar nicht wusste, dass sie von ihnen gewusst hatte. Sie hatte keine Zeit dabei verloren, mich völlig auszuradieren. Es brannte mir unter den Nägeln, mich mit einer Kaliber-12-Shotgun von ihr scheiden zu lassen, aber das war nahezu unmöglich. Ich hatte weder Geld noch sofortigen Zugang zu Waffen. Ich besaß nicht einmal saubere Kleidung. Außerdem war ich mir ziemlich sicher, dass Alice mich für tot hielt, nachdem sie auf mich geschossen und mitangesehen hatte, wie ich einen brennenden Fahrstuhlschacht hinuntergestürzt war, und ich beabsichtigte, sie fürs Erste in diesem Glauben zu lassen. Das Schlaueste war jetzt, für eine Weile unterzutauchen und mir ein Loch zu suchen, in das ich mich verkriechen konnte, um meine Wunden zu lecken und mich zu sammeln. Aber bevor ich aus der Stadt verschwand, musste ich jemandem einen Besuch abstatten.

Wie jeder gute Rekrut nahm Sue stets den Kellereingang und dann die Treppe, um in seine Wohnung zu gelangen. Als er durch die Tür trat, wartete ich schon auf ihn. Ich sprühte ihm eine Dosis Propofol ins Gesicht und er ging zu Boden, noch bevor er seinen Hausschlüssel hinlegen konnte. Als er aus seinem Michael-Jackson-Nickerchen erwachte, lag er mit reichlich dickem Kabelbinder verschnürt in seiner Badewanne, die ich mit hochentzündlichem Butan-Gel gefüllt hatte. Ich konnte nichts riskieren, und zu diesem Zeitpunkt war es nahezu unmöglich vorherzusehen, wem seine Loyalität galt. Alice oder mir gegenüber illoyal zu sein konnte leicht zu seinem Ableben führen, daher musste ich ihn unter Druck setzen, um Antworten zu bekommen. Trotz allem freute er sich jedoch aufrichtig, mich zu sehen.

»JL, du lebst noch!«

»Nicht so laut. Du weckst noch die Nachbarn auf.«

»Hör mal, Mann«, flüsterte er, nachdem er seine Lage bewertet hatte, »ich freu mich echt riesig, dich zu sehen und so, aber wieso willst du mich kaltmachen?«

»Ich will dich nicht umbringen, Sue. Ich brauche Informationen.«

»Dazu hättest du mich bloß auf ein Bier einladen müssen.«

»Darüber sind wir längst hinaus, Kleiner. Ich muss zu einhundert Prozent wissen, dass du mich nicht verarschst. Es steht zu viel auf dem Spiel.«

»Wonach riecht's denn hier?«

»Nach Butan-Gel. In der Wanne ist genug davon, um das ganze Haus abzufackeln.«

»JL, hier wohnen auch Kinder.«

»Ich weiß. Drei davon gleich nebenan. Aber die Komponente war nötig, falls dir dein Leben nicht wichtig genug ist, um nicht bei lebendigem Leib verbrennen zu wollen.«

»Ist ja ein ziemlich extremer Bullshit-Detektor, den du da hast, JL.«

»Hat mich noch nie im Stich gelassen.«

»Das wird er jetzt auch nicht, Mann. Ich hab keinen Grund, dich anzulügen. Was zum Teufel willst du wissen?«

»Denkt Alice, ich bin tot?«

»Ja. Nachdem ich sie aus dem FBI-Büro gelotst hab, hat sie mir erzählt, die Agenten hätten dich erschossen und du wärst den Fahrstuhlschacht runtergefallen. Sie konnte nichts dagegen tun, meinte die verlogene Schlampe.«

Ich lachte.

»Was ist denn so witzig?«

»Als wäre nichts passiert«, sagte ich.

»Was ist wirklich passiert, JL?«

»Das ist eine lange Geschichte, und ich habe wenig Zeit. Wissen die anderen Rekruten von meinem vorzeitigen Ableben?«

»Ich glaub nicht. Das erzählt sie ihnen wahrscheinlich morgen.«

Ich zündete ein Streichholz an und hielt es über ihn.

»Hey, was soll der Scheiß?«

»Hattest du was damit zu tun?«

»Womit?«

Ich hielt das Streichholz tiefer.

»Wie schon gesagt: womit denn?«, sagte er trotzig.

Er war nicht der Typ, jemandem wie Alice loyal zu sein. Bei ihr war ich vielleicht blind gewesen, aber bei jemand anderem passierte mir das nicht. Er blies das Streichholz aus, und ich musste unwillkürlich lachen.

»Hast du Gras da?«, fragte ich ihn.

»Der Vaporisierer ist im Medizinschrank.«

Ich nahm einen Zug und ließ ihn ebenfalls ziehen.

»Bitte um Erlaubnis, offen sprechen zu dürfen, JL.«

»Erlaubnis erteilt.«

»Ich bin echt froh, dass du diese Psychotante endlich abserviert hast. Ich würde ja das F-Wort für sie benutzen, aber das bringt den kleinen Jesus zum Weinen. Daher geb ich einfach den Gentleman und sag, dass sie eine verkommene, seelenlose Hure mit einer hinterhältigen Ader ist, die man schon aus einer Meile Entfernung pochen sieht. Nimm's mir nicht übel.«

»Nehm ich nicht«, erwiderte ich und lachte beim nächsten Inhalieren.

»Und wenn sie dich wirklich in die Pfanne gehauen hat, hab ich auch ein Hühnchen mit ihr zu rupfen, und dann helf ich dir, dich zu revanchieren, das kannst du mir glauben.«

»Das glaube ich dir, Sue. Ich muss los.«

»Bindest du mich eventuell noch los?«

Ich zog ein Klappmesser aus der Tasche, fuhr die Klinge aus und richtete sie auf sein Auge.

»Du hast mich nicht gesehen«, stellte ich klar. »Soweit du weißt, bin ich tot. Ich beobachte dich und Alice. Wenn sie also plötzlich denkt, ich bin noch am Leben, weiß ich, du hast es ihr gesteckt, und dann komm ich wieder und häng dich wie die Apachen mit dem Kopf nach unten über brennender Kohle auf, damit deine Augäpfel zerkochen und dein Gesicht schmilzt, während dein Gehirn in deinem Schädel weichkocht. Alles klar?«

»Klar wie Kloßbrühe.«

»Gut.«

»Wo willst du denn jetzt hin, verdammt? Hol mich hier raus und dann lass sie uns umlegen, damit die Sache abgehakt ist. Ich mein's ernst.«

»Mund auf.«

Ich hielt ihm das Messer hin, und er nahm es zwischen die Zähne.

»Du bist ein guter Junge, Sue. Halt den Ball flach und die Klappe, dann passiert dir nichts.«

22

Bevor ich Sues Wohnung verließ, nahm ich noch seine Beretta und ein paar 100-Dollar-Scheine aus seiner Tasche mit. Ich war völlig auf mich allein gestellt, daher musste ich Waffen, Geld und anderes verbotenes Zeug in die Hände kriegen, was mir helfen würde, so schnell wie möglich unerkannt unterzutauchen und mich zu versorgen, bis ich neu aufgestellt war. Ich hatte überall in der Stadt Geheimvorräte angelegt, die meisten davon prall gefüllt mit allen möglichen Auftragsmörder-Spielereien. Ein Profikiller weiß nie, wann die Scheiße richtig zu dampfen beginnt, und darauf vorbereitet zu sein ist der beste Weg, um nicht unter ihr begraben zu werden. Das war eine der wenigen nützlichen Lektionen, die Bob mich gelehrt hatte, und sie hatte mir den Arsch mehr als einmal gerettet.

Während ich in allen Bezirken auf Schnitzeljagd ging, musste ich an einen Auftrag denken, der gut und gerne mein letzter hätte sein können, hätte ich diese Vorräte nicht gehabt. Ironischerweise hatte der Auftrag gelautet, eine große Nummer im Drogengeschäft zu liquidieren. Nein, er hatte weder Goldzähne noch zwei Goldkettchen oder einen 64er-Chevrolet Impala. In Wahrheit war es nicht mal ein *er*, ihr sexistischen Schweine. *Sie* stellte sich als eine meiner spannendsten und denkwürdigsten Zielpersonen heraus. Ihr erinnert euch doch sicher, dass ich schon einmal von Dualität gesprochen hab? Tja, Kiana Nguyen, eine halb schwarze, halb vietnamesische Wall-Street-Revolverheldin mit grotesken Tattoos und einer Gefolgschaft von Mixed-Martial-Arts-Kämpfern, war das zweischneidige Schwert der Dualität, und jede Klinge war rasiermesserscharf. Tagsüber arbeitete sie als Partnerin in einem extrem erfolgreichen Hedgefonds-Beratungsunternehmen, nachts jedoch war sie einer der größten Fische im Ostküsten-Heroinhandel. In diesen Kreisen nannte man sie Kali, nach der Hindugöttin der Zerstörung.

Ihr Hedgefonds-Unternehmen tätigte zwar legale Geschäfte, aber sie benutzte die Firma, ohne dass ihre Partner etwas davon wussten, als Waschsalon für ihr Drogengeld. Offensichtlich kamen die Partner Kianas Alter Ego als Heroinkönigin irgendwann auf die Schliche und heuerten HR an, um sie verschwinden zu lassen, bevor sie aufflog und das FBI die protzigen Landsitze und Rennboote der Teilhaber konfiszierte. Natürlich wollten sie, dass wir den Auftrag genau dann erledigten, wenn die Kassen gerade vor Drogengeld überquollen, das sie dann ganz einfach als persönlichen Weihnachtsbonus einstecken konnten. Ich schwöre euch, an der Wall Street findet man prozentual mehr Gauner im Anzug als bei einer Mafiahochzeit.

Mein Praktikum bei der Investmentbankingfirma, der ich den Spitznamen »Goldman Haschs« verpasste, begann an einem Montag, und bis Freitag hatte ich es bereits geschafft, mir einen Platz im Großraumbüro zu erschleichen, nur einen Katzensprung vom schicken Eckbüro meines Opfers entfernt. Auf den ersten Blick wirkte sie wie eine friedfertige Zahlenfanatikerin, die keinerlei Interesse an dem Kult der protzigen Klamotten und testosterongetränkten Hobbys hatte – Golf, Sportwagen, Kobe-Steaks, halblegale Nutten –, dem der Rest der Belegschaft mit geiferndem Feuereifer huldigte. Sie wurde üblicherweise von den Schlipsträgern gemieden und rangierte auf Platz eins der Personen, die bei den Witzeleien am Wasserspender zur Zielscheibe des Spotts wurden. Aber nach Feierabend, wenn alle anderen Idioten sich bei Baseballspielen und Sauftouren vergnügten, saß sie noch im Büro und zog sich neben wichtigen Akten so ziemlich jede Droge rein, die sie in die Finger bekam. Alles, was man schnupfen, schlucken oder inhalieren konnte, war ihr willkommen, und sie konsumierte das Zeug die ganze Nacht lang in Hülle und Fülle, während sie ihr Imperium leitete. Ich dachte, ich bin ein Drogenfan. Aber verglichen mit dieser Irren mit Hornbrille und konservendosengroßen Locken war ich bloß ein Achtklässler, der zum ersten Mal am Bier seines alten Herrn nippt.

Wie die meisten reichen Drogendealer hatte sie viele Gorillas zu ihrem Schutz engagiert. Wie schon erwähnt hatte sie eine Vorliebe für schwachköpfige Martial-Arts-Haudegen und schien sie wie Schals oder Schneekugeln zu sammeln. Die Typen saßen bei den anderen Angestellten im Großraumbüro, trugen Anzüge und Krawatten, hämmerten auf Computertastaturen herum und telefonierten den ganzen Tag. Aber genau wie mein Praktikum war das alles bloß Tarnung. Vermutlich dachten sie, Börsensturz habe etwas mit einer runtergefallenen Brieftasche zu tun, aber für das untrainierte Auge waren sie überzeugend genug. Ich hingegen hätte sie alle bei einer Gegenüberstellung rauspicken können. Anzugärmel und Hosenbeine, die etwas zu eng saßen. Tattoos, die aus Hemdkragen und unter Uhrenarmbändern hervorlugten. Eine leichte Beule hinten an der Hüfte und an den Knöcheln durch versteckte Pistolen. Alle anderen Broker zogen ihre Jacketts aus, sobald sie sich an den Schreibtisch setzten. Diese Jungs hingegen behielten sie den ganzen Tag an, selbst im Juli, wenn die Klimaanlage immer wieder den Geist aufgab. Selbst ihre Hände verrieten sie: vom vielen Zuschlagen, Zustechen und Erschießen völlig vernarbte, knorrige Fleischpranken mit knochentrockener Haut von all den Abenden, an denen sie sich das Blut von den Fingern schrubben mussten.

Bei der Suche nach Zeitpunkt und Ort für den Mord spielten diese Fleischprankenjungs aber eine große Rolle. Ein Mord in der Nacht wäre zwar am bequemsten gewesen, aber da klebten Kiana und ihre Crew die ganze Zeit aneinander wie frischverliebte Teenies. Tagsüber hingegen musste man die hohe Anzahl der Angestellten im Großraumbüro, die Lautstärke und das erhöhte Potenzial zum totalen Chaos bedenken. Einerseits konnte ich den voll besetzten Raum zu meinem Vorteil nutzen, da ihre Leibwächter sich erst an vielen Menschen vorbeikämpfen mussten, um zu mir zu gelangen, von denen die meisten erschreckend übergewichtig waren. Bob nannte das einen »Schaufenstermord«: wenn man jemanden am helllichten Tag in Anwesenheit vieler Personen umbringt und den entstehenden Tumult ausnutzt, um unerkannt zu verschwinden. Andererseits war Bob ein Idiot, und in Anbetracht all der Antiterrorteams, die innerhalb von drei Minuten bei jeder Sehenswürdigkeit in Manhattan eintreffen konnten, hatte ich kein gutes Gefühl dabei, die Schießerei am O. K. Corral in einem geschäftigen Wall-Street-Büro nachzuspielen.

Letzten Endes ergab sich eine Gelegenheit, wie so oft, im scheinbar ungünstigsten Augenblick. Ich war gerade unterwegs, um für die Schlipsträger Kleidung aus der Reinigung abzuholen und Zigaretten, Tampons, Viagra, Zimt-Dolce-Latte und viele weitere Sachen einzukaufen, bei denen sie es witzig fanden, wenn der Praktikant sie besorgen muss, da kam ich etwa zur Mittagszeit an einem kleinen Sushi-Restaurant vorbei. Als ich vor der Tür einen Yorkshireterrier in einem mit Monogramm versehenen Burberry-Pullover angeleint sah, blieb ich wie angewurzelt stehen. Diese kläffende Töle begleitete Kiana nämlich überallhin. Sie war wie ihr Baby, was bedeutete: Das Mittagessen würde heute auf mich gehen. Ich stellte meine Einkaufsbeutel neben den Köter, damit er sich an all dem Mist gütlich tun konnte, und spazierte in den Laden – in dem ich meine Zielperson schnell hinter der Reispapiertrennwand in einem der großen privaten Speiseräume erblickte, wie sie sich ihren Pilotfisch schmecken ließ.

Da saß sie nun samt Entourage wie auf dem Präsentierteller – aber das einzig Waffenähnliche, was ich dabeihatte, war eine Dose Haarspray, die ich für die hundertdreißig Kilo schwere Schwiegermutter von einem der Aktienhändler besorgt hatte. Ich spielte mit dem Gedanken, Bob anzufunken, aber er hätte mir nur in den Arsch getreten, weil ich den Job so halbherzig ohne Pistole angegangen war, und außerdem hätte er mir ohnehin nicht rechtzeitig irgendetwas Brauchbares vorbeibringen können. Ich musste mir schnell etwas einfallen lassen, bevor sie nach der Rechnung fragten, sonst würde mir eine goldene Gelegenheit durch die Lappen gehen. Dann fiel mir die Vorratsbox ein, die ich nur ein paar Blocks entfernt versteckt hatte. Ich war mir zwar nicht mehr ganz sicher, was genau sich darin befand, aber es konnte ja nur besser werden.

Ich sprintete zu meinem Vorrat, der in einem YMCA-Schließfach lagerte, und begutachtete, was mir zur Verfügung stand: eine ARES-FMG-Maschinenpistole inklusive zweier Magazine, eine Flasche Äther, eine 38er-Polizeidienstwaffe und etwa 10.000 Dollar in bar. Ich nahm alles außer dem Bargeld an mich und rannte zurück zum Sushi-Restaurant. Dort positionierte ich mich unauffällig an einem Tisch im hinteren Teil des Raumes, mit freiem Blick auf Kianas Separee, und bereitete mich bei einem großen Glas Asahi-Bier vor. So süffig. So mild. So erfrischend. Asahi!

Die FMG ist eine richtige James-Bond-Waffe. Im Grunde ist es eine Uzi, die sich zusammenklappen lässt und dann aussieht wie ein sehr kleiner Aktenkoffer oder eine extrem schicke Frauenhandtasche. Ich überlegte, sie einfach damit zu durchlöchern, aber obwohl sie eine coole Waffe ist, spuckt die FMG im Grunde bloß eine unzählige Menge an Kugeln aus, die dann aufgrund des fehlenden Dralls ziellos aus dem Lauf herauswirbeln. Wenn man also nicht aus kürzester Entfernung auf jemanden schießt, ist die Trefferquote nicht besonders hoch. Und da sie meine Schüsse nicht gleich umbringen würden, würden sie anfangen, zurückzuschießen. Mit einer so unberechenbaren eigenen Feuerkraft hatte ich allerdings auf ein Feuergefecht mit einem Haufen Profis keinerlei Lust. Außerdem wollte ich nicht, dass sich das Ganze in die Länge zog, bis die Cops auftauchten. Daher entschied ich mich für das Fläschchen Äther als Überraschungselement. Abgesehen von seiner Wirkung als starkes Narkosemittel – viel effektiver als Chloroform – ist es nämlich zehn Mal so brennbar wie Benzin.

Ich goss den Äther in meine leere Asahi-Flasche und stopfte eine Stoffserviette in den Hals. Dann zündete ich die Serviette mit der Tischkerze an und schleuderte den Leibwächtern einen erstklassigen Curveball durchs Reispapier entgegen. Die brennende Flasche zerfetzte das Reispapier wie ein Komet, zertrümmerte einem der Gorillas den Unterkiefer und explodierte wie die Bombe über Nagasaki. Ehe ich michs versah, stand das ganze Separee in Flammen und füllte sich mit schwarzem Rauch. Beißender Gestank schoss mir in die Nase, als stünde ich vor dem Auspuff eines Tokioter Taxis. Wie vorherzusehen gewesen war, eröffneten die Fleischprankenjungs das Feuer, allerdings schossen sie auf meinen Tisch, wo ich die Maschinenpistole befestigt und den Abzug auf Feuerstellung eingerastet hatte. Während die FMG mir also Deckung gab, erledigte ich einen nach dem anderen mit meiner verlässlichen 38er.

Als sich der Rauch lichtete, konnte ich meine Zielperson nirgendwo entdecken. Der Fußboden um mich herum war mit Bier und Glassplittern bedeckt und hatte sich sozusagen in eine Schlittschuhbahn aus spitzen Scherben verwandelt. Dann bemerkte ich, dass der Sushi-Chefkoch einfach dastand und mich anstarrte. Ich wollte gerade ein paar Hamachi zum Mitnehmen bei ihm bestellen, als ich sah, wie seine Hand zuckte, gefolgt von einem metallischen Lichtblitz. Der verdammte Mistkerl warf eines seiner Sushi-Messer auf mich! Das gottverdammte Ding blieb in meinem Daumen stecken, mir fiel die Pistole aus der Hand. Das zweite Messer flog in Richtung meines Augapfels, aber ich konnte es gerade noch so mit der Handfläche stoppen. Ihr könnt euch nicht vorstellen, wie scheißweh es tut, wenn sich ein dreißig Zentimeter langes Sushi-Messer mit der Spitze voran durch euren Handknochen bohrt. Ich schrie wie ein kleines Mädchen. Das fand der Chefkoch so witzig, dass er sich den Arsch ablachte. Damit ihm das Grinsen verging, warf ich das Messer zurück, und es landete in seinem Oberschenkel. Er stürzte zu Boden und ging vor Schmerzen k. o.

Ungefähr zu diesem Zeitpunkt schwang sich Kiana von der Decke runter und trat mir so hart gegen den Kopf, dass ich gegen die Theke krachte und für ein paar Sekunden das Bewusstsein verlor. Als ich wieder zu mir kam, sah ich ihre verschwommene Gestalt, die erst von dem Sprinkleranlagenrohr hinuntersprang, an dem sie sich festgehalten hatte, und mir dann mit den hektischen Schlägen, Tritten und Ellbogenhieben des vietnamesischen Vovinam die Seele aus dem Leib prügelte. Dieser Kampfstil zeichnet sich durch die Harmonie von »hart und weich« aus, daher waren ihre Angriffe steinhart, aber jedes Mal, wenn ich versuchte, sie zu treffen, wich sie mir entweder geschickt aus oder absorbierte meisterhaft meine Energie.

Nachdem sie mir die Füße weggetreten hatte und ich mit dem Kopf voran gegen eine heiße Sake-Maschine gestürzt war, zog sie das Sushi-Messer aus dem Bein des Kochs und drehte sich wieder zu mir. Ich wusste, das war meine letzte Chance auf ein Manöver, darum zögerte ich keine Sekunde. Bevor sie Gelegenheit hatte, mit dem Messer auf mich loszugehen, stürmte ich mit voller Geschwindigkeit auf sie zu, als wäre ich ein Football-Abwehrspieler, der sein Gegenüber so hart tackeln will, dass ihm die Rübe klingelt. Sie versuchte vergeblich, mir auszuweichen, dann rammte ich ihr mit voller Wucht meinen Unterarm gegen den Unterkiefer (das nennt man »NFL-Kampfstil«). Durch den Schlag hob sie ab und flog etwa anderthalb Meter nach hinten in die Sushi-Bar, die aus Hartholz und sieben Zentimeter dickem Glas bestand. Sie zertrümmerte die Bar, als sie hineinkrachte. Ich merkte sofort, dass sie sich dabei das Genick gebrochen hatte, denn sie sank zu Boden und blieb dann wie ein Fisch auf einem Schiffsdeck zuckend und nach Luft schnappend mitten in der Bierpfütze liegen.

Das Ganze war weder schön anzusehen noch allzu professionell abgelaufen. Bob war richtig angepisst, weil ich nicht das Hinrichtungsszenario angewandt hatte, das wir besprochen hatten – die Kolumbianische Krawatte, was den Verdacht auf südamerikanische Konkurrenten hätte lenken sollen –, und sowohl Polizei als auch FBI setzten den Fall für mehrere Wochen ganz oben auf ihre Prioritätenliste. Irgendwann jedoch gingen ihnen der Kaffee und die Donuts aus, und sie legten ihn ungeklärt zu den Akten. Ich hingegen merkte mir die Lektion, dass man nie weiß, wann sich eine Gelegenheit bietet, und man immer bereit sein muss, um sie auszunutzen. Darum ist eine der besten Regeln im *Leitfaden* ja auch Regel Nummer sieben: Kümmert euch um euren Scheiß.

23

Die alte Kiste mit meinem Geheimvorrat, die mir damals beim Sushi-Auftrag den Arsch gerettet hatte, war mein letzter Stopp, bevor ich die Stadt verließ. Die 10.000 Dollar lagen immer noch drin, außerdem Munition und ein Beutel voller Betäubungsmittel, den ich aus Kianas Blazertasche geklaut hatte. Darüber hinaus hatte ich noch den Führerschein vom dünnsten Martial-Arts-Gorilla mitgehen lassen. Wann immer möglich, so hatte Bob uns geraten, sollten wir Ausweise an uns nehmen, da wir die Magnetstreifen darauf leicht für unsere Zwecke einsetzen konnten. In diesem Fall entpuppte sich der Führerschein sogar als Geschenk des Himmels, denn ich musste an Bord eines Flugzeugs gelangen, und der tote Leibwächter sah mir ähnlich genug, um damit durchzukommen. Nur gut, dass ich mich immer brav an Regel Nummer sieben gehalten hatte, denn alles in allem sackte ich etwa 300.000 Dollar aus meinen Geheimvorräten ein. Damit würde ich zwar nicht für immer vom Radar des FBI verschwinden können, aber ich war schon froh, mir überhaupt Zeit erkaufen zu können.

Ich buchte einen Flug von Newark nach San Diego und fuhr von dort aus am nächsten Morgen nach Mexiko. Alle anderen Reiseziele hätten einen Reisepass und eine Kontrolle beim Zoll erfordert, und ich konnte es nicht riskieren, dass mein Gesicht auf irgendeinem Bildschirm beim Heimatschutzministerium auftauchte. Man kann direkt über die Grenze nach Mexiko fahren, ohne irgendeinen Ausweis vorzeigen zu müssen, was mir perfekt in die Karten spielte, aber ich wusste auch: Wenn ich die Grenze überquerte, würde ich durch einige brennende Reifen springen müssen, um eines Tages wieder zurück in die

USA zu gelangen. Aber fürs Erste würde mich mein Geld eine ganze Weile über Wasser halten, außerdem hatte ich ein paar Tage in der Sonne bitter nötig, um den Kopf freizubekommen.

Ich verkroch mich in einer kleinen Stadt am Strand namens Puerto Peñasco und verschlief die nächsten zwei Tage fast komplett in einem winzigen Apartment nahe dem Ozean. Die Seeluft wirkte wie ein Opiat, und meine Gliedmaßen fühlten sich so schwer an, dass ich mich kaum regen konnte. Als ich wieder imstande war, aufzustehen und mich zu bewegen, entdeckte ich, dass sich die Schusswunde in meiner Schulter infiziert hatte, vermutlich weil ich mit ihr so lange schwitzend auf der dreckigen Bettwäsche herumgelegen hatte. Ich versuchte, sie mit Desinfektionsmitteln aus der Apotheke zu säubern, aber es half nichts, und schließlich setzte hohes Fieber ein. Ich stolperte zu einem Arzt in der Nähe und kaufte teure Gringo-Antibiotika und neue Kleidung. Außerdem gab ich ihm Geld, damit er seine Krankenschwester mehrmals am Tag in mein Apartment schickte, um meine schon zur Nekrose tendierende Wunde zu reinigen und neu zu verbinden, mich zu füttern und dafür zu sorgen, dass ich nicht dehydrierte.

Die folgenden sechsunddreißig Stunden verbrachte ich in einem furchtbaren Fiebertraum, der sich bald in einen Albtraum verwandelte. Ich sah nahezu alle Menschen vor mir, die ich im Laufe der Jahre ermordet hatte und die mich nun jedes Mal, wenn ich kurz vorm Einschlafen war, auf grausame Weise verhöhnten. Es waren keine undeutlichen Träume. Ich konnte sie sehen, glasklar, wie sie mich in meinem Zimmer besuchten und es sich gemütlich machten. Anfangs sahen sie immer ganz normal aus, aber dann verwandelten sie sich oder das Licht schien so auf sie, dass ich die grässlichen Verletzungen erblickte, die ich ihnen zugefügt hatte: Austrittswunden, Säureverätzungen, tiefe Fleischwunden ... Es überraschte mich, dass die mexikanische Schwester immer wieder zurückkam, denn die Hälfte der Zeit über, die sie bei mir verbrachte, schrie ich wie am Spieß, und sie musste mich mit Valium ruhigstellen.

Am schlimmsten war es, wenn ich Alice sah. Dann wachte ich auf und sie saß neben mir auf dem Bett, tupfte meine Stirn mit einem feuchten Schwamm ab oder gab mir einen Schluck Wasser zu trinken. Wenn sie damit fertig war, mich zu pflegen, ließ sie ihren Kopf auf meinen Hals sinken und riss mir mit den Zähnen die Kehle auf. Dann schreckte ich normalerweise immer auf, übergab mich in einen Eimer, der neben dem Bett stand, und weinte mich wieder in den Schlaf.

Als das Fieber abklang, war es Sonntagmorgen und ich hörte Kirchenglocken läuten. Ich zwang mich, aufzustehen, zog Klamotten an, die in Reichweite lagen, und ging nach draußen. Der Strand war nicht allzu weit entfernt, und mir kam der Gedanke, dass das Meer wie der See Genezareth all meine Sünden und Schwächen wegwaschen könne. Als ich den Strand erreichte, war der Sand übersät von Müll und Windeln, und auf dem Wasser trieb eine Lache aus Abwasser und Öl. Ich schob benutzte Drogenspritzen beiseite, setzte mich in den dreckigen Sand und sah den glitzernden Wellen weit draußen auf dem Meer zu. Ein kleines Mädchen kam auf mich zu und wollte mir Kaugummi verkaufen, aber es rannte schreiend davon, als es mein Gesicht erblickte.

Ich ging wieder zurück ins Apartment und betrachtete mich im Spiegel. Ich sah aus wie ein Leichnam. Ich hatte mindestens zehn Kilo abgenommen, wobei mein Körperfettanteil schon vorher bei nahezu null gelegen hatte. Meine Wangen waren eingesunken, und ich hatte dunkle Ringe unter den blutunterlaufenen Augen. Ich fühlte mich so schwach, ich konnte kaum aufrecht stehen. Ich zwang mich, etwas von dem Essen zu mir zu nehmen, das die Krankenschwester in den Kühlschrank gestellt hatte, und öffnete eine Flasche Mezcal, die ich mir kurz nach meiner Ankunft hier gekauft hatte. Schlechte Idee. Ich hatte seit Tagen kaum etwas gegessen, und nach ein paar Gläsern hatte ich das Gefühl, jemand würde ein Loch in meinen Magen ätzen. Ich legte mich aufs Sofa und schlief zu mexikanischen Seifenopern im Fernsehen ein.

Das Geräusch von zerbrechendem Glas weckte mich auf. Ich stand zu schnell auf und verlor beinahe das Bewusstsein, konnte mich dann aber am Couchtisch abstützen. Zwei dunkle Umrisse huschten durch die Wohnung und rannten in mein Schlafzimmer.

Ich rief irgendetwas Unverständliches und lief Richtung Schlafzimmer, aber aus der Dunkelheit kam eine Faust angeflogen und schlug mir gegen den Unterkiefer. Ich schaffte es nicht, meinen Sturz abzufedern und knallte rücklings auf die Terracottafliesen. Der Kerl kam erneut auf mich zu, dieses Mal mit einer Pistole, und ich tat so, als wäre ich benommen. Als er näher kam, trat ich ihm mit aller Kraft, die noch in mir steckte, gegen die Kehle, er fiel nach hinten, griff sich an die zertrümmerte Luftröhre und lief blau an. Die Pistole fiel ihm aus der Hand und rutschte unter das Sofa. Ich wollte sie mir gerade schnappen, da hörte ich seinen Partner aus meinem Schlafzimmer rufen.

»Luis!«

Bevor ich die Kanone zu fassen bekam, stürmte Luis' *compadre* aus dem Schlafzimmer, mit einem Rucksack in der Hand, in den er all mein Geld gestopft hatte. Er sah aus wie eine mexikanische Version von Mel Gibson in *Lethal Weapon*: Glubschaugen, filzige Vokuhila-Frisur und extrem ausgewaschene Jeans. Ich hechtete in seine Richtung, aber er versetzte mir mit dem spitzen Ende eines Cowboystiefels einen Tritt direkt in die Magengrube. Als ich mich vor Schmerzen krümmte, trat er mir noch gegen den Kopf, und ich stürzte benommen zu Boden. Ich wartete darauf, dass er mir den Rest gab, aber er spuckte bloß neben meinem Kopf auf die Fliesen und verschwand mit meinen 300.000 Dollar aus der Wohnung.

24

Als ich aufwachte und mir wieder einfiel, wie beschissen meine Lage war, beschloss ich, einfach aufzugeben. Die Götter hatten mir klar und deutlich zu verstehen gegeben, dass ich auf meinem Pfad in einer Sackgasse gelandet war, und ich konnte ihnen nicht widersprechen. Ohne Geld hatte ich nahezu keine Überlebenschance. Ich war viel zu schwach, um irgendein krummes Ding zu drehen, und nach meinem Fieberalbtraum wollte ich das auch gar nicht. Außerdem wurde mir bewusst, dass die Geschichte mit Alice mich offenbar schwerer getroffen hatte als angenommen. So sehr ich mir auch einzureden versuchte, dass ich sie wirklich nicht mehr liebte – ohne sie in meinem Leben kam mir die Zukunft schrecklich trostlos vor. Vor meinem geistigen Auge sah ich mich selbst mit vierzig, wie ich wie Jean Reno in *Léon – Der Profi* Milch trank und mit einer Pistole in der Hand auf einem Stuhl schlief, und ich wusste, lieber würde ich sterben, als diese Prophezeiung wahr werden zu lassen.

Mein Plan sah also vor, mir so viel Mezcal wie möglich die Kehle runterzuschütten und eine Kugel aus der Knarre des toten *bandido* hinterherzujagen. Mein letzter Mord. *Zur Abwechslung mal ein leichter Auftrag*, dachte ich, während ich die ersten Schlucke nahm. Bei Sonnenuntergang stolperte ich wie ein Penner umher, sang und schlug Löcher in die Wände. Irgendwann griff ich unter die Couch und zog die Pistole hervor.

»*Dios mío*«, schrie ich die *cucarachas* an und verscheuchte sie.

Die Waffe entpuppte sich als goldbeschichteter 45er-Revolver mit einer Platin-Intarsie der Jungfrau Maria am Griff, filigranen Rosen auf dem Lauf und den Worten *Flores para los muertos* oben auf dem Verschluss eingraviert. *Perfecto*, dachte ich. *Jesus liebt Luis offenbar, aber alle anderen halten ihn für ein Arschloch.*

Ich nahm meine Flasche und meine funkelnagelneue Pistole und spazierte zum Strand hinunter, bis die Lichter der Stadt hinter mir verblassten. Ich setzte mich inmitten der verrottenden Müllberge hin, trank den Rest des Fusels, schluckte den Wurm am Boden der Flasche und beobachtete, wie das Mondlicht durch die Wolken schien und auf dem Wasser tanzte. Ich wollte mir gerade die letzte Ölung verpassen, da hörte ich laute Stimmen und das Geräusch eines Autos, das am Strand entlangfuhr. Ein Pick-up mit einem Haufen junger Partywilliger auf der Ladefläche raste an mir vorbei.

Am Steuer saß der mexikanische Mel Gibson.

Ich dankte der Heiligen Jungfrau Maria für diesen Glücksfall und zerschoss ihm den rechten Vorderreifen. Sofort geriet der Pick-up heftig ins Schleudern, warf einen Großteil des feiernden Partyvolks mitsamt zahlreichen Flaschen Alkohol in den Sand und kam dann schlitternd zum Stehen. Während die Frauen vor sich hin fluchten und ihre Siebensachen zusammensuchten, zogen die Männer ihre Waffen und suchten in der Dunkelheit nach etwas zum Töten. Aber sie sahen mich nicht kommen. Die Jungfrau Maria und ich machten die betrunkenen Jammerlappen in weniger als dreißig Sekunden kalt, und dem mexikanischen Mel Gibson jagte ich eine Kugel in den Mund, gerade als er ihn aufmachte, um mich zu verfluchen. Die Frauen liefen panisch davon und ich holte mir aus dem Wagen mein Geld zurück.

Bevor ich wieder ging, sah ich mir den Berg von Leichen an. Die Typen waren fast noch Kinder gewesen, gerade volljährig, höchstens Anfang zwanzig. Alle hatten für Drogenkartelle typische, lächerliche, goldbeschichtete Knarren getragen. Während mein Blick über sie wanderte, musste ich an Sue und die anderen jungen Rekruten bei HR denken. Sollte ich sie einfach im Stich lassen, sodass sie Alice auf Gedeih und Verderb ausgeliefert waren? Scheiße, nein. Ich hatte mir den

Arsch aufgerissen, um ihren zu retten, und mich jetzt selbst zu den benutzten Kondomen und Chipstüten an einem dreckigen mexikanischen Strand auf den Müll zu werfen kam mir wie ein Verrat epischen Ausmaßes vor. Ganz zu schweigen von der Tatsache, dass ich im Kampf gegen Alice dann einfach so das Handtuch werfen würde. Sie hatte bewiesen, dass es ihr durchaus zuzutrauen war, die Rekruten von einem Tag auf den anderen abzusägen, sollten die Pferde wieder mal mit ihr durchgehen, und das durfte ich nicht zulassen.

Ich ging in die Stadt und führte ein R-Gespräch mit einem meiner Mittelsmänner an der Westküste, einem irischen Waffenhändler, über den ich in der Vergangenheit an militärische Ausrüstung gekommen war. Der Typ konnte dir innerhalb von zwölf Stunden einen M1-Abrams-Panzer beschaffen, wenn du das nötige Kleingeld besaßt. Ich erzählte ihm, dass ich zwar in Mexiko untergetaucht sei, aber einen Job suche, um nicht aus der Übung zu kommen und mich auf eine große Mission in ein paar Wochen vorzubereiten. Ich fragte ihn, ob er jemanden kenne, der einen erfahrenen Killer benötige. Daraufhin erwähnte er einen Farmer namens Griner in Sonora, zögerte aber, mich zu vermitteln, weil dieser Griner offenbar ein unausstehlicher Dreckskerl war. Ich versicherte ihm, dass ich mit ihm schon klarkommen würde. Also notierte sich der Ire meine Adresse und sagte mir, man werde mich in ein paar Tagen kontaktieren.

Am nächsten Morgen wachte ich auf, als mir zwei behandschuhte Hände einen schwarzen Stoffbeutel über den Kopf zogen, während andere Hände mich hastig mit Kabelbinder und Klebeband fesselten und dann in etwas schubsten, was wie der hungrige Schlund eines schwarzen, unscheinbaren Lieferwagens roch. Der vertraute Stich einer Nadel schickte mich ins Reich der Träume, während mir Bilder von Alice, die von Kugeln durchlöchert wurde, durch den Kopf schossen.

25

Gran Desierto de Altar, Sonora-Wüste
Sechs Wochen später

»Friss Dreck, Nancy.«

Griner schritt um mich herum, stampfte mit seinen schlammverkrusteten Stiefeln über das Gras und zerquetschte dabei die Grashalme zu grünem Matsch. Ich pumpte einhändig einundzwanzig Liegestütze, während er mit seinem steinharten Finger in jeden Körperteil von mir stach, der eine inkorrekte Haltung aufwies. Als ich fertig war, sprang ich auf die Füße, und er lief bereits von mir weg. Sechs lange Wochen war ich nun schon der widerspenstige Schüler dieses schwarzäugigen Hillbillys aus Arkansas, der Latzhosen trug, aber kein T-Shirt, und aussah wie das uneheliche Kind von Charles Manson und Sonny Barger. An dem Tag, als mich der Schwarzer-Stoffbeutel-Express in dieser brütend heißen Einöde von einem Trainingsgelände abgesetzt hatte, mitten in der gottverlassensten Wüste dieses Planeten, sah er mich nur kurz an und erklärte mir dann, er würde mich nicht mal losschicken, um eine Ratte im Scheißhaus seiner Mutter umzubringen.

Ich erklärte mich einverstanden, mit ihm zu trainieren, weil ich sonst nirgendwohin konnte und mir dachte, meine Fähigkeiten aufzufrischen könne nicht schaden. Darüber hinaus beschlich mich das unangenehme Gefühl, dass, falls ich mich weigerte, er mich bis zum Hals in einen Feuerameisenhügel eingraben würde. Nach so vielen Jahren als Profi war ich eigentlich der Meinung gewesen, ich sei ein harter Kerl. Ich dachte, ich hätte meine absolute Bestform erreicht. *Ich lag falsch.* Als Praktikant bei HR bin ich geschlagen, beschossen, verbrannt, unter Strom gesetzt und beinahe ertränkt worden, aber das alles zusammen verblasste im Vergleich zu Griners Training. Innerhalb von sechs Wochen schälte er mich wie eine Zwiebel und entfernte so Schicht um Schicht all meine Schwachstellen, bis nichts mehr übrig war außer Knochen und Sehnen. Dann baute er mich mit erbarmungslosen Peinigungen, die mir bei echten Aufträgen garantiert nie begegnen werden, wieder ganz neu auf. In dieser Hinsicht war es das beste Training, das ich mir hätte vorstellen können. Wenn ich ihn nicht so abgrundtief gehasst und es mir nicht so unter den Nägeln gebrannt hätte, von dort abzuhauen und Alice ins Fadenkreuz zu nehmen, hätte ich mich aus tiefstem Herzen bei ihm bedankt. Aber er hatte mir beinahe alles Geld, das ich noch übrig gehabt hatte, als Entlohnung für seine »Dienste« weggenommen und mich trotzdem immer noch zu keinem einzigen Auftrag geschickt. Es war schon so viel Zeit vergangen, dass ich anfing, mir Sorgen zu machen, dass, wenn ich irgendwann zurück nach New York ginge, Alice womöglich schon längst von jemand anderem umgelegt worden sei, zusammen mit Sue und allen anderen Rekruten.

Das andere Problem, das mir allmählich bewusst wurde, war, dass Griner offenbar dachte, weil er mich trainierte, würde mein Arsch ihm gehören und ich ihm etwas schulden. Und in seiner Schuld zu stehen war so ziemlich das Letzte, was ich wollte. Während ich mich also an jenem Tag durch seine üblichen Blut- und Schweißübungen quälte, machte mein Oberstübchen Überstunden, um einen Ausweg zu finden.

»Beeil dich, Süße, sonst gibt's wieder ordentlich Dresche!«, bellte Griner.

Ich sprintete zum Wellblechschuppen, neben dem er stand. Im Schuppen befand sich sein persönliches Horrorkabinett, mit dem er bezweckte, dass »dir Eier wachsen und du zu einem Mann wirst«. Im Innern war es stickig-heiß, und ich wusste, dass ich mich durch eine Bande hemdloser Psychopathen kämpfen musste, die Griner dem Direktor eines nahe gelegenen mexikanischen Gefängnisses wie Vieh abgekauft hatte. Sie würden mit Axtstielen, Peitschen, Ketten und anderen verrosteten Werkzeugen bewaffnet sein, die Griner herumliegen hatte. Wenn ich nicht schnell genug dort wäre, würde er mich einfach fesseln und ihnen befehlen, mich so lange zu verprügeln, bis ich mir in die Hose pisste.

Als ich bei Griner ankam, ließ er sein sadistisches Grinsen aufblitzen und hetzte seine Hunde auf mich, indem er sein öliges Halstuch mit der Konföderiertenflagge darauf schwenkte. Das waren die bösartigen, halb verhungerten Bastarde, die mich schon am Tag meiner Ankunft hier angegriffen hatten. Dadurch waren sie auf den Geschmack meines Bluts gekommen. Das Alphatier griff an und sprang direkt auf meine Kehle zu. Ich packte ihn noch im Sprung am Maul und schmiss ihn mühelos zurück auf die anderen angreifenden Köter. Er kegelte sie um und sie ergriffen jaulend und bellend die Flucht. Als er merkte, dass er keinerlei Unterstützung mehr hatte, rannte er zu seinem Rudel, winselte und bedeckte sein Arschloch mit seinem Schwanz. Griner lachte und sperrte sie zurück in ihren Maschendrahtzwinger. Das war seine Vorstellung von Unterhaltung, nur weil er selbst auch ein Bastard war.

Er begutachtete meine Hand und ein zustimmendes »Hm« entfuhr seinem spöttischen Gesicht. Es war kein Blut zu sehen. Schon seit Wochen war kein Blut mehr zu sehen. Meine Hände und Füße stellten keine Instrumente meiner Sinne mehr dar, die Informationen in Form von Berührungen an mein Gehirn sendeten. Sie waren knorrige Klumpen Narbengewebe. Die Nervenenden waren schon vor langer Zeit durch das unerbittliche Zerschlagen von Holz und Steinen und durch die Flammen von Griners brennenden Ölfässern zerstört worden. Ich konnte eine solide Holztür einschlagen und mit derselben Faust einen Betonblock zertrümmern. Ich konnte barfuß fünfzehn Zentimeter dicke Glasbausteine per Tritt zerbrechen, ohne mir auch nur einen Kratzer zuzuziehen.

Ich ging nicht über glühende Kohlen. Ich ging über Feuer.

Griners Philosophie war simpel. Waffen sind unzuverlässig, laut und hinterlassen viel zu viele Beweise. Je komplexer eine Waffe ist, desto unerwünschter ist sie als Werkzeug. Pistolen waren für Griner ein Witz. Einmal fuhren wir in die Slums von Mexicali, um dort, wie er es nannte, »Schlappschwänze aufzumischen«. Dafür zettelte er mit den widerwärtigsten schlangenäugigen *bandidos* Streit an, die er finden konnte. Sie zogen ihre Waffen und er stopfte ihnen die Knarren in den Arsch, bevor sie auch nur daran denken konnten, den Abzug zu betätigen. Für Griner stellte eine Hand, die eine Pistole oder ein Messer hielt, lediglich einen weiteren Hebelpunkt dar, eine Einladung, dir deinen Arm auszukugeln, was ich ihn häufiger habe tun sehen, als ich zählen kann.

Für ihn war die einzig wahre Waffe der Körper. Er sah keine Ellbogen, Hände, Füße oder Köpfe. Er sah Punkte, Kanten und knochenharte Knüppel. Mit der richtigen Menge an Kraft an der richtigen Stelle ist ein Finger zehn Mal tödlicher als ein Messer. Natürlich hatte Griner diese Technik nicht erfunden. Es handelte sich um einen sehr alten Kung-Fu-Stil namens »Eiserne Hand«. Der Legende nach hatte ein alter chinesischer Meister, dessen Tochter von einer Gang umherziehender Banditen vergewaltigt und beinahe getötet wurde, die Eiserne Hand entwickelt. Damit ihr niemand je wieder wehtun konnte, verwandelte er ihren Körper nach und nach mithilfe von ätzenden Chemikalien und wiederholten Handschlägen und Fußtritten auf mit Sand gefüllte Stoffbeutel in eine Masse aus gehärtetem Narbengewebe und Knochen. Definitiv kein Disney-Familienmärchen. Schließlich wurde sie zu einer der gefürchtetsten Kriegerinnen in China und benutzte niemals eine Waffe. Und als Rache dafür, dass er sie nicht zum Abschlussball hatte gehen lassen, zertrümmerte sie ihrem Vater mit der Ferse das Gesicht, während er sein Frühstück aß.

Wie schon gesagt, mir ging langsam das Geld aus und ich hatte es allmählich satt, wie in der Serie für Griner als Meister Po den Grashüpfer zu spielen. Deshalb hatte ich ihn an jenem Morgen gefragt, wann er mich auf eine Mission schicken würde, aber er hatte bloß wirr gegrunzt. Später, nachdem ich die Hunde bezwungen hatte, wusste ich, es war ein Fehler gewesen, das anzusprechen.

»Du denkst also, du wärst bereit loszulegen, Hackfresse?«

»Ja«, erwiderte ich mit unerschütterlichem Selbstvertrauen.

»Schwachsinn. Du bist immer noch ein schwanzloser Jammerlappen.« Griner lachte sadistisch. »Erst wenn du *mich* besiegen kannst, bist du bereit.«

Um seinem Argument Nachdruck zu verleihen, spuckte er mir einen großen Klumpen Kautabak ins Gesicht. Als ich mir die Augen abwischte, sah ich, wie sich der lange, sonnenbeschienene Faden ranziger, brauner Spucke, der von seinem Mund zu meinem Gesicht führte, langsam nach unten neigte, schließlich riss und einen wackelnden Sabberstreifen auf seinem Kinn hinterließ. Ich spürte, wie finstere Wut in mir aufstieg. Als er seine Hand hob, um sich das Kinn abzuwischen, entblößte er seine Brust. Ohne nachzudenken, bündelte ich all meine Energie und rammte meine offene Handfläche in seine Rippen. Der Aufprall zertrümmerte seinen Brustkorb und trieb scharfe Knochensplitter in sein verletzliches Lungengewebe. Er brüllte vor Schmerz, schnappte nach Luft und krümmte sich, sodass er seinen Körper wie ein Gürteltier, das seinen Panzer ausfährt, vor mir verschloss. Die Spiele waren eröffnet. Um seine Ehre zu verteidigen, musste er nun entweder mich töten oder bei dem Versuch sterben. Etwas anderes kam nicht infrage.

»Was man heute kann besorgen, das verschiebe nicht auf morgen, du Inzuchtwichser«, sagte ich.

»Kleiner, du hast offenbar noch weniger Grips als eine Schmeißfliege. Jetzt muss ich dich wie eine zerquetschen.«

Dann kam er auf mich zu und prügelte wie wild mit schnell aufeinanderfolgenden Seitentritten auf mich ein. Die gebrochenen Rippen lenkten Griner kaum ab, das wusste ich. Er benutzte seine Arme, um seinen Rumpf zu schützen, aber das machte keinerlei Unterschied. Seine Füße waren noch geschickter als seine Hände, angetrieben von kräftigen, peitschengleichen Muskeln. Aber dank Griner waren meine Hände wie Granit und absorbierten die Tritte. Meine eigenen Rippen klapperten von den Tritten gegen meine Ellbogen, die ich einsetzte, um meinen seitlichen Rumpf zu schützen.

Dann versetzte er mir einen Roundhouse-Kick, durch den meine eigene Faust gegen meinen Schädel knallte. Ich fiel auf die Knie und zwang mich, nicht bewusstlos zu werden. In diesem Moment hieß es entweder handeln oder sterben. Griner bewies, wie recht ich mit dieser Einschätzung hatte, indem er mir einen Tritt verpasste, durch den mir der Kopf klingelte wie eine Schulglocke. In der Ferne konnte ich das verzerrte Gejaule seiner Hunde hören, die sich ihre Mäuler beim verzweifelten Versuch, aus ihrem Käfig auszubrechen und ihrem Herrchen zu Hilfe zu eilen, am Drahtgitter blutig kauten. Währenddessen konnte ich nur noch daran denken, was *sie* in dieser Situation tun würden. Und genau das tat ich dann.

Griner bereitete seinen Todesstoß vor und zielte mit einem Fuß auf meine Schläfe. Ich duckte mich weg und stieß mich mit aller Kraft, die in meinen durchtrainierten Beinen steckte, vom Boden ab, mit ausgestreckten Händen, die in Richtung seiner Kehle schnellten. Er grinste, packte meine Knöchel mit seinen eisenharten Fingern und zog mich zu sich, um mir mit dem Knie, das ich nun auf mich zuschnellen sah, das Gesicht zu zertrümmern. Aber statt zu versuchen, meine Hände zu befreien, was Griner den Todesstoß nur noch erleichtert hätte, riss ich meinen Mund weit auf und rammte ihm meine Zähne in die Kehle. Dank der Hunde wusste ich ganz genau, was ich tun musste, um ihn zu töten. Meine Eck- und Schneidezähne fanden in seinem Kehlkopf und den danebenliegenden Blutgefäßen Halt, und ich schloss meinen Kiefer und biss so fest zu, wie ich nur konnte. Wie die Hunde reagierte ich auf Griners ruckartige Rettungsversuche mit brutalem Hin- und Herschleudern meines Kopfes, ich knirschte, riss und bohrte. Das Meer von Blut, das meine Mundhöhle füllte, drohte mich zu ersticken, und ich fiel würgend und keuchend zu Boden. Ich schaute nach oben, in voller Erwartung von Griners Todesstoß, aber stattdessen erkannte ich, dass ich ihn tödlich verwundet hatte.

Taumelnd richtete ich mich auf. Griners Gangsterbande, Männer, die im Leben schon alles gesehen und getan hatten, standen mit weit aufgerissenen Mündern und panischen Blicken da. Selbst die Hunde in ihrem Zwinger waren verstummt. Griners Gesicht war nur noch eine geschwollene, lilafarbene Grimasse, seine Lippen waren schwarz und seine Hände umklammerten den Hals, im verzweifelten Versuch, die Blutung zu stoppen. Er versuchte, sich in die Hocke zu erheben, denn seine Instinkte drängten ihn, weiterzukämpfen, aber ich wusste, ihm blieben lediglich noch ein paar Sekunden in diesem Leben. Darum ergriff ich die Gelegenheit und gab ihm ebenfalls ein paar weise Worte mit auf den Weg.

»Der Körper mag ja eine Waffe sein, Griner«, begann ich. »Aber die beste Waffe ist die, die niemand kommen sieht.«

Ich stellte meine Hacke auf seinen Nacken und drückte sein Gesicht in Hundescheiße.

»Und um deine Frage zu beantworten«, fuhr ich fort, »ja, ich denke, ich bin bereit.«

Dann trat ich mit aller Kraft zu und zerbrach sein Genick wie ein dünnes Ästchen.

26

Ein paar Tage später hockte ich als blinder Passagier im Laderaum eines Frachtflugzeugs Richtung New York, das bis oben hin mit nachgemachtem Zeichentrickfigur-Nippes gefüllt war, und trank eine Flasche von Griners selbstgebranntem Scorpion Moonshine. Ich wollte bei meiner Rückkehr nach Manhattan keinerlei elektronische Spuren hinterlassen, deshalb vermied ich Passagierflugzeuge, Züge und Autos. Noch war ich ein Geist, und ich hatte nicht vor, daran etwas zu ändern, bevor die Zeit reif für meine Wiederauferstehung war. Und ich war bereit zu kämpfen. Dank Griner hatte ich keine Angst mehr vor der Hölle, geschweige denn vor Alice.

Für mich war sie nichts weiter als eine Verräterin, und die Tatsache, dass sie zwei Mal versucht hatte, mich umzubringen, war nicht mal ihr schlimmstes Verbrechen. Sie hatte etwas getötet, was sich zu einer der größten Liebesbeziehungen aller Zeiten hätte entwickeln können, zur Antithese der sterilisierten Online-Dating-Kultur. Wir hätten uns mit unserem Geld aus dem Staub machen und eine Handvoll kleiner verrückter Bälger großziehen können, mit denen wir nach Disneyland gefahren wären. Nachdem die Fahrwerksklappen geöffnet worden waren und die ersten morgendlichen Sonnenstrahlen den trübsinnigen Staubdunst um mich herum durchdrangen, setzten die Reifen auf der Erde auf und die leere Schnapsflasche drehte sich neben meinen Füßen auf dem Boden und drohte, am Ende auf mich zu deuten, mit dem Kuss des Todes als wirbelndes Versprechen. *Nun beginnt es,* dachte ich und konnte es kaum erwarten, den ersten Zug in diesem epischen Schachduell auszuführen.

Zurück in Manhattan war das Erste, was ich tat, nachdem ich den Boden geküsst und mir ein Stück Pizza genehmigt hatte, mir ein Versteck zu organisieren, das ich als Basis für meine Operationen verwenden konnte. Es musste geräumig und finster sein, und den Großteil der Nacht frönte ich einer meiner Lieblingsfreizeitbeschäftigungen – von Dach zu Dach springen –, die mich schließlich zu einem riesigen Loft in SoHo führte, dem Zuhause eines deutschen dekonstruktivistischen Bildhauers namens Osgood Kurtz. Vielleicht habt ihr eines seiner Werke mal gesehen, falls ihr auf extrem obskuren, zeitgenössischen Blödsinn steht, den spießige Kunstsammler so gern kaufen.

Osgood war kürzlich verstorben und hatte keinerlei Angehörige. Keine Angst. Er starb ohne Fremdeinwirkung. Ich konnte seinen verwesenden Kadaver schon aus mehreren Blocks Entfernung riechen, während ich über die städtischen Canyons sprang. Schließlich erblickte ich einen Schwarm Schmeißfliegen, meine alten Freunde, die um Osgoods Fenster herumschwirrten. Ein untrüglicher Hinweis. Der süße Geruch der Verwesung mischte sich beißend in den Gestank von dampfendem Abfall und Chinatown-Tieren. Ah, es tat gut, wieder zu Hause zu sein.

Ich kletterte die Feuertreppe hinunter, bis ich sein Küchenfenster erreichte. Von dort aus konnte ich ihn sehen, wie er zusammengesackt über einer unfertigen Arbeit saß, einer Bronzenachbildung von Hitlers wutverzerrtem Kopf oben auf einem ein Meter achtzig langen Penis. Schnödes Konzept, aber makellos umgesetzt, das musste ich zugeben. Osgoods Heroinbesteck lag auf dem Tisch neben dem aufgedunsenen Stillleben seines eigenen Leichnams. Eine Überdosis. So, wie der bernsteinfarbene Harz auf dem Löffel aussah, hatte unser Junge sich mit einer Ladung nach Moschus riechendem Heroin, das vermutlich mit Glasfaserpartikeln gestreckt worden war, selbst ins Jenseits befördert. Die afghanischen Mullahs, die den Opiumhandel leiten, lieben es, eine Prise von dem Zeug einer x-beliebigen Lieferung beizumischen, um den amerikanischen Junkies ein nettes »Fick dich«

mit auf den Weg zu geben. Überraschung, Weißbrot! Jetzt haben wir deine Lungen geschmolzen und dir einen chemischen Eispickel ins Hirn gerammt! Ich packte den alten Ozzie ein und machte mit ihm eine Spritztour – natürlich in seinem Maserati – zu einem Säurebad in Jersey, wo sein letztes und brillantestes Kunstwerk aus ihm selbst kreiert wurde, wie er sich in weniger als zwanzig Minuten von einem Feststoff zu einer Flüssigkeit und schließlich in ein Gas verwandelte.

Dann war sein *casa mi casa*. Solange ich die Rechnungen beglich, würde niemand Fragen stellen, und ich war mir außerdem ziemlich sicher, dass er keinerlei Freunde hatte. Ich füllte die Bude mit blauen Zigarettenrauchringen und betäubte meine schmerzenden Wunden mit dem milden, zwanzig Jahre alten Scotch, den Herr Kurtz in seinem ansonsten völlig leeren Schrank aufbewahrt hatte. Mit jedem rauchigen, torfigen Schluck wurde mir mehr und mehr bewusst, dass ich Alice endlich aus meinem Körper gespült hatte. Sie war wie ein Krebsgeschwür gewesen, das sich in jeder Zelle meines Körpers ausgebreitet hatte. Und wie das bei Krebsgeschwüren so ist, hatte es mich beinahe umgebracht, noch dazu ausgerechnet in Mexiko, ihn zu heilen. Es war ein schönes Gefühl, jetzt frei zu sein und zu meinem alten, militant egozentrischen Ich ohne emotionale Bindungen zu nichts und niemandem zurückzukehren. Selbst mein Wunsch, meine leibliche Familie ausfindig zu machen, hatte sich mithilfe eines sehr simplen Gedankengangs in Luft aufgelöst: *Wenn sie nichts mit mir zu tun haben wollten, wieso sollte ich dann etwas mit ihnen zu tun haben wollen?* Diese neu erlangte Klarheit ermöglichte es mir, mich voll und ganz darauf zu konzentrieren, die Mission abzuschließen, derentwegen ich nach New York gekommen war: Operation Alice ausführen, und zwar schnell, sauber und ohne jede Gnade.

Aber ich brauchte Hilfe. Ich brauchte Sue. Und ich musste ihn irgendwie kontaktieren, ohne dass Alice von meiner Anwesenheit Wind bekam. Natürlich war das ganze Vorhaben äußerst riskant. Es war viel Zeit vergangen, und es bestand durchaus die Möglichkeit, dass seine Furcht vor Alice eine Art fehlgeleiteter Loyalität zutage gefördert hatte. Aber mir blieb keine andere Wahl. Ohne ihn hatte ich keinerlei Möglichkeit, an verlässliche Informationen über ihre Alltagsroutine zu kommen. Eine Sache, die ich über Sue wusste, war seine Vorliebe für Stripclubs. Und wie alle Connaisseurs hatte er einen Lieblingsschuppen, einen muffigen, schmuddeligen Laden in der Bronx namens Papa Cherry's. Bevor ihr Pseudo-Moralisten jetzt Reden schwingt: Sue war nicht stolz darauf, ein Stringtanga-Jäger zu sein. Er hätte sehr gern eine feste Freundin gehabt, aber genau wie der Rest von uns hatte er schon früh (auf die harte Tour) gelernt, dass Beziehungen meist tödlich für den jeweiligen Partner endeten. Deswegen verprasste er seine hart verdiente Kohle bei den Ladys an der Stange und landete nicht selten im Paradies für Lüstlinge, auch bekannt als »Champagnerzimmer«, und genau dort feierten wir zwei unser Wiedersehen.

Sue stolzierte wie ein Zuhälter mit zwei Damen im Arm in den Raum. Ich saß in einer dunklen Ecke, und gleich nachdem die drei in den Lapdance-Modus geschaltet hatten, untermalt vom Johnny-Cash-Song, dem Sue seinen Namen verdankte, nahm ich mit dem Korken der 10-Dollar-Flasche Champagner, für die sie ihm 200 Dollar berappen lassen würden, Maß und schoss ihn ihn direkt gegen den Kopf. Beine und Haare wirbelten durch die Luft, es wurde laut geflucht, und Sue suchte hektisch nach seiner Kanone, die ich auf dem Boden liegen sah, bedeckt von einer hellblauen Federboa.

»So schnell kann es gehen, Sue«, sagte ich und lachte mir einen Ast. »In einem Moment wird dir die Palme gerubbelt und im nächsten liegt dein Hirn auf der Salatbar verteilt.«

Sue schnellte herum, bereit zum Kampf, und entdeckte mich. Sein augenblickliches Lächeln und die veränderte Körperhaltung verrieten mir, dass es die richtige Entscheidung gewesen war, ihn aufzusuchen.

»Ja, leck mich am Arsch, Johnny Lago!«

Ich blickte hinunter auf die Flagge, die in seiner Hose auf Halbmast wehte.

»Du freust dich offenbar, mich zu sehen.«

Er lachte und wollte mich umarmen.

»Ich glaube, ein Händeschütteln reicht völlig«, sagte ich, aber er umarmte mich trotzdem.

Die Mädchen waren verwirrt, darum wechselte ich in eine Sprache, die die schlichten Lippenstift-Blondchen verstanden, und reichte ihnen ein Bündel Hunderter.

»Vielen Dank für den reizenden Abend, meine Damen«, sagte ich.

Sie gingen hinaus, darauf erpicht, das Geld schnell vor ihrem Zuhälter zu verstecken, und ich nahm den Jungen namens Sue genauer in Augenschein. Er wirkte erschöpft.

»Lass uns verduften«, schlug ich vor. »Wir müssen uns unterhalten, und ich muss unter dem Radar bleiben.«

»Dann gehen wir in mein altes Viertel, das ist bloß ein paar Blocks entfernt. Viel weiter unter dem Radar geht nicht.«

27

Sue nahm mich mit in einen gigantischen Sozialbausiedlungsblock in der Nähe von Fort Apache im Süden der Bronx. In diese Gegend trauten sich weder Polizei noch Rettungskräfte. Eine im wahrsten Sinne des Wortes gesetzlose Insel am Ende einer Insel und der Ort, an dem es am unwahrscheinlichsten war, von den Behörden in irgendeiner Form überwacht zu werden. Der Polizeinotruf funktionierte hier nicht, und selbst Profis wie wir liefen Gefahr, von irgendeiner Gang mit ominösem Namen und jugendlichen Soldaten mit leerem Blick kaltgemacht zu werden. In einer ausgebrannten Wohnung, in der früher mal eine von Sues Pflegefamilien gewohnt hatte, genehmigten wir uns ein paar Bier.

»Du siehst beschissen aus«, sagte ich zu Sue.

»Deine Femme fatale hat uns ganz schön altern lassen. HR ist das absolute Chaos, und wenn's so weitergeht, schnapp ich mir ein Seil und häng mich irgendwo auf. Tut echt gut, dich zu sehen.«

»Was ist denn bei euch los?«

»Alice ist … Mann, sie dreht völlig am Rad und wütet herum. Verdammt. Jeder bewegt sich bei ihr auf dünnem Eis. Sie ist total paranoid. Hat ein Dutzend Söldner, bis an die Zähne bewaffnet, die weichen ihr keine Sekunde von der Seite. Überall Überwachung. Sie beobachtet uns die ganze Zeit, sogar zu Hause, als wären wir beim bescheuerten Big Brother.«

»Gab es mal Ärger vom FBI?«

»Nein. Nicht dass ich wüsste. Aber ich hab ein paar Geister gesehen.«

»Was für Geister denn? Den der vergangenen Weihnacht?«

»Schnüffler. Vermutlich flippt Alice deswegen aus.«

»Denkst du, sie wurde zum Abschuss freigegeben?«

Das wäre nicht ganz abwegig. Das FBI hat schon oft Auftragskiller benutzt, um ihre Drecksarbeit zu erledigen. Der lange Arm des Gesetzes hat häufig einen dicken Aktenkoffer voll Geld in der Hand.

»Falls ja, dann gehen die das Ganze ziemlich gemütlich an.«

»Wir müssen zumindest davon ausgehen, dass, wer auch immer dahintersteckt, sie rund um die Uhr überwachen lässt.«

»Absolut. Da hat sie echt in ein Wespennest gestochen.«

»Stimmt. Mehr Konkurrenz für mich. Umso interessanter wird es. Wie läuft das Geschäft sonst so?«

»Blendend. Wir bekommen dauernd Aufträge, aber fast immer Zielpersonen aus der B-Liga. Und die Klienten sind meistens nicht ganz sauber, was ihre Paranoia nur noch schlimmer macht.«

»Was ist mit Alice? Woran arbeitet sie?«

»Sie lässt nicht viel durchblicken, aber ich hab mal ein bisschen rumgeschnüffelt, nur um sicherzugehen, dass sie nicht wieder mit unserem Bus über eine Klippe rast, du verstehst?«

»Kann ich dir nicht verübeln. Ich hätte dem FBI-Job nie zustimmen sollen. Ich wollte sie damit beschwichtigen und hab meine Instinkte ignoriert. Liebe … Sie verwandelt dich garantiert spätestens beim zweiten Date in einen kompletten Vollidioten.«

»Amen, Bruder.«

»An welcher Top-secret-Sache tüftelt sie denn?«

»Sieht aus wie ein echter Leckerbissen. Ein Chinese namens Zhen. Geschäftsführer von irgend so einer Firma, von der ich noch nie was gehört hab, nennt sich CIS Inc. Das Hauptquartier liegt in Midtown.«

»Wann schleust sie sich da ein?«

»Ich vermute, das hat sie schon längst. Ich hab sie in letzter Zeit nicht mehr so oft im Büro gesehen, Gott sei Dank. Vorher ging sie uns täglich auf den Wecker. Also nehm ich an, sie arbeitet.«

»Und was denkst du, wie lange schon?«

»Vielleicht ein paar Wochen. Ich kann mir das ja mal näher ansehen, wenn du willst.«

»Das will ich.«

»Alles, was du brauchst, JL. Du kannst auf mich zählen.«

»Kann ich das?«

»Scheiße, Mann, na klar ...«

»Das ist mein Krieg, Sue. Und es könnte ziemlich hässlich werden. Du kannst auch an der Seitenlinie stehen bleiben, mich mit Infos füttern und dich aus dem Chaos raushalten. Ich erwarte nicht, dass du dir für mich eine Kugel einfängst.«

»Du bist mein Ticket hier raus, JL. Solange Alice der Chef ist, steht man bei dem Job mit einem Bein im Grab. So wie es dir mit Bob ging. Scheiß drauf, Mann. Mein Arsch gehört niemandem. Besonders nicht irgend so einer zickigen weißen Schlampe, die eine Schraube locker hat. Was auch immer du vorhast, plan mich mit ein.«

»Danke, Sue. Freut mich, das zu hören, denn, um die Wahrheit zu sagen: Ohne dich könnte ich das gar nicht durchziehen.« Ich lachte.

Wir besiegelten unseren Pakt per Handschlag, dann schob Sue mir noch ein Bier hin.

»Wo zum Teufel hast du eigentlich gesteckt?«, fragte er.

»Im Bibelcamp. Ich habe das Licht gesehen.«

»Du siehst aus, als hätte man dich durch den Fleischwolf gedreht, vor einen Bus gestoßen und anschließend den Grand Canyon runtergeschmissen. Verdammt, deine Hände sehen aus wie Trockenfleisch. Wo zum Geier hast du denn bloß gesteckt? Ich war mir sicher, du bist tot.«

»Das bin ich auch.«

»Wieso kommst du mir immer wieder mit diesem kryptischen Gefasel?«

»Je weniger du weißt, desto besser. Ich habe mir bei meinen letzten Ausflügen ein paar ziemlich gefährliche Feinde gemacht, die meinen Kopf am liebsten auf einem Speer aufgespießt an den Stadttoren ausstellen würden. Ich nehme an, es ist bloß eine Frage der Zeit, bis sie mich ausfindig machen. Außerdem will ich nicht, dass du irgendwas weißt, was Alice aus dir herausprügeln könnte.«

»Spendierst du mir ein Bier und einen Kurzen und erfreust mich mit deinen Abenteuern, wenn das alles vorbei ist?«

»Kleiner, wenn das alles vorbei ist, bekommst du Erste-Reihe-Tickets für *John Lago, das verdammte Mexicali-Musical*.«

»Abgemacht. Was brauchst du von mir?«, fragte Sue.

»Halt mich einfach über Alice' Aktivitäten auf dem Laufenden, bis ich sie in irgendeine Ecke drängen und eine ordentliche Scheidung vollziehen kann.«

»Wird erledigt.«

Während Sue sich heimlich Alice vorknöpfte, sammelte ich Informationen zu ihrer Zielperson, Fang Zhen. Definitiv kein Leckerbissen. Nicht mal annähernd. Wie sich zeigte, handelte es sich bei CIS Inc., auch bekannt als Chinese Industrial Solutions, lediglich um die Fassade eines global agierenden Industriespionagerings mit Verbindungen zur chinesischen Regierung. Zhen war zwar der Geschäftsführer, aber in Wahrheit hatte er einen Job als Agent für das Ministerium für Staatssicherheit. Das MSS ist der verlängerte Arm des chinesischen Geheimdienstes und verfügt über ein ständig expandierendes globales Netzwerk »nicht professioneller« Agenten. Diese sind Geschäftsleute, Intellektuelle, Lehrer, Ärzte, Ingenieure und andere Experten, die sich in ausländische Gesellschaften integrieren, um Informationen in ihrem jeweiligen Fachgebiet zu sammeln. Da sie ihre Qualifikationen rechtmäßig erworben und keinerlei Verbindungen zu politischen Strömungen haben, werden sie nie als potenzielle Spione überprüft und können daher jahrelang völlig unerkannt herumschnüffeln.

Auch wenn ein MSS-Agent nicht notwendigerweise selbst ein Profikiller ist, ist es ratsam, davon auszugehen, dass er einige davon um sich schart. Peking neigt dazu, große Mühen auf sich zu nehmen, um seine Investitionen zu schützen, denn genau wie bei Zhen sind die Informationen, die die MSS-Agenten sammeln, Milliarden wert. Darum überraschte es mich auch nicht, als ich feststellte, dass das CIS-Hauptquartier so streng bewacht wurde wie ein hochmoderner Militärstützpunkt. Zhen verließ das Gebäude nur selten, und wenn, dann holte ihn ein als privater Helikopter-Service getarnter, gepanzerter chinesischer Armeehelikopter auf dem Dach ab und flog ihn zu geheimen Abholstandorten, die Teil eines ausgeklügelten Netzwerks waren und an denen verschiedene gewerbliche Fahrzeuge auf ihn warteten, einschließlich Streifenwagen des NYPD.

Sue und ich trafen uns, um unsere Ergebnisse zu vergleichen, und er hatte schon beachtlich vorgelegt. Er hatte nicht nur einen Peilsender in Alice' Handy versteckt, sondern auch eines dieser kabellosen Mikrofone mit Transmitter, die die NSA benutzt, um uns mit unseren iPhones rund um die Uhr überwachen zu können. Wir fanden heraus, dass Alice ihre Infiltrationsmission bei CIS bereits eine Woche vor meiner Rückkehr nach Manhattan begonnen hatte. Je mehr ich über ihren Auftrag erfuhr, desto mehr kam mir der Gedanke, dass es fast zu schön war, um wahr zu sein. Aufgrund der strengen Sicherheitsvorkehrungen in Zhens Unternehmen konnte die Todesschwadron, die Alice normalerweise beschützte, sie nicht begleiten. Die Typen konnten sie noch nicht einmal überwachen. Und Waffen konnte sie auch gleich vergessen. Jeder Angestellte musste einen Ganzkörper-Scanner passieren – die gleichen wie am Flughafen –, deshalb würde sie es nicht mal mit einem Nagelknipser durch die Lobby schaffen. Es war genau das Szenario, das ich brauchte, um an sie heranzukommen. Sie war völlig ungeschützt. Das einzige Problem war: Ich war es auch.

Sue und ich wandten uns sofort der kniffligen Aufgabe zu, mir Zugang zum Gebäude zu verschaffen. Ich stand nicht mehr in den Diensten von HR, das hieß, ich konnte mir nicht durch die üblichen inoffiziellen Kanäle eine Stelle verschaffen. Es gab tatsächlich keine andere Möglichkeit, als mich ihnen komplett altmodisch anzubiedern. Also schlüpfte ich in die Rolle der übereifrigen, arbeitswilligen Möchtegern-Bürokraft und marschierte mit meinem Lebenslauf in der Hand einfach ins CIS-Gebäude. Zwei Wochen lang musste ich sie anschließend mit Anrufen, persönlichen Besuchen und allgemeinem In-den-Arsch-Kriechen bearbeiten, bis sie endlich beschlossen, mir eine Chance zu geben. So wie sie die Sache vermutlich sahen, war ich ein Harvard-Jungspund (hey, man darf ja wohl dick auftragen), der unbedingt unentgeltlich Kaffee kochen und lästigen Papierkram erledigen wollte. Der Typ lässt sich nicht abwimmeln, also ist er vermutlich ein echtes Arbeitstier. Und sein Vater gehörte über zehn Jahre lang dem diplomatischen Corps in China an (netter Einfall, oder?). Letztlich lief es darauf hinaus, dass ich auf die ganz traditionelle Art und Weise einen Fuß in die Tür bekam: Ich verarschte sie nach Strich und Faden.

Als ich zum CIS-Gebäude in Midtown Manhattan spazierte – einem Teil von New York, den nur Touristen vermissen würden, würde er morgen einfach vom Erdboden verschwinden –, verlieh mir die Tatsache, dass Alice und ich uns auf einem neutralen Spielfeld begegnen würden, einen Motivationsschub. Die Vorstellung, wie ein pickliger Nerd bei einem First-Person-Shooter-Computerspiel eine Sicherheitsvorkehrung nach der anderen umgehen zu müssen, um ans Opfer heranzukommen, war nämlich nicht sehr berauschend gewesen. Außerdem hätte das den ganzen Spaß verdorben. In meinem Kopf war ein Aufeinandertreffen von Angesicht zu Angesicht in unserem natürlichen Büro-Habitat die einzig ehrenhafte Art und Weise, um unsere Beziehung zu beenden. Also zog ich mir wie die Ritter vergangener Epochen meine zuverlässige Praktikanten-Rüstung über: einen grünbraunen Anzug, zweckmäßige Halbschuhe, ein weißes Button-down-Hemd und eine dieser omnipräsenten LensCrafters-Brillen. Falls ich keine Gelegenheit bekam, sie zu erschießen, konnte ich sie so vermutlich zu Tode langweilen.

28

Einen meiner kürzesten, aber ereignisreichsten Aufenthalte in einer Pflegefamilie verbrachte ich bei einem Pfarrer und seiner Frau in Kilgore, Arkansas, einem Schmutzfleck von Stadt, deren Hauptstraße so kurz war, dass man vom Anfang bis zum Ende spucken konnte. Das einzig Aufregende, was wir Kinder dort erlebten, waren die Schlägereien in der Junior Highschool, die nach Schulschluss beim Flaggenmast stattfanden. Nahezu jeden Tag konnte man sich auf eine Prügelei freuen: Kerle, die eine Angelegenheit klärten; Zickenkriege; Freundinnen, die ihre Macker verdroschen; Macker, die die heimlichen Verehrer ihrer Freundin verprügelten; Macker, die sich mit den Vätern ihrer Freundinnen rauften ... Regelmäßig flogen die Fäuste bei diesen Hahnenkämpfen, und alle verwetteten ihr Taschengeld und alles Mögliche, was sie gerade in der Hosentasche trugen, auf den Ausgang. Eines sage ich euch: Mal abgesehen von meiner Zeit bei Griner war Kilgore der Ort, an dem ich wirklich lernte, wie man kämpft.

Alle paar Monate kamen wir außerdem in den Genuss unserer eigenen, lokalen Ali-Frazer-Paarung: Russ gegen Travis. Mit ihren Bärten und Maurer-Staturen sahen die zwei eher wie erwachsene Männer als wie Highschool-Teenies aus. Sie hassten einander wie die Pest. Außerdem waren sie Cousins. Vermutlich führten ihre Väter eine brüderliche Blutsfehde, und Russ und Travis setzten die Tradition mit stupider, animalischer Loyalität fort. Immer wieder passierte irgendetwas auf dem Sportplatz oder im Umkleideraum oder im Klassenzimmer, einer der beiden quatschte den anderen blöd von der Seite an, und ehe man sichs versah, hörte man in den Fluren nur noch aufgeregtes Flüstern: »Russ und Travis am Flaggenmast, macht eure Einsätze.«

Die halbe Schule versammelte sich dann nachmittags um halb vier um den Ring, wo es vor Dollarscheinen nur so regnete. Und die Jungs enttäuschten uns nicht. Sie kämpften wie Gladiatoren: brutal, grauenhaft und gnadenlos. Bei anderen Kämpfen musste der Direktor meist nur aus seinem Bürofenster brüllen, um ihnen ein Ende zu bereiten. Aber nicht bei Russ und Travis. Der Sheriff musste gerufen werden. Stämmige Männer, die im örtlichen Schweineschlachthaus arbeiteten, mussten sie voneinander wegzerren. Der Boden war dann dermaßen mit Blut und Haaren übersät, dass man meinen konnte, man stünde im Kolosseum in Rom. Keiner gab je auf. Ihr Stolz und das Ansehen ihrer Familie standen auf dem Spiel. Darum war es stets das blutigste Unentschieden, das wir je zu sehen bekamen, und niemand verdiente auch nur einen Cent.

Bis zu jenem Nachmittag im Herbst ihres letzten Schuljahres, bevor sie in die Highschool versetzt wurden. Russ hatte wegen einer Grippe eine Woche lang den Unterricht versäumt. Als er wieder da war, sah er aus wie eine wandelnde Leiche: blass, ausgelaugt und schwach. Travis witterte seine Chance und hörte nicht auf, Russ aufzuziehen. Er war wie der stärkere Wolfswelpe, der versucht, sein kümmerliches Rudelbrüderchen umzubringen. Russ war verständlicherweise nicht erpicht auf einen Kampf. Er hatte immer noch Probleme, das Mittagessen im Magen zu behalten, und war während des Sportunterrichts sogar kurz ohnmächtig gewesen. Als Travis das hörte, ließ er das Arschloch heraushängen und provozierte Russ, wo er nur konnte. Gerüchten zufolge machte er sich auf dem Parkplatz der Eisdiele sogar an Russ' Freundin ran. Das brachte für Russ das Fass zum Überlaufen.

Der Kampf war für Freitagnachmittag angesetzt, und man konnte das Selbstvertrauen förmlich wie billiges Parfum an Travis riechen. Russ blickte drein, als würde er seine Entscheidung schon bereuen, während seine Freundin versuchte, ihn zu überreden, einfach nach

Hause zu gehen. Russ stieß sie weg und die beiden Hitzköpfe begannen, sich zu umkreisen. Travis holte zum ersten Schlag aus und traf Russ' Nase. Russ fiel hart zu Boden, rappelte sich aber sofort wieder auf, während Blut in seinen Mund und auf sein Motörhead-Shirt tropfte. Er schwankte und schien sich kaum auf den Beinen halten zu können. Travis sah das und wollte ihm den Rest geben. Er fing an, auf Russ einzuprügeln, und Russ nahm die Deckung hoch und ließ die Schläge über sich ergehen. In diesem Moment bemerkte ich Russ' Gesichtsausdruck. Er wartete, bis Travis sich ausgepowert hatte. Muhammad Ali nannte es die »Rope-a-dope-Taktik«, und genau die wandte Russ nun an. Je mehr Russ den Anschein erweckte, er könne sich nicht wehren, desto stärker schlug Travis zu. Aber seine Schläge trafen Russ nur an Armen und Händen. Irgendwann wich Travis zurück, schnaufend und keuchend wie ein alter Mann, und schrie Russ an, er solle nicht so ein verdammtes Weichei sein. Russ nannte ihn »Schwuchtel »und Travis stürmte auf ihn zu.

Aber bevor Travis einen Treffer landen konnte, holte Russ aus und traf ihn mit einem rechten Haken am Kiefer. Man konnte hören, wie der Kieferknochen brach, und plötzlich regnete es Metall aus Russ' Hand. Er hatte Travis soeben mit einer Vierteldollar-Münzrolle geschlagen – dem Schlagring des armen Mannes. Travis' Kopf schnellte zurück und er fiel rückwärts auf den Gehweg, wo sein Schädel auf den Asphalt knallte. Durch den Aufprall ging er k. o., und sein Körper fing an zu zucken. In diesem Moment machte sich Russ erst richtig ans Werk, brach ihm mit Tritten jede einzelne Rippe und verdrehte ihm sogar den Knöchel, bis er brach und wie ein stümperhaft geschriebenes L in der Bordsteinrinne hing. Travis erholte sich davon nie wieder. Das erste Jahr an der Highschool saß er im Rollstuhl und ging nicht lange danach wegen verringerter geistiger Leistungsfähigkeit von der Schule ab. Russ wurde nie angeklagt, weil beide noch minderjährig waren, und angesichts der Schläge, die von Travis ausgegangen waren, hieß es nur, Russ habe in Notwehr gehandelt.

Das Schöne an der Geschichte ist, dass Russ gar keine Grippe gehabt hatte. Alles, selbst die Episode mit seiner Freundin, hatte zum Plan gehört, um Travis angreifbar zu machen, und es hatte wie am Schnürchen geklappt. Ali hatte das Rope-a-dope, aber Russ hatte den Bullshit-Express.

Der Grund, warum ich euch diesen Schwank aus meiner Jugend erzähle, ist: Selbst wenn es so wirkt, als wären zwei Personen bei einem Konflikt gleich stark, gibt es immer die Möglichkeit, sich einen Vorteil zu verschaffen. Und dieser Vorteil entsteht, wenn einer der Kontrahenten bereit ist, alles zu tun, was notwendig ist. Bei einem Kampf gibt es keine Fairness. Von Ehrgefühl und Fairness sprechen nur diejenigen, die sich noch nie geprügelt haben. Ein Kampf ist definitiv schwarz und weiß. Gewinnen ist alles, und man gewinnt nur, wenn man bereit ist, die Art Opfer zu bringen, zu denen dein Widersacher nicht bereit ist. Seht euch nur Vietnam an. Der Vietcong war bereit, alles für den Sieg zu tun, und das tat er auch, während die amerikanische Kriegsmaschinerie danebenstand, erschrocken über einen Gegner, dem man jegliches Ehrgefühl absprach. Ehre? Am Arsch! Es hat absolut nichts Ehrbares, wenn Menschen sich gegenseitig abschlachten. Dieser Trieb geht auf das Tier in uns zurück. Wir sind Raubtiere, und unser einziges Ziel ist es, unsere Beute zu erlegen.

Alice hatte mich schon einmal in ihre Beute verwandelt, dank eines Ehrgefühls, das ich für sie gehegt hatte, aber als ich die Lobby von CIS Inc. betrat, hatte sich das Blatt gewendet. Und das Einzige, wozu es am Ende garantiert nicht kommen würde, war ein Unentschieden.

Die Firma sah aus wie eines der Bürogebäude aus *Matrix*: überall nur seelenloser, sündhaft teurer Marmor, Metall und Glas. Darüber hinaus wimmelte es in dem Laden nur so vor Kerlen in schwarzen Anzügen mit Igelfrisuren, Sonnenbrillen und pistolenbedingten Ausbuchtungen im Sakko – ebenfalls genau wie in *Matrix*. Ich meldete mich an der Rezeption an und wurde von einem Mann zum Fahrstuhl begleitet, der kein einziges Wort mit mir sprach, selbst als ich ihm eine Frage stellte. Ich spielte mit dem Gedanken, ihm mit meinem Rasiermesser seine Achillessehne aufzuschlitzen und dann zuzusehen, wie er sich wie eine verwundete Gazelle auf dem Boden krümmte, aber es war mein erster Arbeitstag und ich wollte einen guten Eindruck machen. Mr. Wortlos fuhr mit mir nach oben und führte mich in einen fensterlosen Konferenzsaal mit Holzpaneelen, der nach schlechtem Imbiss-Essen und noch schlechterem Kaffee stank. Der Raum war leer. Ich setzte mich an den Konferenztisch, und die kleine Plaudertasche verließ schnell wieder den Saal.

Um ehrlich zu sein, ich war tatsächlich ein bisschen nervös. Ich hatte lange keinen richtigen Job mehr gehabt und wollte mir selbst beweisen, dass ich es noch genauso draufhatte wie früher.

Ich brauchte nur ein wenig Inspiration.

Und genau die bekam ich dann auch – eine pummelige, vom Fast Food gezeichnete Büroleiterin, die etwas trug, was sich als wollenes Muumuu mit Fischgrätenmuster, einem traditionellen hawaiianischen Kleid, entpuppte, betrat den Raum und setzte sich mir gegenüber.

»Ich nehme an, Sie sind John«, begann Muumuu, ohne von ihrem Notizblock aufzusehen.

»Das stimmt. Hallo.«

»Ich heiße Marjorie.«

»Freut mich, Sie …«

»Herzlichen Glückwunsch, dass man Sie für unser Praktikantenprogramm ausgewählt hat. Sie sind sich sicherlich dessen bewusst, wie schwierig es ist, dort zu sitzen, wo Sie jetzt sitzen.«

Marjorie warf mir eine Nanosekunde lang einen Blick zu, vermutlich um zu entscheiden, ob sie mich sofort wieder vor die Tür setzen sollte oder erst später. Ehrfürchtig senkte ich meinen Blick, um ihr zu beweisen, dass sie hier der Boss war. Das schien sie für den Moment zufriedenzustellen.

»Sie müssen noch diese Dokumente ausfüllen.«

Sie knallte einen dicken Stapel Formulare und einen billigen Kugelschreiber auf den Tisch. Die Tür öffnete sich und eine weitere Person setzte sich mir gegenüber.

»John, das ist Alice.«

Ich hob den Blick und grinste. Alice starrte mich an, ihr Gesicht war völlig blass. Wir schüttelten uns die Hände. Und die Erde stand still. Was für ein großartiger Moment. Alice ist ein rechthaberischer Kontrollfreak und erleidet körperliche Schmerzen, wenn sie von etwas überrascht wird, was sie ihrer Meinung nach hätte vorausahnen müssen. Und dieser Moment war die Königin der Überraschungen. Ich hielt ihre Hand einen Tick zu lange fest, nur um sie zu ärgern.

»Freut mich.«

»Hi«, murmelte sie und zog ihre Hand zurück.

»Alice ist schon seit ein paar Wochen bei uns, daher wird sie Ihnen zeigen, wie der Hase hier läuft«, schaltete sich Muumuu-Marjorie ein. »Sollten Sie Fragen haben, wenden Sie sich bitte an sie und belästigen Sie nicht die bezahlten Angestellten.«

Sie knallte noch weitere Formulare vor mir auf den Tisch.

»Der Staat New York verpflichtet uns seit Kurzem, alle Praktikanten zu bezahlen«, fuhr sie höhnisch fort. »Bitte füllen Sie die Formulare aus, um Ihre wöchentliche Aufwandsentschädigung in Höhe von 300 Dollar brutto zu erhalten.«

Jetzt werden sie auch noch dafür bezahlt, dass man ihnen etwas beibringt, dachte ich bei mir. *Diese privilegierte Generation wird dieses Land noch zugrunde richten.*

»Sie beide sind die einzigen Praktikanten bei uns, und ich erwarte, dass Sie sich jederzeit professionell verhalten …«

Während sie die stumpfsinnigen Verhaltensregeln für Praktikanten herunterleierte, taxierten Alice und ich einander mit prüfendem, berechnendem Blick. Alice trug ein Designer-Kostüm. Und teure Schuhe. So viel zu subtilem Auftreten. Sie stach heraus wie ein Clown auf einer Beerdigung.

»… und als Letztes versichern wir, die kürzlich in Manhattan eingeführten Regelungen zum Schutz von Praktikanten vollständig einzuhalten«, faselte Muumuu-Marjorie weiter. »Sollten Sie das Gefühl haben, Ihre Rechte als Praktikant wären in irgendeiner Form verletzt worden, oder falls Sie mehr über Ihre Rechte als Praktikant erfahren möchten, rufen Sie bitte die Praktikanten-Hotline an. Die gebührenfreie Telefonnummer finden Sie auf dieser Karte.«

Auch die knallte sie mir auf den Tisch.

Die Praktikanten-Hotline? Ich musste mir so sehr das Lachen verkneifen, dass ich dachte, mir würde gleich ein Gehirnaneurysma wachsen.

»Irgendwelche Fragen?«

»Im Moment nicht«, antwortete ich. »Und falls doch, wende ich mich einfach an … Verzeihung, wie war Ihr Name noch gleich?«

»Alice«, presste sie leise hervor.

»Genau. Dann frage ich Alice.«

»Willkommen bei CIS«, sagte Muumuu-Marjorie noch, bevor sie wenig glanzvoll aus dem Raum schlurfte.

Alice und ich saßen einfach nur da, atmeten kaum hörbar, den Blick starr auf den jeweils anderen gerichtet. Da saßen wir zwei Praktikanten also wieder vereint – Kaffeekocher alias Profikiller in Zhens als Spielplatz für Nerds getarntem Militär-Industrie-Außenposten. Wir waren wieder in unserem natürlichen Habitat.

»John, wie lief es denn bei dir?«

»Nicht so gut, Alice. Und bei dir?«

»Ausgezeichnet.«

»Das sehe ich. Dein Kostüm gefällt mir. Von DKNY?«

»Bring mich nicht zum Lachen.«

»Habe ich nicht vor. Nicht mehr.«

»Du siehst irgendwie anders aus, John.«

»Du auch.«

»Inwiefern?«

»In diesem Licht kommt dein wahres Gesicht zum Vorschein, und es sieht aus wie das einer Leiche, die von innen heraus verrottet.«

»Dasselbe wollte ich gerade über dich sagen, du mieser Verräter«, erwiderte sie mit ernstem Blick.

Ich prustete vor Lachen. Ich konnte einfach nicht anders. Ich fing an zu glauben, dass ich ihre Intelligenz überschätzt hatte – oder ihren Geisteszustand. Sie spürte meinen Spott in jeder Faser ihres Körpers und spannte die Muskeln an, so als ob sie sich gleich auf mich stürzen würde. Das brachte mich nur noch mehr zum Lachen.

»Halt deine beschissene Klappe«, zischte sie.

»Sonst was?«, entgegnete ich.

»Sonst bringe ich dich vielleicht gleich hier um.«

»Genau, wirf die Flinte nicht gleich ins Korn, nur weil es beim ersten Mal nicht geklappt hat … oder beim zweiten Mal … oder beim …«

»Du bist nicht so schlau, wie du denkst, John.«

»Wirklich? Wusstest du denn, dass ich heute herkomme?«

Schweigen.

»Du dachtest immer noch, ich bin tot, hab ich recht?«, lachte ich.

»Für mich warst du das«, erklärte sie.

»Oh, das tut weh, Liebling.«

»Bald wird dir noch sehr viel mehr wehtun«, sagte sie.

»Das ist die richtige Einstellung«, entgegnete ich kühl.

»Wieso bist du hier, John? Ich wusste nicht, dass du in der Stadt bist, also hattest du das Überraschungsmoment auf deiner Seite. Was nützt es dir dann, wieder in deine alte, langweilige Rolle zu schlüpfen?«

»Sie hat mir gefehlt«, erklärte ich.

»Ich werde Marjorie heute noch sagen, sie soll dich feuern. Ich arbeite hier an einem Auftrag, wenn du also etwas mit mir klären willst, dann …«

»Das will ich, und wir klären es hier. Ich kann dafür sorgen, dass du diesen Auftrag verlierst, das weißt du. Dann wärst du deinen Klienten auf Gedeih und Verderb ausgeliefert, und wo bliebe da der Spaß? Du müsstest gegen sie in den Krieg ziehen und stündest dann auf der schwarzen Liste für … na ja, für immer.«

»Na schön. Ich hab verstanden.«

»Noch nicht ganz, Alice. Folgendes musst du verstehen: Du hast einen Fehler gemacht. Vielleicht den größten Fehler deines Lebens.«

»Du armer Junge. Du bist doch bloß sauer, weil ich dich gefickt, dir das Ohrläppchen geküsst und gesagt habe, ich würde dich lieben, nur um dir dann den Laufpass zu geben.«

Dann kippte sie mir den heißen Kaffee aus ihrer Tasse in den Schritt. Mein Gemächt war der einzige Teil meines Körpers, der sich nicht in ein taubes Stück Narbengewebe verwandelt hatte. Der Schmerz kam wie ein Schock und raubte mir den Atem. Mein Instinkt befahl mir, meine Hände zur Rettung zu schicken und meine brennenden Nüsse zu bedecken, aber mein inneres Kämpferhirn merkte sofort, dass das ein Fehler war, was mir Alice dann mit einem so harten High-Heel-Seitentritt bewies, dass mir der Schädel brummte. Ich verlor mein Gleichgewicht und taumelte kopfüber auf den monströsen Süßigkeitenautomaten zu. In diesem Moment half sie mir, die Kollision zu vermeiden, und zog mich zurück – so gut zusammengearbeitet hatten wir lange nicht mehr. Denn wenn die chinesische Kavallerie gehört hätte, wie meine sechsundachtzig Kilo eine anderthalb Meter hohe, zweieinhalb Zentimeter dicke Glasscheibe zertrümmerten, hinter der reihenweise Packungen mit Chips, Butterkeksen und Mikrowellen-Burritos lagerten, wäre sie innerhalb von wenigen Sekunden in den Saal gestürmt, getreu dem Motto: Erst schießen, dann Fragen stellen.

Natürlich standen wir, als ich Halt fand, sofort wieder im Schützengraben, und Alice versuchte, mir gegen die Kehle zu treten. Ich bekam ihren Fuß mit einer Hand zu fassen, riss ihr den Schuh ab und stopfte ihr den spitzen Absatz in den Gehörgang. Das Einzige, was mich davon abhielt, ihr das Trommelfell zu zerfetzen und ihr die ganzen fünfzehn Zentimeter Absatz ins Hirn zu rammen, waren ihre

Zähne, mit denen sie mir in die Hand biss. Sie blickte mich an, überrascht, dass ich wegen ihres Bisses nicht vor Schmerz das Gesicht verzerrte und dass auch nicht der kleinste Tropfen Blut aus meiner Rohlederhaut sickerte.

»Was zum Teufel …?«, fragte sie.

»Ich habe einfach keine Gefühle mehr für dich«, antwortete ich süffisant und schlug mit der flachen Hand auf ihr verletztes Ohr. Der stumpfe Hieb und der heftige Luftstoß, der in ihr Ohr drang, zogen ihr sofort sprichwörtlich den Boden unter den Füßen weg und sie verlor ihren Gleichgewichtssinn. Sie warf ihre Hände wie wild nach oben und versuchte so, sich zu verteidigen, während ihr Gehirn versuchte, das System neu zu starten. Sie fiel auf die Knie und für den Bruchteil einer Sekunde blickte ich der Möglichkeit ins Auge, ihr Leben zu beenden. Dies war der Diamant, der sich aus den Wagenladungen Kohle erhob, die ich seit Monaten mit jeder Faser meines Körpers klein geschlagen und gepresst hatte. Der Moment zu töten war gekommen.

Da es um Alice ging, verwarf ich alle naheliegenden Optionen schnell – Schlag aufs Herz, Faust in den Schädel rammen, Rückgrat brechender Bodyslam – und entschied mich für etwas Intimeres. Ich schlängelte mich um sie wie eine Boa constrictor und umgriff ihren Hals mit dem linken Arm, den ich dann mit dem rechten an mich presste. Meine Beine umschlangen ihre, eine Hommage an ein altes Wrestling-Manöver namens »Guillotine«. Natürlich wehrte sie sich nach Kräften und hätte eine normale Person mit normalen Nervenendungen leicht abgeschüttelt. Gerade fing ich an, mich zu fragen, ob sie in meinem Würgegriff wohl jemals das Bewusstsein verlieren würde, als ich Schritte hörte, die klangen, als würde eine ganze Armee den Flur entlangmarschieren. Außerdem wurde irgendetwas auf Mandarin skandiert. Ich ließ Alice los, und wir waren beide darauf gefasst, gleich im Kugelhagel durchlöchert zu werden.

Die Tür wurde aufgestoßen und zahlreiche Personen stürmten herein, bewaffnet mit einem Geburtstagskuchen und mehreren Zwei-

Liter-Flaschen Fanta Orange. Sie warfen uns kurz einen argwöhnischen Blick zu, während wir unsere Kleidung zurechtrückten und höflich lächelten. Ein Kerl zwinkerte mir zu, so als hätten Alice und ich es gerade im Konferenzraum getrieben wie die Karnickel. Dann stimmten sie ein Lied an und gaben ein chinesisches »Happy Birthday« für eine hundertachtzig Kilo schwere Frau in einem Hello-Kitty-Overall zum Besten.

29

Nach mehreren nervenaufreibenden Praktikanten-Einführungstagen bei CIS – ein wahrer Zirkus, bei dem ich eingewiesen wurde, Papierkram für die Personalabteilung erledigen und einer mittleren Führungskraft in den Arsch kriechen musste, damit er mir eventuell eine angenehmere Aufgabe übertrug – hätte ich mich am liebsten vom Dach gestürzt. Eine nach Schlachten lechzende Kampfmaschine wie ich ernährt sich vom Treibstoff des Krieges, nicht von wässrigem Kaffee, altem Plundergebäck und Schreibarbeiten, die sich in meiner Arbeitsnische auf dem Schreibtisch stapelten. Nach unserer mitreißenden ersten Begegnung war es nahezu unmöglich, an Alice heranzukommen, weil sie dafür sorgte, dass wir uns nie zur gleichen Zeit im selben Teil des Gebäudes aufhielten.

Zum Glück machten es die extrem faulen, privilegierten Angestellten Alice und mir leicht, uns schon bald hervorragende Aufgabenfelder zu sichern. Sie arbeitete in der IT und mich versetzte man in die Abteilung – haltet euch fest – *Human Resources*. Der Fußboden war klatschnass, so triefte das vor Ironie. Ich wusste, eine Stelle in der Personalabteilung würde mein Unterfangen beschleunigen, darum schlenderte ich am Wochenende nach der Einführungswoche ins Büro, als wäre »Alles ist möglich«-Montag. Ich war optimistisch, mir früher oder später eine Position erschleichen zu können, in der ich Alice den Lauf einer Waffe an den Kopf halten könnte. Durch die Aufgaben meiner Abteilung erhielt ich Zugang zum gesamten Gebäude, denn *dieses* Human Resources belästigte die Angestellten ständig mit Bergen von Papierkram, Grippeimpfungen und lästigen Persönlichkeitstests.

Für mich war Alice zum Glück meine einzige Herausforderung. Alice hingegen hatte die weitaus schwierigere Aufgabe, Zhen kaltzumachen. Bob hatte diese Art Aufträge immer »Moskau-Zirkus« genannt – ein Spitzname für Jobs, die so viele bewegliche und kompliziert arrangierte Bestandteile aufwiesen, dass fehlende Präzision selbst beim kleinsten Schritt die ganze menschliche Pyramide zum Einstürzen bringen und das vorzeitige Ableben des Rekruten zur Folge haben könnte. Für Alice stellte Zhen ein komplexes Puzzle dar, bei dem wenig Hoffnung bestand, dass sie es zu einem übersichtlichen Hinrichtungsszenario zusammensetzen konnte. Zhen arbeitete nämlich in einem Elfenbeinturm, den er nur nach einem sehr kontrollierten, gesicherten und hochgradig unvorhersehbaren Muster verließ. Es hätte mich Wochen gekostet, diese Art von Schutzmaßnahmen zu knacken, und selbst dann wären meine Erfolgsaussichten verschwindend gering gewesen.

Natürlich ist Alice der Typ, der *immer* eine Möglichkeit findet, und ich musste in ihrer Nähe sein, wenn sie eine fand. Würde ich zulassen, dass sie Zhen tötete, würde sie wieder in den sicheren Schoß von HR Inc. verschwinden und mich wie einen Hund jagen, bis ich entweder die Stadt verließe oder ausgeschaltet wäre. Es führte meine früheren Praktikantenmissionen auf geradezu diabolische Weise ad absurdum, dass ich der Zielperson dieses Mal *helfen* musste, zu überleben, um Alice aus der Deckung zu locken und ihren Auftrag zum Scheitern zu bringen. Ich war nicht nur wild entschlossen, Alice auszulöschen, ich wollte außerdem, dass ihr Tod das Ende von Human Resources Inc. markierte und die Firma mit stumpfer Gewalt aus den Geschichtsbüchern ausradiert wurde, bis nichts mehr davon übrig blieb außer Blut und schlechten Erinnerungen. Das war das Mindeste, was ich für die Rekruten tun konnte, und auch mein eigenes Seelenheil hing davon ab. Jeden Zug, den Alice tat, musste ich wie ein verdammter Garri Kasparow kontern, um die gehässige Dame vom Spielfeld zu fegen.

Das würde sicher kein Spaziergang werden, denn Alice arbeitete in der einzigen Abteilung, deren firmenweiter Zugang umfassender war als der der Personalabteilung: in der Informationstechnologie, der IT. Ich war zugegebenermaßen beeindruckt, dass sie es geschafft hatte, sich dort einen Platz zu ergattern. Die meisten IT-Manager halten Frauen nämlich für intellektuell unterlegen, was ich lachhaft finde, denn Frauen sind wie geschaffen für die Arbeit in der IT. Im Gegensatz zu Männern achten sie auf Details. Wenn ihr mir Tausende Code-Zeilen einer Software zeigt, finde ich mit Mühe vielleicht zehn Fehler, die zu einem Systemcrash führen könnten. Klügere Männer finden womöglich zwanzig, wenn sie ausgeschlafen sind und drei Liter Kaffee intus haben. Alice hingegen könnte vermutlich Hunderte aufspüren. Frauen sollten aufhören, sich dafür einzusetzen, von Männern als ebenbürtig angesehen zu werden, denn genau genommen sind sie ihnen weit überlegen. Und sobald künstlich hergestelltes Sperma neben Mascara und Maxi-Binden im Supermarktregal landet, verkommen Männer zu einer bedrohten Art.

Als ich Zugang zur Personaldatenbank erhielt, suchte ich als Allererstes Alice' Abteilungsleiter heraus. Er war es, mit dem ihre Bewegungsfreiheit im Gebäude stand und fiel. Ich wusste, sie würde ihre beachtlichen Talente einsetzen, um ihn so zu manipulieren, dass er ihr mehr Verantwortung übertrug, darum studierte ich seine Akte. Er hieß Gavin und entsprach nicht dem, was ich erwartet hatte. Normalerweise sehen IT-Manager aus wie Aliens, die gestern erst auf der Erde gelandet sind und hastig ein »menschliches Erscheinungsbild« übergeworfen haben, um nicht aufzufallen. Gavin hingegen ähnelte eher einem Model aus dem Sportartikelkatalog: kräftig, gut aussehend, jugendliches Auftreten und arrogantes Selbstvertrauen.

So wie ich die Sache sah, war das entweder etwas Gutes – falls Gavin bereits an mehr Weiberärschen dran gewesen war als eine Flugzeugtoilette und sich deshalb nicht so leicht manipulieren ließ – oder etwas Schlechtes – falls Gavin seine Weiberarsch-Sammlung mit

Alice erweitern wollte und sie sich daher gegenseitig manipulierten. Wie sich herausstellte, war Letzteres der Fall. Zwei Tage nachdem sie bei CIS angefangen hatte, führte Gavin sie zum Abendessen aus. Laut Sue gingen sie danach zu ihm nach Hause. Sie blieb zwar nicht über Nacht, aber die Sache war gelaufen, und ich musste annehmen, dass er ihr bereits aus der Hand fraß.

Datensicherheit ist ein Witz. Sobald irgendeine Form der Kommunikation entsteht, gilt: Je mehr Organe oder Einrichtungen miteinander kommunizieren, desto mehr Sicherheitslücken können entstehen. Wenn man dann noch die menschliche Komponente in diese Gleichung einfügt, hat man einen VIP-Zugang zu allen Informationen, die das Herz begehrt. Nachdem Alice also ihren Jimmy Choo in der Tür hatte, stand ihr der Zugang zu allen Informationen offen, die mit CIS und seinem Unternehmensnetzwerk zu tun hatten, und sie konnte ihren Zugriff sogar noch ausbauen, womöglich sogar bis hinauf zu Zhens Geschäftsführungsebene.

Das spielte ihr zwar alles sehr in die Karten, aber nur Zugriff auf Daten zu haben bedeutet nicht, dass man tatsächlich die Zeit hat, sie auszuwerten und zu überprüfen. Darum kann ich nur lachen, wenn ich höre, dass die NSA Millionen von amerikanischen Telefongesprächen »belauscht« oder Milliarden SMS und E-Mails liest. Wer soll denn das bewerkstelligen? Haben die denn irgendwo in der Wüste von Nevada riesige Großraumbürolandschaften und fünfunddreißigtausend ausgebildete Analysten mit Sicherheitsfreigabe, die über diesen Unmengen an Daten brüten, um irgendetwas Verdächtiges zu finden? Träumt weiter. Die US-Behörden sind in etwa so effizient wie ein taubblinder Elefant. Falls ihr mal jemanden braucht, der irgendeinen Porzellanladen kaputt trampeln soll, ruft einfach Uncle Sam. Bei allem anderen seid ihr auf euch allein gestellt.

Daten sind wie ein Virus, der an Größe und Komplexität zunimmt, und der Versuch, sie alle auf einmal zu analysieren, kann Jahre dauern. Aus diesem Grund arbeitete die Zeit im Moment noch für mich, aber ich wollte nicht abwarten, bis Alice einen Glückstreffer landete. Sue und ich mussten ihre Züge vorausahnen, um sie zu analysieren, bevor sie überhaupt die Chance hatte, sie auszuführen. Ich war der Meinung, dass es, obwohl die unteren Etagen von CIS als Fassade dienten, trotzdem mindestens einen Kommunikationskanal zwischen Zhen und jemandem auf dieser Ebene geben müsse. Zhen musste die Operation beaufsichtigen, genau wie jeder andere, der eine Tarnung aufbauen und aufrechterhalten will, besonders da es sich ja um ein seriöses Unternehmen handelte. Falls die Finanzaufsicht nämlich Wind davon bekäme, dass es sich bei CIS nur um eine Scheinfirma handelte, würde das die Art Aufmerksamkeit auf Zhen lenken, die seine gesamte Operation vernichten und ihm jahrelange Zwangsarbeit im Knast einbrocken konnte.

Daher versuchten wir, wenigstens eine Person auf den unteren Ebenen aufzuspüren, die womöglich direkt an Zhen Bericht erstattete. Wir nahmen an, es müsse sich um einen Manager in der mittleren Führungsebene handeln, der die gesamte Operation im Auge haben und Zhen umfassend informieren konnte. Eine Führungskraft auf einer höheren Ebene wäre zu riskant, da diese aufgrund ihrer Fähigkeit, den Aktienkurs zu beeinflussen, unter ständiger Aufsicht standen. Wir mussten Zhens Laufburschen ausfindig machen, bevor Alice das gelang, ihn von seiner kurzen Leine losschneiden und zwingen, uns alles zu erzählen, was er wusste.

30

Natürlich war Alice in der perfekten Position, um Zhens Verbindungsmann ausfindig zu machen. Sie musste lediglich in der internen Kommunikation nach Verschlüsselungscodes suchen – vermutlich Protokolle, die denen für externe Kommunikation ähnelten, da sie mit Sicherheit nicht zwei separate Systeme für dasselbe Unternehmen benutzen wollten. Ich habe bereits in vielen IT-Abteilungen gearbeitet und weiß, wie der Hase bei den Nerds so läuft. Wenn Zhen mit jemandem von einer niedrigeren Führungsebene kommunizieren wollte, würde er dabei sicherlich dasselbe Sicherheitslevel anwenden wie bei allem anderen, was er tat. Ich musste davon ausgehen, dass Alice das ebenfalls klar war, und einen eigenen Weg finden, um an E-Mail-Daten heranzukommen.

An diesem Punkt kam Rebecca, Sues neue Freundin, ins Spiel. Rebecca war eine der neuen Rekrutinnen, die Alice als potenzielle Protegés unter ihre Fittiche genommen hatte. Später fand ich heraus, dass Rebeccas technologisches Können den Ausschlag dafür gegeben hatte. Als selbsternannte »Datenkuratorin« hatte Rebecca das einzigartige Talent, Daten quasi aus dem Nichts hervorzuzaubern. Alice hatte damit geprahlt, dass Rebeccas Equipment fast eine halbe Million Dollar gekostet habe, aber jeden Penny wert sei. Ich wusste, Alice würde Rebecca auf den Fall ansetzen, darum setzte ich wiederum Sue auf Rebecca an.

Nach einem Abend mit koreanischem Barbecue und einer Live-Karaoke-Band – zwei von Rebeccas Lieblingsaktivitäten – fand Sue heraus, dass sie ein Programm geschrieben hatte, das Alice im CIS-

Netzwerk installiert hatte. Es überwachte sämtliche ausgehende Kommunikation von Angestellten der unteren Etagen und filterte alle Nachrichten mit komplexer Verschlüsselung heraus. Dann prüfte es bei diesen Nachrichten, ob die Antwort die gleiche Verschlüsselung aufwies. Wenn das Programm Nachrichten aus derselben »Familie« entdeckte, analysierte es anschließend, wohin sie geschickt wurden. Falls es einen einzigen Zielort gab, wurden sie größtenteils ignoriert. Falls die Nachrichten allerdings über den ganzen Globus umgeleitet wurden und nie wirklich einen identifizierbaren Bestimmungsort erreichten, dann wurden sie in der Kategorie »Rückverfolgung unmöglich« gesammelt, dem Nonplusultra für hundertprozentig geheime Informationsübermittlung in Zeiten von Big Brother. Ein geniales Programm. Dumm nur für Rebecca, dass Geheimnisse für sich zu behalten im Gegensatz zum Programmieren nicht gerade zu ihren Stärken zählte.

»Harold Leung«, verkündete Sue.

»Das ist unser Mann?«

»Oh ja. Meine Süße konnte ihn ziemlich leicht aufspüren.«

Für die nächste Phase musste sich Sue an Harolds Fersen heften und es sich dort gemütlich machen.

»Sue, der Typ muss rund um die Uhr bewacht werden. Ich will alles über ihn wissen.«

»Null Problemo. Welche Comics er liest, ob er einen Penisring trägt, schon kapiert.«

Innerhalb von vierundzwanzig Stunden hatte ich Harold Leung im Sack. Ich hatte Zugang zu seinem Büro und seiner Wohnung, einen Schlüssel für sein Auto, und ich kannte die Namen und Adressen von allen, die Harold irgendetwas bedeuteten. Rebeccas Programm hatte voll ins Schwarze getroffen. Harold war im Grunde der Verwalter des legalen Geschäfts, das Zhen in den unteren Etagen betrieb. Er arbeitete äußerst effizient und hatte aus CIS nicht bloß ein gesetzeskonformes, sondern auch noch profitables Unternehmen geformt. An diesem Punkt fingen wir an, jede Nachricht, die Leung abschickte, zu überwachen und zu dechiffrieren. An den meisten Tagen kontaktierte Leung Zhen nur zwischen sieben und neun Uhr morgens über das interne System. Das Timing von Zhens Antwort, also die Zeitspanne zwischen dem Klicken auf Senden und dem Empfang in Leungs Posteingang, ließ uns zu der Überzeugung kommen, dass sich Zhen zu dieser Zeit höchstwahrscheinlich tatsächlich im Gebäude aufhielt. Wenn Alice jetzt noch Zhens Aufenthaltsort von Harold erfahren würde, wäre das genau die Zeitspanne, in der Alice vermutlich versuchen würde, Zhen eine Kugel zu verpassen.

Und aus genau diesem Grund musste ich Sue von Harold Leungs Fersen loseisen, mich selbst daran heften und darauf warten, dass Alice ihren großen Auftritt hinlegte. Mich Leung zu nähern war noch das Leichteste. Er hatte keinerlei Leibwächter, eine Wohnung, in die ein zwölfjähriger Nachwuchsgauner in dreißig Sekunden hätte einbrechen können, und extrem vorhersehbare Alltagsroutinen. Der Freak aß jeden Tag in einem McDonald's-Restaurant in der Nähe des Büros ein Happy Meal zu Mittag und stellte die Spielzeugfiguren zu Hause auf seiner Anrichte auf. Wer zum Teufel macht denn so was? Außerdem fuhr er jeden Abend mit demselben Bus nach Hause, aß Tiefkühlfertiggerichte mit seiner Frau und sah sich Wiederholungen von *Wer ist hier der Boss?* an. Ich glaube, ein Teil von mir wollte ihn vielleicht umbringen, weil er so ein Versager war. Schwierig war nur, es so zu koordinieren, dass Alice und ich es zur gleichen Zeit in seine Nähe schafften.

31

Schließlich bekam ich meine Chance und merkte, wie sich Alice vorbereitete. Am Abend zuvor hatte der Server der IT-Abteilung (also Alice) mehreren Angestellten eine Benachrichtigung für ein Software-Upgrade ihres Laptop-Betriebssystems geschickt. Harold Leung gehörte ebenso zu den Empfängern wie sein bester Freund Zhen. Ich erfuhr davon, weil Rebecca Sue von dem brillanten Programm erzählt hatte, das sie für Zhens Laptop entwickelt hatte. Cleveres Mädchen. Aber für den Fall, dass Alice die Sache doch nicht durchzog, musste ich dafür sorgen, dass es nicht zu offensichtlich war, dass es Sue war, der mich mit Alice' Infos versorgte. Deshalb stalkte ich sie den ganzen Tag lang. Ich achtete darauf, dass sie mich mehrmals dabei sah, wie ich sie beobachtete, damit sie unbewusst einfach annehmen würde, ich könne sie aufgrund meiner eigenen gerissenen Überwachungstechniken verfolgen, was ja auch stimmte, denn ich hatte ja noch die Wanze in ihrem iPhone.

Was Rebecca für Alice programmiert hatte, war ein Virus, der das gesamte interne Netzwerk lahmlegen würde. Dadurch müsste sowohl der Rechner, von dem der Virus ausging, als auch jeder andere Computer, den die IT zu der Zeit reparierte, vorerst aus dem Verkehr gezogen werden, denn von Zeit zu Zeit schaltete die IT die Firewalls einzelner Rechner zur Reparatur ab. Nerds! Im Grunde sorgte Alice so für eine Gelegenheit, beide Laptops mehrere Stunden lang in ihre Obhut zu bringen, wodurch Rebecca genug Zeit hatte, die Rechner genau zu analysieren, um später Zhens Aktivitäten nachverfolgen zu können. Dann würde sie die Laptops zurückgeben, und Alice konnte einen Eispickel in Zhens Schlüsselbein rammen, wenn er das nächste Mal außerhalb seines behüteten Bürobienenstocks auftauchte.

Das schien mir ein umständlicher Weg zum Ziel zu sein. Allerdings kam mir dadurch eine Idee … Und für diese Idee musste ich in meine alte Rolle als Straßenkünstler schlüpfen. Ihr habt richtig gehört. Und ich habe absichtlich nicht »Zauberer« gesagt, weil ich kein Kindergeburtstagspartyclown gewesen bin, sondern eher ein Gauner. Hey, wenn man ständig pleite ist, muss man sich was ausdenken, um in New York über die Runden zu kommen. Manche verkaufen Handtaschen, die sie von Schiffen geklaut haben. Andere blasen Kongressteilnehmern einen oder verprügeln Bauarbeiter, die auf eine Invalidenrente scharf sind. Man tut, was man tun muss. In meinem Fall waren es Kartentricks – aus nächster Nähe, ganz intim. Und ich war gut. Die Cops waren nicht so erfreut darüber, dass ich die Kartentricks als Ablenkung nutzte, um Passanten die Taschen zu leeren wie ein italienischer Zigeuner. Drei bis vier Mal am Tag sahnte ich fette Beute ab. Wie dem auch sei, ich musste mich in meine Tage als Kümmelblättchen-Betrüger zurückversetzen, um meinen teuflischen Plan umzusetzen.

An dem Tag, als die Show endlich begann, ging Alice in Leungs Büro, um ihm seinen Laptop und den »seines chinesischen Kollegen« zurückzubringen. Wie scharfsinnig, Mr. Happy Meal! Wir wären nie auf den Gedanken gekommen, dass du damit Zhen meinst, den finsteren Oberboss! Amateur. Eine halbe Stunde zuvor hatte ich quer über das Meer an Arbeitsnischen hinweg Blickkontakt mit Alice aufgenommen, daher war sie nicht allzu überrascht, als sie sah, wie ich mich wenige Minuten nach ihr Leungs Büro näherte. Ich trug die einzig anerkannte Währung aller Personalabteilungen weltweit bei mir – Papierkram – und legte einen dringlich wirkenden Gang an den Tag, während ich zu seinem Büro schritt und an den Türrahmen klopfte. Ich wartete nicht ab, bis er mich hereinbat. Mit offiziellem Auftrag betrat ich das Büro und knallte einen Stapel Dokumente auf Leungs Schreibtisch. Ich sagte ihm, wenn er nicht Teile seiner Krankenversicherungsforderungen neu einreiche, könne die Firma die Rückenoperation seiner Frau (ein Schokoladenbrunnen-Unfall auf einem Kreuzfahrtschiff) nicht übernehmen und er müsse die 87.000 Dollar selbst tragen. Damit hatte ich seine Aufmerksamkeit.

Während er durch den Stapel unverständlicher Versicherungs-Hieroglyphen blätterte, sah Alice mich an, ihre Gedanken rasten. Sie wusste, ich führte etwas im Schilde, aber sie hatte keine Ahnung, was. Es wäre völlig verrückt, sie in Leungs Büro umbringen zu wollen, selbst für meine Verhältnisse, daher zermarterte sie sich das Hirn auf der Suche nach alternativen Erklärungen. Leung seufzte erschöpft, sah zu mir hoch und wünschte sich wohl, er dürfte den Boten dieser schlechten Nachricht offiziell köpfen.

»Kann ich mich später darum kümmern?«, fragte er mich. »Ich muss dringend etwas anderes erledigen.«

Er klappte seinen Laptop auf und loggte sich ein.

»Selbstverständlich, Mr. Leung.«

Ich begann, meine Dokumente einzusammeln, ließ sie am Ende aber auf den Schreibtisch und den Fußboden fallen. Als ich mich unbeholfen bückte, um sie aufzuheben, warf ich einen kurzen Blick auf Leungs Laptop. Natürlich ganz unauffällig, aber Alice hat ein Auge fürs Detail, das könnt ihr euch kaum vorstellen. *Such dir eine Karte aus, irgendeine Karte*, dachte ich, als Alice nun ihrerseits auf den Laptop lugte. Ein zweites Mal sah ich jedoch nicht hin, denn das wäre ein verräterisches »Tell« gewesen, durch das Alice meinen Bluff sofort durchschaut hätte. Ich wandte meinen Blick absichtlich anderen Dingen zu, was zwar ebenfalls ein »Tell« war, aber eines, das zu meinen Gunsten funktionierte, denn Alice war sich nun sicher, dass ich meinen strategischen Fehler, auf den Laptop zu schauen, bemerkt hatte und versuchte, dieses Missgeschick zu verschleiern, indem ich bewusst nicht mehr hinsah. Und falls ihr dieses kleine Psychospielchen schon für kompliziert haltet, hättet ihr mal sehen sollen, was während unserer Ehe so abging.

»Wissen Sie, Mr. Leung, ein Software-Upgrade habe ich vergessen zu installieren«, improvisierte sie. »Ich nehme ihn nur kurz noch mal mit zur IT.«

Immer dieselbe Masche. Ein hübscher Mund reicht aus. *Pik-Ass, David Blaine.*

»Nein. Sie haben genug von meiner Zeit verschwendet. Das können Sie auch später erledigen. Ich muss jetzt weiterarbeiten«, protestierte Leung.

Jetzt musste sie alles auf eine Karte setzen.

»Okay, kann ich mir kurz Ihren Stift ausborgen?«, bat Alice und beugte sich über den Schreibtisch.

Leung grummelte und hob seine Hände von der Tastatur, damit sie den Stift erreichen konnte. Dann stieß sie seinen vollen Kaffeebecher um, dessen Inhalt über die Tastatur schwappte.

»Scheiße!«, schrie Leung.

»Das tut mir wahnsinnig leid«, flüsterte Alice unterwürfig.

Kochend vor Wut stand er auf.

»Blöde Kuh!«, pflaumte er sie an.

Dann stürmte er aus dem Zimmer, um seine Hose zu säubern. Es war ein Wettrennen, wer den Laptop zuerst zu fassen bekam, aber ich ließ Alice gewinnen. Sie klappte ihn zu, und ich lächelte sie an.

»Ich glaube, er mag dich nicht besonders«, sagte ich grinsend.

»Fick dich«, erwiderte sie.

Dann knipste ich auf den Schalter des modifizierten Überspannungsableiters, den ich an Leungs Laptop montiert hatte, während ich so getan hatte, als sei ich mit den Zetteln auf dem Boden beschäftigt gewesen. Siebenhundert Volt – dieselbe Stromstärke, mit der früher der »Old Sparky« betrieben worden war, der elektrische Stuhl im New Yorker Sing-Sing-Gefängnis – strömten durch Alice' nichtsahnende Finger. Sie fiel auf die Knie, ihr vom Vorhofflimmern blasses Gesicht zuckte noch ein wenig, dann sackte sie schlaff zu Boden. Ich prüfte ihren Puls und war hocherfreut, als ich keinen fand.

»Nein, Alice«, sagte ich leise. »Fick *dich*.«

In dem Moment stürmte Leung mit einem riesigen nassen Fleck im Schritt zurück ins Büro. Er sah Alice auf dem Boden und guckte dann, als würde er gleich ohnmächtig werden.

»Sie ist einfach zusammengebrochen!«, jammerte ich.

»Holen Sie Hilfe!«, rief er.

Ich rannte zur Tür hinaus, während er das Telefon in die Hand nahm, um den Notruf zu wählen. Ich mutmaßte, dass Alice weniger als zwei Minuten hatte, bevor der Hirntod einsetzte, und in diesem Teil der Stadt braucht ein Krankenwagen manchmal eine Stunde, bis er eintrifft. Aber das spielte keine Rolle. Durch eine glückliche Fügung, für Alice zumindest, war einer der CIS-Angestellten auf Leungs Etage bei der Armee Sanitäter gewesen. Und als ob das nicht schon schlimm genug gewesen wäre, hatte das Management den Erste-Hilfe-Kasten im Pausenraum erst kürzlich um einen Defibrillator erweitert. In weniger als fünfundvierzig Sekunden hatte der Typ sie per Stromschock wieder zurück ins Leben geholt. Als man sie aus dem Gebäude schob, ging ich neben der Liege her und suchte vergeblich nach einer Möglichkeit, den Job zu Ende zu bringen.

»John?«, flüsterte sie schwach.

»Was ist?«

»Als ich meine Nahtoderfahrung hatte, fiel mir auf dem Weg ins Jenseits auf, dass du oben herum schon ein bisschen kahl wirst.«

»So ein Blödsinn«, entgegnete ich und griff mir instinktiv oben an den Kopf.

»Hast aber nachgesehen, Arschloch.«

32

Nach meinem irre komischen Elektroschock-Mordversuch stieg Alice mit einem eigenen Manöver in unser kleines Praktikantenduell ein. Sie nutzte es aus, dass ich ein unverschämt materialistischer, markenversessener Snob bin, der mit seinen einzigartigen, schwer erhältlichen Besitztümern prahlt. Sehr weit oben auf der Liste stand mein Lieblingsfüllfederhalter – ein Montblanc Bohème Pirouette Lilas. Ich hatte ihn während unserer Flitterwochen in Italien gekauft und sah mich schon als erfolgreichen Autor, nachdem mein *Leitfaden* so gut bei den alten Rekruten angekommen war, von denen die meisten es nicht mal bis in die achte Klasse geschafft hatten. Während ich also zu Mittag aß, gelang es Alice irgendwie, die Tintenpatrone meines geliebten Stifts durch eine andere auszutauschen, die einen besonderen Schwarzton enthielt.

Dann begannen die Dominosteine der Rache zu fallen. Zuerst fügte Alice meiner Personalakte in der Datenbank von Human Resources den Vermerk »für eine Beförderung empfohlen« hinzu. Sie wusste, ich würde eine Beförderung aufgrund der hohen Meinung, die ich von mir selbst hatte, und aufgrund der Vorteile, die ich als bezahlter Angestellter hinsichtlich umfangreicherer Zutrittsrechte im CIS-Gebäude hätte, nicht hinterfragen. Aufgrund des Interessenkonflikts, der entstehen könnte, wenn ich als Mitglied der Personalabteilung von CIS den Bewerbungsbogen meiner eigenen Abteilung ausfüllen würde, erhielt ich die Unterlagen von einer externen Stellenvermittlungsfirma (die Alice erfunden hatte – netter Einfall). Gar nicht schlecht bis hierhin, oder?

Die von Alice zusammengestellten Unterlagen enthielten mehrere Persönlichkeitstests, von denen die meisten entwickelt worden waren, um potenzielle Bedrohungen für das Büro herauszufiltern. Vom Minnesota-Multiphasic-Test bis hin zum Keirsey-Temperament-Sorter-Test verbrachte ich den halben Arbeitstag damit, Antwortkästchen auszufüllen und Problemstellungen zu lösen. Da ich selbst für eine Personalabteilung arbeitete, stellte ich die Tests nicht infrage, denn ich hatte sie bereits unzählige Male gesehen. Ich fühlte mich wie ein Highschool-Schüler, der sich durch die Abschlussprüfung quälte.

Jetzt kommt das Tolle an der ganzen Geschichte. Büropapier besteht zum größten Teil aus gebleichter Holzmasse. Die Bleiche verleiht dem Papier diese schöne leuchtend weiße Farbe. Alice hatte meine Tintenpatrone mit einer ausgetauscht, in der sich hochkonzentriertes Ammoniak befand – dieselbe Sorte, die man für die Pestizidproduktion und Abwasseraufbereitung verwendet. Das Ammoniak war mit richtiger Tinte und einem chemischen Wirkstoff gemischt, der den normalerweise beißenden Geruch neutralisierte. Und das Papier an sich war mit einer noch höher konzentrierten Bleiche behandelt worden. Aus diesem Grund kam, als ich mit dem Ausfüllen der Fragebögen anfing, die ammoniakhaltige Tinte mit dem Chlor im stark gebleichten Papier in Berührung, wodurch hochgiftiges Chloramingas erzeugt wurde. Ihr habt doch bestimmt mal von einer dieser Hausfrauen gehört, die sich versehentlich selbst in die ewigen Jagdgründe schickten, indem sie Chlor (Bleichmittel) und ammoniakhaltige Reinigungsprodukte (Glasreiniger) mischten, oder? So entsteht Chloramin, das deine Lungen in der richtigen Dosis in weniger als zehn Minuten zu braunem Matsch verätzt.

Aber es kommt noch besser! Das Elegante an Alice' Giftfüllfederhaltertrick war, dass die Verätzung so langsam vonstattenging, dass ich es erst bemerkte, als es schon zu spät war. Während ich stundenlang über Fragen wie »Wenn Sie ein Tier sein könnten, welches wären Sie?« brütete, war ich mehreren Hundert Atemzügen Chloramin ausgesetzt, das die einzigartige Fähigkeit besitzt, sich mit den Sauerstoffatomen in der Lunge zu verbinden. Sobald sie also da drinnen sind, kriegt man sie nur schwer wieder heraus. Während ich die Bögen ausfüllte, musste ich zwar leicht husten, aber das hielt mich nicht davon ab, meine Tests mit Bravour abzuschließen. Als es schließlich achtzehn Uhr wurde, hatte sich bereits so viel Chloramingas in meiner Lunge gebildet, dass der Atemstillstand einsetzte und Kollegen mich im Pausenraum mit dem Gesicht auf dem Tisch und einer zerbrochenen Kaffeetasse in meiner kalten, beinahe leblosen Hand fanden.

Mit Blaulicht fuhr man mich ins Krankenhaus, wo ich fast eine Woche blieb. Meine Lungen hatten schwere Verätzungen erlitten, daher bestand ein Großteil meines Aufenthalts darin, dass ich Blut hustete oder an der Sauerstoffflasche hing. Aber es war eine tolle Nummer, die Alice da abgezogen hatte. Als ich darüber nachdachte, wie sie es angestellt hatte, mich mit einer Aktion, auf die selbst der Marquis de Sade stolz gewesen wäre, beinahe aus dem Verkehr zu ziehen, hätte ich mich fast wieder in sie verliebt.

Ich muss allerdings zugeben, dass es ein bisschen mein Verdienst war. Ich behaupte zwar nicht, Alice viel beigebracht zu haben, aber eine Sache half ich ihr doch bei der Arbeit zu entwickeln, und zwar Kreativität. Sie ist einfach kein kreativer Mensch im traditionellen Sinne. Darauf ist ihr Verstand nicht programmiert. Er denkt stattdessen eher logisch und methodisch und, nun ja, langweilig. Ich riet ihr immer, sich vorzustellen, wie *ich* eine Situation handhaben würde. *Was würde John tun?* Zuerst lachte sie sich schlapp über den Ratschlag, aber als wir dann – zugegebenermaßen für kurze Zeit – bei HR zusammenarbeiteten, gingen ihr die Augen auf. Zum Beispiel bei Dr. Love. Es war meine Idee gewesen, eine Kunststoffpistole zu benutzen, aber *ihre* Idee, ihn mit einem Diamanten zu laden. Das war ein genialer Geistesblitz, ebenso wie der Giftfüllfederhalter. Und so sehr ich mich auch damit brüsten wollte, ich musste anerkennen, dass sie mich auf buchstäblich atemberaubende Weise beinahe um die Ecke gebracht hätte.

33

Ich denke, einen meiner kreativsten – und wahnsinnigsten – Morde verübte ich mit neunzehn. Bob war wegen irgendetwas sauer auf mich und bildete sich ein, ich würde weich werden oder irgend so einen Blödsinn, darum beauftragte er mich mit einem Job, den er für unwiderstehlich hielt, um mich wieder in die Spur zu bringen. Ich sollte einen Ex-Hippie-Politiker beseitigen, der sich einen Job bei einer Ölfirma ergaunert hatte und sie nun in den Ruin treiben und alle Ölbohrinseln sabotieren wollte. Und als wäre das nicht genug, hatte er außerdem vor, den Geschäftsführer vor der UN auf dem Scheiterhaufen zu verbrennen und dazu Marshmallows zu verteilen. Ehrlich gesagt war ich ziemlich geknickt, dass ich ihn ausschalten sollte. Er war so eine Art moderner Unternehmensanarchist.

Aber obwohl der Auftrag ein Leckerbissen war, war es politisch gesehen ein Stich ins Wespennest. Es stellte sich nämlich heraus, dass es sich bei dem Kerl um den Neffen des Geschäftsführers handelte und der Geschäftsführer derjenige gewesen war, der ihn zum Abschuss freigegeben hatte. Nett, oder? Da wir es also mit einer hinterhältigen Sippe zu tun hatten, mussten wir uns ein Hinrichtungsszenario ausdenken, das bei den Eltern des Neffen, auf deren Gunst der Geschäftsführer hinsichtlich Geld und politischer Gefallen angewiesen war, keinen Verdacht erregen würde. Ich sprang zwar dem Löwen nicht direkt ins weit aufgerissene Maul, aber die Situation war definitiv ein abgedrehtes Chaos, das sich gut für einen T-Shirt-Spruch geeignet hätte: »Meine Eltern waren im Skiurlaub in Gstaad und alles, was ich bekommen habe, ist diese lausige Kugel im Schädel.«

Deswegen war Kreativität gefragt. Man kann sich seinen Weg zum Sieg nicht immer durchs Analysieren herleiten. Genau wie Tom Cruise in *Lockere Geschäfte* muss man manchmal einfach sagen: »Ihr könnt mich alle mal!« Und sein Ding einfach durchziehen. Und da es höchst unwahrscheinlich war, dass der kleine Hippie versuchen würde, mich umzubringen, tat ich das dann auch.

Unser Szenario bestand im Wesentlichen aus zwei Phasen. In Phase eins würde er restlos seine Glaubwürdigkeit verlieren, damit nach seinem Dahinscheiden das Bürofußvolk um den Wasserspender herumstehen und darüber diskutieren würde, dass sie es hätten kommen sehen oder überrascht seien, dass es nicht schon viel früher passiert sei. Damit sollten hauptsächlich seine Eltern manipuliert werden. Sie waren steinreich und extrem mächtig und sollten sich so für ihn schämen, dass sie weder Cops noch das FBI in die Sache hineinziehne würden. Phase zwei war der Mord an sich. Eine selbstverschuldete Variante wäre unser Favorit gewesen, aber ich weiß aus erster Hand, dass es bei diesem Vorgehen meist mounteverestgroße Stolpersteine gibt. Darum brauchten wir ein hybrides Szenario, eine Art »Beihilfe zum Selbstmord«, um sein Ableben für Mami und Papi im rechten Licht erscheinen zu lassen.

Obwohl ich seine politischen Ansichten teilte, hasste ich ihn von der ersten Sekunde an, als ich den Kontakt zu ihm herstellte, und verpasste ihm unverzüglich den Spitznamen Yoko. Er war ein selbstgerechter Klugscheißer, dessen Atem nach Mistkäfer stank, trug einen schütter werdenden, grauen Pferdeschwanz und trank ausgerechnet am liebsten Tee. Meistens einen ungesunden, süßlich riechenden Kräutermist, der in der Hippie-Einöde von Boulder, Colorado, hergestellt wurde. Die Packung war mit Bildern eines fröhlich grinsenden Bären geschmückt, der in einem bunten Blumenfeld tanzte, und der Tee selbst trug irgend so einen bescheuerten Namen wie Tai Chai. Eines Abends schnappte ich mir nach Feierabend seine Packung Teebeutel aus dem Pausenraum und veränderte das Rezept ein wenig. Ich machte mir wenig Sorgen, dass ein anderer Angestellter einen der Teebeutel benutzen würde, denn NIEMAND TRINKT VERSCHISSENEN TEE BEI DER ARBEIT, besonders nicht diese völlig nutzlose, koffeinfreie Schlappschwanzbrühe, die sonst nur alte Jungfern schlürfen, während sie sich vom Bett aus zusammen mit ihrer Legion Katzen *Mord ist ihr Hobby* ansehen.

An dem Tag, als ich Phase eins einleitete, bezog ich meinen Posten in einer leeren Arbeitsnische in der Nähe des Pausenraums. Pünktlich wie ein Uhrwerk ging Yoko hinein und bereitete sich mit dem Wasserkocher heißes Wasser zu, während er »Puff, the Magic Dragon« vor sich hin pfiff. Dann folgte er seiner – von mir natürlich längst observierten – Gewohnheit, den Teebeutel ins Wasser zu tauchen und sich den Tee, während er ihn ziehen ließ, unter die Nase zu halten. Er liebte es, wie ein minderbemittelter Schauspieler in einem Lipton-Werbespot genüsslich den Dampf einzuatmen, den die Eier des tanzenden Bären abgaben. Genau dort begann der Spaß. Denn als der Teebeutel das Wasser berührte, wurde die Spezialzutat aktiv, die ich unter die Teeblätter gemischt hatte, und der Dampf, der aus der Tasse stieg, enthielt eine massive Dosis BZ, ein Superhalluzinogen, das das US-Militär in den Sechzigerjahren als chemischen Kampfstoff entwickelt hatte. Eigentlich hatten sie vorgehabt, BZ einzusetzen, um den Verstand des Feindes kontrollieren zu können, hauptsächlich den des Vietcong, aber in Wahrheit verwandelt dich BZ mit voller Wucht in ein erwachsenes, am Rande eines psychotischen Zusammenbruchs stehendes Kleinkind.

Die Wirkung dieses als »Buzz« bekannten kleinen Prachtstücks reicht von hyperrealistischen, multisensorischen Halluzinationen über mit Hysterie gepaarte Desorientierung und vollrauschähnliche Zustände bis hin zu völligem Verlust jeglichen Schamgefühls, was oftmals zu niederem, primitivem Verhalten führt. Ich weiß, was ihr jetzt denkt. Staatlich hergestelltes Spaßpulver bewirkt zwar, dass er den Verstand verliert, nicht aber sein Leben. Ihr habt völlig recht. Was ich ihm verabreichte, war keine tödliche Dosis, aber es reichte aus, um ihm völlig das Hirn zu verbrutzeln und so die komplett erniedrigende Situation heraufzubeschwören, die ich vorhin angesprochen hatte, und ihn auf einen gefährlichen Weg zu schicken … zu mir. Anschließend wollte ich Phase zwei initiieren, aber selbst die besten Pläne gehen manchmal nach hinten los …

Als Yoko nämlich gemütlich zurück zu seinem Schreibtisch schlenderte, war ich mehr als nur überrascht. Eigentlich hätte er längst auf Händen und Füßen über den Boden kriechen und Satan anflehen sollen, die lauten Trommeln in seinem Kopf verstummen zu lassen. Also tat ich, was jeder bescheuerte Neunzehnjährige tun würde: Nachdem er den Pausenraum verlassen hatte, schnüffelte ich, ohne groß nachzudenken, selbst am Teebeutel. Ich dachte: *Vielleicht hat er sich heute ausnahmsweise für Earl Grey entschieden und so meinen ganzen Plan torpediert.* Und natürlich verpasste ich mir so selbst eine Dosis. Als ich zu ihm gehen wollte, saß er nicht an seinem Schreibtisch. Deshalb ging ich auf die Herrentoilette und fand ihn dort vor, wie er vor dem Spiegel stand, ihn berührte und Kauderwelsch von sich gab.

»Yoko«, sagte ich, als ich hinter ihm stand.

Er fuhr so schnell herum, um mich anzusehen, dass alles Blut in seinem Gehirn in dieselbe Richtung schwappte. Ich sah ihm an, dass sich das Buzz langsam auf gnadenlose Weise Bahn brach und sein Herz wie ein Presslufthammer pochte, wodurch sich die halluzinogene Wirkung sofort intensivierte. Das wusste ich hauptsächlich deswegen, weil ich gerade dasselbe spürte.

»Geht's Ihnen gut, Yoko?«

Er zuckte zusammen, als hätte ich ihm Batteriesäure ins Gesicht gekippt.

»Wieso schreien Sie mich so an?«, fragte er.

Als die Worte seinen Mund verließen, klangen sie wie ein extrem verstärkter Schrei, verpackt in einen Sturm von rosa Rauschen. Dann verwandelte sich die Szenerie in ein grelles, vor Farben explodierendes Kabuki-Theater, in dem sich alles unerträglich im Zeitlupentempo bewegte. Ich hatte in meinem Leben schon viele Drogen genommen und wusste sofort, dass ich gerade den Seabiscuit der Halluzinogene aufgesattelt hatte. Ich nahm alles um mich herum überdeutlich wahr, denn von allen Seiten prasselten Stimuli auf mich ein. Da mein Gehirn so unerbittlich überfordert wurde, stieß mein Körper derart viel Epinephrin aus, dass ich meinen wild pochenden Herzschlag im Augapfel spüren konnte und am liebsten so heftig mit den Zähnen geknirscht hätte, bis sie mir alle ausgefallen wären. Mein Zwerchfell zog sich stark zusammen, ich hatte das Gefühl, eine Anakonda hätte mich in einem Stück heruntergeschluckt und nun wäre ich gezwungen, Hunderte flacher, schmerzender Atemzüge zu nehmen. Aber ich musste mich zusammenreißen und den Job beenden, sonst würde mich Bob mit einem dieser grauenhaften, märchenhaften Szenarien ermorden lassen, die nun im IMAX-Kino meines Hirns aufblitzten.

In diesem Moment kam mir ein einziger klarer Gedanke, und zwar aus der Toilette zu fliehen und irgendwie mein chemisches Gleichgewicht wiederherzustellen. Yoko und ich saßen zwar beide im selben Boot, aber immerhin wusste ich, woher der Wind wehte. Ich musste mich bloß wie beim Mikadospiel durch das heillose Durcheinander meines Verstandes wühlen und mich an die Arbeit machen, bevor der unkontrollierbare Zwang in mir aufstieg, ein paar Phish-Songs aufzulegen und in der Tiefgarage rhythmische Sportgymnastik zu machen. Ich wusste, eine Kollegin aus der Verwaltung nahm Clozapin, ein starkes Antipsychotikum, darum plünderte ich ihren Schreibtisch und warf mir eine Handvoll Pillen ein. Nach gefühlt mehreren Jahrzehnten, in Wirklichkeit aber bloß wenigen Minuten, schwebte ich langsam zurück zur Erde. Das Buzz wurde hinten in meinem Kopf auf ein dumpfes Maschinendröhnen reduziert, und ich war endlich bereit, mich Phase zwei zu widmen. Dazu musste ich bloß Yoko finden, der inzwischen vermutlich versuchte, auf der Behindertentoilette nach Perlen zu tauchen.

Als ich mich umdrehte, um aufzustehen, stand er im Zugang zu meiner Arbeitsnische, wie ein Zombie, der mir das Hirn aussaugen wollte.

»Du wirst sterben«, sagte er und hielt seine Hand hoch wie eine dieser kleinen Heiligenstatuen, die die Straßenhändler am St. Mark's Place verkaufen.

34

Ehe ich michs versah, gesellte sich ein Nischenkollege aus unserem Club der einsamen Herzen zu uns und grinste. Er trug ein T-Shirt mit einem Micky-Maus-Handschuh darauf, der in Richtung seines Gesichts deutete und auf dem »Ich bin dämlich« stand.

»Hey, kommt ihr mit Tacos essen?«, fragte er gut gelaunt.

Ich sah Yoko an. Er bewunderte gerade einen dieser kleinen Plastikvögel, die oft auf Schreibtischen rumstehen und regelmäßig den Kopf nach unten kippen, um aus einer imaginären Wasserquelle zu trinken. Dann drehte er sich um und musterte Mr. Dämlich für einen peinlich langen Moment.

»Das ist so lieb, dass du fragst«, sagte er schließlich und küsste den armen Trottel direkt auf die Lippen.

Mr. Dämlich zuckte erschrocken zurück, worüber ich erleichtert war, denn das hieß, dass ich das Ganze nicht bloß halluzinierte.

»Baaaaah«, ächzte er, schüttelte wie ein nasser Hund den Kopf, spuckte und wischte hektisch Zunge und Lippen ab.

Sein Gesicht färbte sich purpurrot und sein Kopf sah aus, als würde er gleich aufplatzen wie ein Furunkel, aber stattdessen machte er um hundertachtzig Grad kehrt und ging weg, um sich mit ein paar Kollegen, die bald von Yokos psychotischem Verhalten erfahren würden, Tacos zu Gemüte zu führen. Ich stellte fest, dass Phase eins voll nach Plan verlief, und brach mir beinahe den Arm, als ich mir selbst auf die Schulter klopfen wollte. Aber es ging noch weiter. Yoko legte noch eine Schippe drauf, wanderte durchs Büro und gab Vogellaute von sich. Er riss sich sein Hemd vom Leib, kauerte sich auf jemandes

Schreibtisch, fischte Süßigkeiten aus einem Glas und schaufelte sie sich mitsamt Verpackung in den Mund. Als er damit fertig war, hatte er einen orangefarbenen Fruchtgummi-Bart, und sein Mund schäumte geradezu vor zu vielen Packungen Knallbrause.

Als ich sah, wie der Wachmann den Korridor entlang auf uns zukam, musste ich einschreiten. Improvisation war gefragt ...

»Yoko, sie kommen Sie holen.«

»Wer?«, fragte er sofort panisch.

»Die Aliens. Sie haben sich als Wachmänner verkleidet, genau wie es die Prophezeiung vorhergesagt hat.«

Viel mehr Improvisation ging nicht. Mein Hirn stand kurz vor der spontanen Selbstentzündung, und ich versuchte, nicht zu viel zu sprechen, da sich meine eigene Stimme für mich anhörte wie ein in einer Aluminiumdose voller wütender Wespen gefangener Roboter. Yoko entdeckte, wie der Kopf des Wachmanns durch den Flur wackelte, und kauerte sich auf den Boden.

»Nicht hinsehen«, flüsterte ich ihm zu. »Er hat die Analsonde dabei.«

»Heilige Jesus-Echse«, erschrak er. »Was sollen wir denn jetzt machen?«

»Folgen Sie mir«, sagte ich in meiner besten Dora-die-Entdeckerin-Stimme.

Ich führte ihn in den zwölften Stock, wo gerade viel renoviert wurde. Es war ein gesetzlicher Feiertag, daher hatten die Arbeiter frei. Da die Bauarbeiten noch längst nicht abgeschlossen waren, waren viele Bereiche aus Sicherheitsgründen abgesperrt. Ich nahm ihn am Arm und führte ihn zu einem Bereich der Baustelle, die sich noch im Rohbau befand und keine Fensterscheiben hatte.

»Wo gehen wir hin?«, wollte er wissen.

»Zum Treffpunkt. Ich habe das Rettungsschiff herbeordert.«

»Oh, gut«, sagte er, als ob das irgendeinen Sinn ergäbe.

Dann begann er zu würgen, weil sein Körper von der Droge überlastet war und sie auswerfen wollte. Die Geräusche waren unerträglich, und mir wurde selbst übel, darum gab ich mir selbst eine schallende Ohrfeige und dann Yoko, wodurch er beinahe hingefallen wäre.

»Es wird Zeit«, sagte ich ernst und führte ihn zu den offenen Fenstern.

»Wofür?«, fragte er und rieb sich die Wange.

»Wenn Sie hierbleiben, nehmen sie Sie mit und stecken Ihnen die Analsonde in den Arsch. Wollen Sie das etwa?«

»Nein! Was kann ich dagegen tun?«

»Sie müssen auf das Rettungsschiff, zum Auskundschaften.«

»Und wie?«

»Durchs Sternenportal«, sagte ich und deutete auf den großen, offenen Metallfensterrahmen, der sich fünfundvierzig Meter über der Straße befand.

»Stimmt«, sagte er. »Natürlich.«

Ich sah auf mein Handgelenk, obwohl ich keine Uhr trug.

»Es wird Zeit«, verkündete ich und klopfte ihm auf die Schulter.

»Was ist mit Ihnen?«, erkundigte er sich aufrichtig besorgt.

»Machen Sie sich um mich keine Sorgen«, beruhigte ich ihn. »Ich geh direkt nach Ihnen durchs Portal. Es kann immer nur einer hindurchgehen.«

Er beugte sich vor, um mich auf die Lippen zu küssen, aber ich stoppte ihn.

»Los, junger Soldat. Ihre Braut erwartet Sie.«

»Oh«, sagte er und seine Augen leuchteten auf.

Und dann ging er geradewegs über den Rand des Gebäudes hinaus. Ich blickte nach unten und sah, wie er auf einer Mischung aus Hotdog-Wagen und Ballonverkaufsstand landete. Als er aufprallte, sah die Explosion aus Schweinefleisch, Fleischwasser und bunter Limonade, gefolgt vom ruckartigen vertikalen Exodus der Luftballons aus wie eine Supernova, und ich war so fasziniert, dass ich beinahe selbst aus dem Fenster gefallen wäre. Es war zwar kein schöner Anblick, aber einer meiner kreativsten Morde, und wenn ich Alice so richtig lagomäßig um die Ecke bringen wollte, musste ich wie damals etwas aus dem Hut zaubern …

35

Als ich am Tag meiner Entlassung gerade das Krankenhaus verlassen wollte, rannte eine der Rezeptionistinnen hinter mir her und zog ein riesiges Bündel Heliumballons durch die Lobby. Auf allen Ballons waren Disney-Figuren zu sehen, in deren Sprechblasen »Werd bald wieder gesund!« stand.

»Sir, die sind für Sie gekommen. Aber da Sie weder Besucher noch Lieferungen empfangen wollten, haben wir sie im Geschenkeladen für Sie aufbewahrt.« Dabei sah sie mich an, als hätte sie meinen Topf voll Gold am Ende des Regenbogens gefunden.

»Das muss ein Fehler sein«, entgegnete ich.

»Laut Lieferfirma wurden sie ausdrücklich an Ihre Zimmernummer geschickt«, erklärte sie.

»Stand auf der Karte ein Name?«

»Nein.«

»Natürlich nicht. Vielen Dank, Ma'am, aber ich bin sicher, sie waren für jemanden gedacht, der sich mehr darüber freuen würde … Zum Beispiel ein Kind oder ein Zirkusclown.«

»Okay«, sagte sie vollkommen niedergeschlagen.

Sue … Der Kerl hält sich wohl für einen Komiker. Luftballons. Fies. An dem Morgen hatte er mir per SMS mitgeteilt, dass er sich so bald wie möglich mit mir treffen müsse, um mich in Sachen Alice auf den neuesten Stand zu bringen. Wir trafen uns in der Bar Rusty Knot am West Side Highway, einer verschwiegenen Enklave für professionelle Säufer und die Skinny-Jeans-Fraktion. Als Sue reinkam, wirkte er nervös.

»Hey, Mann, geht's dir besser?«, fragte er.

»Wenn du mit *besser* meinst, ob ich das Gefühl habe, ich hätte am Auspuffrohr eines Diesel-Müllwagens in Mexico City gelutscht, dann ja, dann geht's mir prächtig.«

Er war zu abgelenkt, um auf meine Antwort zu reagieren.

»Gut, Mann. Gut. Denn ich hab heute was von Becca erfahren, worum wir uns kümmern müssen …«

»Becca?«

»Ja.«

»Du scheißt doch nicht etwa dort, wo du isst, oder?«, fragte ich. »Regel Nummer fünf.«

»Nein, Mann …«

»Schon gut. Spuck einfach aus, was du sagen willst, bevor du platzt und den ganzen Tisch versaust.«

»Alice knöpft sich heute Abend Harold Leung vor. Auf den Laptops hat sie nämlich nichts Brauchbares gefunden.«

»Riesenüberraschung.«

»Seh ich auch so. Jedenfalls will sie ihm heute Abend einen schwarzen Beutel über den Kopf ziehen und ihn bei HR mit einem Zahnarztbohrer und ein paar hungrigen Kanalratten bearbeiten.«

»Wer solche Praktikanten hat, braucht keine Feinde.«

»Genau. Noch dazu hat der Typ heute Geburtstag. Die Frau ist so verdammt kalt, du musst ja Frostbeulen an deinem Schwanz haben, JL.«

»Das war das Witzigste, was du jemals gesagt hast, seit wir uns kennen. Hübsch formuliert.«

»Danke. Was willst du wegen Leung unternehmen?«

Eins der Dinge, die ich an meinem Job stets gleichzeitig geliebt und gehasst hab, war die Notwendigkeit zum Improvisieren. Schnell reagieren zu können ist eine der wichtigsten Fähigkeiten, denn nichts verläuft immer genau nach Plan, besonders wenn man es mit Alice zu tun hat. Es lag auf der Hand, dass ich nicht zulassen konnte, dass sie Leung foltert, um an Infos über Zhen heranzukommen. Ich war mir zwar sicher, dass Leung nicht genug Relevantes wusste, denn so dumm war Zhen bestimmt nicht, aber für den unwahrscheinlichen Fall, dass er doch etwas wusste, musste ich die Initiative ergreifen.

»Wir müssen ihn ausschalten. Und zwar sofort.«

»Das hab ich mir auch schon gedacht.«

»Irgendwelche Ideen?«

»Ein paar. Keine …«

» … davon besonders gut. Ich weiß. Das behauptest du von all deinen super Ideen, du Idiot. Apropos blöde Idee: Danke, dass du mir die ›Ich liebe es, meine Tarnung auffliegen zu lassen‹-Ballons geschickt hast.«

»Was?«

»Du hast mir doch Ballons ins Krankenhaus geschickt, oder?«

»Zum Teufel, nein. Ballons? Seh ich etwa aus wie ein …«

Bevor er seinen Satz beenden konnte, sprang ich auf und sprintete aus der Bar.

»Hey!«, rief Sue und rannte mir hinterher.

Als wir in der Eingangshalle des Krankenhauses ankamen, schüttelte ich die arme Rezeptionistin so stark, dass sie fast aus ihrem Stuhl fiel.

»Wo haben Sie meine Ballons hingebracht?!«

»Ich dachte, Sie wollten sie nicht …«

»Ich will sie jetzt, verdammte Scheiße.«

Ich gab mein Bestes, nicht zu laut zu brüllen. Sue behielt die Wachmänner im Auge, um sie gegebenenfalls von den Beinen zu holen.

»Okay. Okay. Wir haben sie auf die Entbindungsstation gebracht«, erklärte die Dame.

»Sie haben was?«, fragte ich entgeistert und schwitzte im ganzen Gesicht.

»Ich gehe sie holen, Sir. Bitte beruhigen Sie sich.«

Aber da sprintete ich schon davon. Während Sue den Fahrstuhlknopf malträtierte, studierte ich den Wegweiser. Der Aufzug brauchte ewig, darum rannten Sue und ich, so schnell wir konnten, in den zehnten Stock. Meine Lungen fühlten sich an, als würden sie in meinem Mund explodieren.

»Was hast du, JL? Was ist mit den Ballons?«

»Wenn du sie nicht geschickt hast …«

»Oh scheiße«, sagte Sue.

Als wir die Entbindungsstation erreichten, sahen wir, wie die Ballons sanft immer wieder gegen die Glasscheibe zum Raum mit den Säuglingen stießen.

»Heilige Mutter Gottes«, flüsterte ich.

»Kann ich Ihnen helfen?«, fragte uns eine alte, schlecht gelaunte Krankenschwester, die zwischen den Ballons und uns stand.

»Ja, Ma'am«, begann Sue und sprach absichtlich so langsam wie ein geistig Zurückgebliebener.

Die Schwester fand ihn goldig.

»Ich arbeite in der Blumenhandlung und habe die Ballons da an das ganz falsche Krankenhaus geliefert. Das ist mein Chef. Wir müssen sie zurückholen, sonst nimmt mein Chef mir mein Lego-Geld weg.«

»Okay, Junge, du darfst sie mitnehmen. Aber bitte sei leise. Die Babys schlafen.«

»Ja, Ma'am«, sagte er und nickte heftig.

Wir taten so, als würden wir bloß leise sein wollen, als wir die Ballons so behutsam wie ein Bombenräumkommando entfernten.

Als wir wieder draußen standen, stieß ich vor Erleichterung einen tiefen Seufzer aus. Es gibt nur ein Gas, das leichter als Helium und fast überall zu haben ist und mit dem man ganz einfach Ballons aufpusten kann: Wasserstoff. Der einzige Unterschied ist: Bei Helium klingt deine Stimme superwitzig, bei Wasserstoff verdampfst du und eine Handvoll Häuserblocks um dich herum. Da Sue mir die Ballons nicht geschickt hatte, musste Alice es gewesen sein, und diese

Mühe hätte sie sich bei Helium nicht gemacht. Ich reichte Sue das Bündel Ballons, zog einen heraus und stach ein winziges Loch unten hinein. Ich ließ das meiste Gas entweichen, bis der Ballon nur noch die Größe meiner Faust besaß, und machte neben der Öffnung mein Feuerzeug an. Eine zwölf Zentimeter hohe Flamme schoss nach oben und brachte den Ballon im Bruchteil einer Sekunde zum Schmelzen.

»Alter Schwede«, sagte Sue.

»Was für eine linke Nummer«, fluchte ich angewidert. »Und die Ballons sind aus Polyesterfolie. Sie hätte damit das halbe Krankenhaus in die Luft gejagt.«

»Bist du sicher, dass sie's war?«, fragte Sue.

Ich sah ihn an, als hätte er den Verstand verloren.

»Was denkst du denn?«, fragte ich.

»Ich denke, wir kümmern uns lieber mal um Harold Leung«, antwortete Sue.

36

Das Bürokuchenritual ist seit jeher fester Bestandteil einer jeden Firmenphilosophie, wie es Mike Judge im modernen Filmklassiker *Alles Routine* so eindringlich beweist. Es ist ein ungeschriebenes Gesetz, dass, um die Moral aufrechtzuerhalten, mindestens einmal pro Woche Kuchen serviert werden muss. Der Anlass für den Kuchen ist für die in der Pappteller-Essensschlange Stehenden weit weniger wichtig als die Garantie, dass jeder ein Stück abbekommt. Das Lustige daran ist, dass es *niemals* genug Kuchen gibt. Ob nun die Portionsgrößen schuld sind oder Betrüger, die sich ein zweites Mal anstellen: Irgendjemand steht am Ende immer mit einem leeren Pappteller und verbitterter Miene herum.

Meine Anstellung in der Personalabteilung von Zhens Firma erwies sich erneut als nützlich, als ich unter einigem Beifall wieder ins Büro zurückkehrte und gebeten wurde, bei der Planung von Harold Leungs spontaner Konferenzsaal-Geburtstagsparty zu helfen. Ich stehe auf Partys, daher legte ich mich so richtig ins Zeug. Wie brave Herdentiere versammelten sich später alle im Pausenraum und sangen »Happy Birthday«, erst auf Englisch, dann auf Kantonesisch, was eher nach Schlachtgesang klang als nach einem Geburtstagsständchen. Und wie es nun mal Brauch ist, bekam Harold das erste Stück Kuchen. Ich weiß, was ihr jetzt denkt. *Er ermordet Harold mit seinem eigenen Geburtstagskuchen.* Und so fies sich das auch anhört, ich hatte es tatsächlich in Erwägung gezogen.

Denn natürlich war ich keine Tortenmord-Jungfrau mehr. Einmal musste ich einen korrupten Finanzchef liquidieren, konnte aber kein

Gift benutzen, da ich sonst womöglich die ganze Belegschaft umgebracht hätte – oder zumindest diejenigen, die etwas vom Kuchen abbekamen –, und das wäre ja nicht besonders professionell gewesen, oder? Deshalb musste ich vor seiner großen Büroparty die Krankenakte meiner Zielperson studieren. Trotz seiner fünfundsechzig Jahre war der Kerl kerngesund. Allerdings nahm er seit Jahren Warfarin, um die Bildung von Blutgerinnseln zu verhindern, nachdem er beinahe an einer tiefen Beinvenenthrombose gestorben wäre, die er sich auf einem langen Flug von Tokio nach New York zugezogen hatte. Kombiniert man Warfarin mit Antibiotika, wird der Wirkstoff nicht nur unwirksam, sondern sorgt auch noch für ein exponentiell *höheres* Risiko von Blutgerinnseln.

Das Buttercremetopping auf dem Kuchen meines Opfers war also mit starken Breitbandantibiotika gespickt. Bei der restlichen Partymeute verursachte es vermutlich nur leichte Verdauungsbeschwerden. Aber für meine Zielperson erwies sich die Buttercreme als tödlich. Man fand ihn noch am selben Nachmittag tot auf der Toilette, den SpongeBob-Partyhut noch immer auf dem Kopf.

Was Harold Leung anging, hatte ich seine Krankengeschichte nicht studiert, deswegen kam eine Kuchennummer nicht infrage. Aber zum Glück wartete nach Feierabend eine Überraschung in seinem Wagen auf ihn, die ihm ein Lächeln aufs Gesicht zauberte: ein wunderschönes Bündel Ballons! Als er sie sah, stand er in der Tiefgarage und starrte wie ein Kind ehrfürchtig auf all seine Lieblings-Disney-Figuren, deren übertrieben fröhliche Gesichter gegen die Windschutzscheibe seines Wagens drückten. Aber statt ihn zu einem bezaubernden Ausflug mit ihnen in das Magic Kingdom einzuladen, detonierten sie irgendwo in Queens, und bis die Feuerwehr den Brand gelöscht hatte, war von Harold und seinem Auto nichts mehr übrig, was nicht in eine große Kaffee-Dose gepasst hätte.

Mein eigens für diesen Zweck erdachtes Hinrichtungsszenario war der Wagen selbst gewesen. Harold fuhr einen 2002er-Pontiac

Grand Prix. Eine bescheidene Karre, ich weiß. Das Schöne an dem Wagen ist, dass er über einen GM-3800-Series-II-V6-Motor verfügt. Wegen der Anfälligkeit für einen Ölverlust, durch den der Wagen in Flammen aufgeht, sobald Öl auf den Abgaskrümmer gelangt, wurden 2009 rund 1,2 Millionen Fahrzeuge von General Motors mit diesem Motor zurückgerufen. Da das aus Petroleum bestehende Plastik hochentzündlich ist, brennt der Wagen dann bis auf den Rahmen nieder. Falls ihr mal eine dieser rauchenden Ruinen am Straßenrand habt stehen sehen, habt ihr die Überlebenschancen des Fahrers zu Recht als extrem niedrig eingeschätzt. Als man also Harolds verkohlte Leiche barg, wurde der Wagen als Brandursache deklariert, da nur ein Bekloppter einem Haufen Geburtstagsballons die Schuld daran gäbe.

Noch intensiver als der giftige Gestank von brennendem Plastik und schmelzendem Aluminium war der Geruch von Alice' Verzweiflung. Man könne sie bei HR beinahe mit Händen greifen, erzählte Sue. Offenbar hatte ich mit Leungs Ermordung nicht nur Alice' Panikknopf gedrückt, sondern ihn so demoliert, dass er jetzt permanent auf »An« war. Die Stimmung erreichte einen Tiefpunkt, und durch Alice' Obsession für Zhen saßen ihr andere Klienten bereits im Nacken. Ich wusste, Zeit war inzwischen für sie zu einem Luxus geworden, den sie sich nicht leisten konnte, daher überraschte es mich kaum zu hören, dass sie in Betracht zog, Zhen frontal anzugreifen, ganz klassisch, ohne Vorspiel.

Sue und ich spielten also Szenarien durch. Ihn bei CIS zu eliminieren stand nicht zur Debatte. Da er stets auf Reisen war, würde ich an Alice' Stelle versuchen, eine Schwachstelle auszunutzen, wenn er bloß mit einer Handvoll Leibwächter unterwegs war. Natürlich reiste Zhen nicht mit Lichtgeschwindigkeit. Ganz egal, welches Gefährt ihn zu Land, zu Wasser oder in der Luft transportierte, es war stark bewacht und schwer bewaffnet. Deshalb brauchte Alice militärische Ausrüstung, wenn sie ihn ordentlich in die Mangel nehmen wollte.

Und an wen wendet man sich, wenn man kurzfristig moderne Massenvernichtungswaffen benötigt? An die Russen natürlich! Damit ich ihr nicht auf die Schliche kam, wählte sie nach langer Suche den schmutzigsten, undurchsichtigsten russischen Gangster aus, den sie finden konnte. Dumm nur, dass sie und Rebecca ausgerechnet Sue mitnahmen, als sie zu dessen vierzigtausend Quadratmeter großem Anwesen in einem gottverlassenen Teil von Wyoming fuhren, denn nach seiner Rückkehr erzählte mir Sue alles bis ins kleinste Detail. Diese kettenrauchenden Widerlinge hatten *alles* im Angebot, darunter auch Helikopter und einen alten, aber voll funktionsfähigen sowjetischen MiG-25-Kampfjet. Das Anwesen war wie der Walmart für sowohl technisch raffinierte als auch extrem veraltete Waffen, und der Supermarktleiter war einer der zwielichtigsten russischen Gangster, die es in der Branche gab.

Yuri, wie er sich selbst nannte, trug kniehohe Reitstiefel, einen Schal und kein Hemd. Seine Jungs, aus demselben Holz geschnitzt, bedrängten die Käufer, ließen kubanische Zigarren und Absinth in Pfadfinder-Feldflaschen herumgehen. Während es sich beim hemdlosen Yuri um einen ehemaligen Colonel der Armee handelte, der sogar mit Putin gedient hatte, stammten seine Kumpane von den Special Forces. Sie waren zwar unserer Sprache kaum mächtig, aber das spielte keine große Rolle, da Alice ihrem Aktenkoffer voller Geldscheine das Reden überließ.

Da ihre Paranoia ein neues Allzeithoch erreicht hatte, verriet sie bis zu dem Tag, an dem sie ihre Waffe einsetzen wollte, Rebecca und Sue nicht, was genau sie eigentlich erworben hatte. Als sie wieder nach New York zurückkehrten, beauftragte Alice die beiden, alle Informationen über Zhens Reisepläne zu beschaffen, die sie kriegen konnten. Außerdem analysierten sie tagelang Überwachungsaufnahmen von den Ausgängen des CIS-Gebäudes. Jedes Mal, wenn ein Fahrzeug die Tiefgarage verließ, ein Helikopter auf dem Dach landete und abhob oder ein Lieferwagen an der Laderampe hielt, notierten sie es sich. Sie suchten nach Mustern, um Anomalien aufzuspüren, die Auskunft darüber geben konnten, wann Zhen kam und ging. Es war ein Schuss ins Blaue, aber mehr hatte Alice nicht. Und dank Sue saß ich in der ersten Reihe.

37

Alice' Plan verhieß nichts Gutes. Die Tatsache, dass sie bereit war, volles Risiko mit einem Attentat zu gehen, neben dem das legendäre Valentinstag-Massaker von Chicago wie ein harmloser Handtaschendiebstahl wirkte, bedeutete, dass sie nicht mehr in der Lage war, klar zu denken, und das konnte in der Tat sehr gefährlich werden. Wenn jemand wie Alice in die Ecke gedrängt wird, ist das Ergebnis schwer vorherzusehen und das Potenzial für Kollateralschäden enorm. Egal, was sie plante, ich musste mit überlegener Strategie und Feuerkraft kontern, wenn ich sie eliminieren wollte. Da ich aber wusste, wozu Alice fähig war, stellte das eine gewaltige Aufgabe für jemanden wie mich mit beschränkten Möglichkeiten und Ressourcen dar.

Andererseits konnte ich eine gewisse – wenn auch waghalsige – Logik erkennen, die hinter ihrem Verlangen steckte, endlich zur Sache zu kommen. Die traditionelle »Arbeite dich als Praktikant die Karriereleiter hinauf«-Strategie würde schlicht und ergreifend nicht funktionieren, und die Uhr tickte. Alice und ich hatten uns bei unserem Praktikantenschachspiel in ein Patt hineinmanövriert, und selbst wenn man noch mehr Zeit hätte, um auf konventionelle HR-Weise an Zhen heranzukommen, wäre es trotzdem noch riskant. Das chinesische MSS war ein Meister darin, jegliche Form von Routineabläufen zu vermeiden, die ein hochentwickeltes Überwachungsprogramm hätte registrieren und protokollieren können. Aus diesem Grund sind sie in der Lage, jahrzehntelang zu operieren, ohne jeden Verdacht auf sich zu lenken.

Da ich nicht über die Ressourcen verfügte, die Alice hatte, wollte ich mir einen Vorteil verschaffen, indem ich an Zhen herankam, bevor sie es tat. Auf diese Weise hätte ich das Überraschungselement auf meiner Seite, wenn sie schließlich auftauchte, um Zhen und seiner Crew die Tet-Offensive seiner Vietcong-Kollegen heimzuzahlen. Deshalb suchte ich nach anderen Angriffspunkten und wandte meine Aufmerksamkeit seinem täglich Brot zu: der Wirtschaftsspionage. Ich musste eine seiner wichtigsten Quellen aufspüren und meine eigene Nadel in diese Vene rammen. Den Fluss unbezahlbarer Informationen nach Peking zu unterbrechen würde nicht nur Zhens Aufmerksamkeit erregen, sondern ihn auch aus seinem natürlichen Habitat scheuchen und ihn auf den Kriegspfad schicken.

»Wenn dein Feind zum Schlachtruf ansetzt, greifst du ihm in den Rachen und zerrst ihm die Eier durch die Kehle raus«, pflegte Griner immer zu sagen.

Er hatte recht. Nie sind wir so verletzlich wie in dem Moment, in dem wir angreifen. Und um Zhen an diesen Punkt zu bringen, musste ich seinen dicksten Fisch an meinen Haken bekommen, und zwar einen so großen Fisch, dass er ihm zum Verhängnis werden konnte. Also tat ich, was jeder halbwegs gute FBI-Agent tun würde: Ich folgte der Spur des Geldes. Wer auch immer den dicksten Scheck von Zhen erhielt, würde mein neuer bester Freund werden.

An dieser Stelle erwies sich Harold Leung als nützlich. Als Alice angefangen hatte, ihn zu stalken, hatte ich Sue angewiesen, in sein Auto einzubrechen und ein modifiziertes RFID-Lesegerät einzubauen, ganz ähnlich denen, mit deren Hilfe Diebe an eure Kreditkartennummer kommen, allein indem sie neben euch und eurem Geldbeutel stehen. Während er nach Hause gefahren war, hatte das Gerät seine Laptopdaten ausgelesen und sie hochgeladen. Innerhalb von vierundzwanzig Stunden nach Leungs Ableben durchsuchte ich den riesigen Haufen von Daten und fand eine Klientenliste. Dass sie mich schockierte, wäre wohl die Untertreibung des Jahrhunderts. Nur so viel: Der chinesischen Regierung gehört unser Land. Wir sind der Löwe am anderen Ende der Dompteurpeitsche, und jede unserer Errungenschaften wird von ihnen assimiliert und perfektioniert. Einfacher ausgedrückt: Der amerikanische »Fortschritt« ist bloß das Benzin, mit dem sie uns verbrennen werden, wenn sie keine Lust mehr auf unsere dämlichen Kinofilme haben und fünfhunderttausend Quadratkilometer unserer Pazifikküste benötigen, um eine neue Provinz zu errichten.

In jedem Industriezweig, von Landwirtschaft über Medizin bis hin zu Elektronik und Energieversorgung, stand ein hoher Angestellter auf Zhens Gehaltsliste. Wollt ihr wissen, wie Apples iPhone in zehn Jahren aussieht? Fragt Zhen. Oder welches große Pharmaunternehmen in fünf Jahren womöglich ein Heilmittel gegen Krebs entwickelt haben wird? Zhen spielt Golf mit deren Geschäftsführer. Aber wie ihr euch vorstellen könnt, waren solche Dinge nicht sonderlich interessant für Zhens Auftraggeber – militärische Rüstungsunternehmen. Wollt ihr wissen, wie man unser Raketenabwehrsystem ausschalten und das großartigste Land der Welt in weniger als achtundvierzig Stunden erobern kann? Zhen hat sich die Blaupausen und die Firmen, die unsere Regierung für die Entwicklung dieser Technologie bezahlt, auf dem Silbertablett servieren lassen.

Hier kam Craig Davison ins Spiel, Geschäftsführer von Bear River Industries, benannt nach Craigs Heimatstadt in Idaho, zufälligerweise auch der Schauplatz des schlimmsten Massakers an amerikanischen Ureinwohnern in der Geschichte der USA. Sind Weiße nicht einfach spitze? Craigy war einer der reichsten Männer der Welt und es war seine Spezialität, die Gier des US-Militärs nach technologischen Waffen zu stillen. Im Grunde zieht Amerika nicht gern gegen richtige Menschen in den Krieg, da diese am Ende krepieren, und dann haben alle irgendwie ein schlechtes Gewissen. George W. Bush und seine Spießgesellen hatten als Erste die abwegige Idee, dass man sich unschuldig in seinem bequemen Ledersessel zurücklehnen und feindliche Arschgeigen in die Unterwerfung bomben könnte, ohne ihnen gleich den Garaus zu machen. Trotz aller Beweise des Gegenteils ist diese Philosophie nicht nur sehr in Mode, sie wird auch noch äußerst großzügig vom Pentagon gesponsert.

Craigy war wirklich ein Staatsfeind. Er verkaufte Zhen nicht nur Geheimnisse über seine eigenen Produkte, sondern nutzte seine Sicherheitsfreigabe auch noch, um Zhen Zugang zu anderen Informationen des Verteidigungsministeriums zu verschaffen, über die er verfügte. Craig Davison schmiss sie Zhen geradezu in den Rachen und brachte so das amerikanische Volk in Gefahr. Und er hatte Zhen absolut in der Tasche, als wäre er sein Schoßhündchen. Wer weiß, wie viele amerikanische Soldaten wegen Craigs Verrat am Vaterland schon in Irakistan ihr Leben verloren hatten. Jetzt musste ich mich nur zwischen Craig und Zhen drängen, und schon hatte ich meine Eintrittskarte.

Zurück zur weltbesten Wissensfundgrube: Kinofilmen. Ich kann zu allen Situationen ein Szenario entwerfen, indem ich etwas heranziehe, was ich mal in einem Film gesehen habe. Für diese kleine Gaunerei fiel mir *Scarface* ein. In dem Film gibt es eine Szene, in der Tony Montana versucht, sich einen Namen zu machen, um mit Alejandro Sosa ins Geschäft zu kommen, dem übermächtigen Drogenbaron irgendeiner Bananenrepublik, der die CIA in der Tasche hat. Tony wird schnell klar, dass sich Frank, der Kerl, der ihn ins Geschäft eingeführt hat, sehr gut als Sprungbrett eignen würde, um an Sosa heranzukommen. Also nutzt Tony Franks immer offensichtlichere Schwächen aus, bis Frank es komplett versaut und vergeblich versucht, Tony zu liquidieren.

Tony weiß, dass er lediglich Franks Platz einnehmen muss, dann kann ohne großes Aufsehen alles wieder seinen geregelten Gang gehen. Das gelingt Tony auch, und darüber hinaus gewinnt er noch das Herz von Franks Frau Elvira, gespielt von der bezaubernden Michelle Pfeiffer. Anschließend kann er nach Belieben mit Sosa Geschäfte machen und baut sein riesiges und vor allem protziges Imperium auf. Wer kauft denn schon einen Tiger? Stellt euch mal vor, ihr müsstet den Käfig eines Tieres sauber machen, das pro Tag dreißig Hühnchen verschlingt. Wie dem auch sei, Craig musste verschwinden, damit ich ihn behutsam und unauffällig ersetzen konnte, um den Informationsfluss, von dem Zhens Überleben abhing, nicht zu gefährden. Wenn mir das gelänge, könnte ich mir in Rekordzeit einen Platz in der lukrativen Versorgungskette ergattern, und Zhen würde mich nur kurze Zeit später um eine Audienz bitten.

Für diese Art von Einblicken musste ich mich in eine neue, verbesserte Version von Craig verwandeln, Zhens Aufmerksamkeit mit lukrativeren Informationen gewinnen und ihn dazu bringen, sich zu entspannen und mir zu vertrauen. Wenn er mir erst an den Lippen hinge, würde Alice endgültig in den Panikmodus schalten und sich das Hirn zermartern, ob ich vorhatte, ihn zu töten oder sie auffliegen zu lassen – oder beides! Natürlich beabsichtigte ich keineswegs, Zhen umzubringen. Er sollte mir lediglich als Köder dienen, um Alice aufzuscheuchen und sie dazu zu zwingen, ihn aus purer Verzweiflung heraus anzugreifen. Denn wenn man nicht zuerst nach unten sieht, bevor man springt, kann es durchaus sein, dass man in einer Grube voller spitzer, mit menschlichen Fäkalien bedeckter Bambusspeere landet. Nur so als kleiner Denkanstoß. Ich klingelte Sue aus dem Bett und wir machten uns an die Arbeit. Schon nach kurzer Zeit hatte er einen höchst umsetzbaren Plan entwickelt, um Craig in unser Netz zu scheuchen. Langsam sah es so aus, als würde es aufwärtsgehen, aber das ist meistens der Zeitpunkt, an dem man den Stahlkappenschuh Größe 45 übersieht, der einem gleich einen Tritt in die Kronjuwelen verpasst.

38

Als ich am Montagmorgen zur Arbeit bei CIS erschien, war Alice wie vom Erdboden verschluckt. Ich drehte meine Runden und suchte an den üblichen Orten nach ihr, aber sie war nirgends zu sehen. Ich wies Sue an, er solle ihr Handy orten, das sich offenbar im zwanzigsten Stock befand. Das war das Stockwerk direkt unter der Penthouse-Etage, in der Zhen arbeitete. Ich hielt es für unwahrscheinlich, dass sie versuchen würde, durch die Decke einzubrechen oder außen an der Glasfassade hochzuklettern, aber ich wollte kein Risiko eingehen. Ich hatte sie in eine verzweifelte Lage gebracht, und Alice war keine Frau, die es sich zweimal überlegte, bevor sie aus Verzweiflung drastische Maßnahmen ergriff.

Selbst in den zwanzigsten Stock zu kommen war jedoch kein Kinderspiel. Ich befand mich in einer strikten Unternehmenshierarchie mit Leveln wie bei Donkey Kong, und CIS war der Inbegriff dieses Firmenethos. Jeder besaß eine Keycard, die die Geheimnisse seines Firmenstatus preisgab und den Schlüssel zum jeweiligen Königreich darstellte. Da ich nur ein kleiner Praktikant war, verfügte meine Keycard bloß über limitierten Zugang zum Gebäude, aber immerhin genoss ich aufgrund meiner Position in der Personalabteilung gewisse Vorteile.

Meine Abteilungsleiterin konnte meiner Keycard bei besonderen Anlässen vorübergehend zusätzliche Zugangsrechte einräumen. Marjorie war eine untersetzte Vorzeige-Mutter mit einer Arbeitsnische, in der unzählige Kinder- und Haustierfotos standen und die beharrlich nach Dosenthunfisch roch. Sie liebte Kaffee, ganz besonders den, den ich ihr aus seltenen peruanischen Bohnen zubereitete, die – was sie zum Glück nicht ahnte – sechs Wochen lang in einem Fass voller wiedergekäutem Ziegenfutter trockneten, bevor sie für den Markt verpackt und verschifft wurden. Das fermentierte Wiedergekäute (im Grunde also Ziegenkotze) verlieh dem Kaffee Pfefferaroma und -geschmack, beinahe wie bei einem anspruchsvollen Roggenwhiskey.

Ich brachte ihr absichtlich keine Tasse zur üblichen Zeit, um ihr Suchtgefühl anzuregen. Dann wanderte ich geschäftig im Büro umher. Im Flur passte sie mich schließlich ab, mit diesem Lächeln auf dem Gesicht, das Leute haben, die entweder gleich mit furchtbaren Neuigkeiten dein Leben auf den Kopf stellen oder dich um einen trivialen Gefallen bitten wollen, aber zu schüchtern sind, um zu fragen. Ich kam ihrer Frage zuvor, um ihr die Peinlichkeit zu ersparen, und sorgte gleichzeitig dafür, dass ihre Arbeitsnische eine Weile unbesetzt blieb.

»Hey, Marjorie. Tut mir leid. Ich hab gerade eben eine Kanne in der Küche aufgesetzt.«

Ich blickte auf meine Uhr.

»Dauert höchstens noch zehn Minuten.«

»Oh, John. Das ist sehr lieb. Vielleicht sollte ich einfach …«

»Sieh am besten mal nach. Ein paar Jungs vom Risikomanagement sind schon in der Küche rumgeschlichen …«

»Danke!«

Und schon zischte sie ab. Ich hatte die Kaffeemaschine kurz vor unserem Aufeinandertreffen eingeschaltet, darum wusste ich, dass es eher noch fünfzehn Minuten dauern würde. Ich ging direkt zu ihrem Schreibtisch, tippte den Namen ihrer Katze in die Passwortzeile ein und verpasste meiner Keycard eine Zugangsberechtigung für den zwanzigsten Stock.

Als ich endlich oben war, dirigierte Sue mich zu Alice' Position. Ausgehend von den Koordinaten befand sie sich genau in der Herrentoilette der Führungsriege. Ich schlich mich zur Tür und presste mein Ohr dagegen. Ich hörte Geräusche, war mir aber nicht sicher, um welche es sich handelte. Dann wurden sie lauter und ich begriff, dass sie von Alice stammten. Sie redete jedoch nicht, sondern gab merkwürdige Laute von sich. Als sie noch lauter wurden, wurde mir klar, was ich da hörte.

Diese Geräusche machte Alice, wenn sie Sex hatte.

Wenn die Leidenschaft sie überkommt, dann gurrt sie immer, beinahe wie eine Taube oder ein Babydelfin. Dann wird sie lauter und lauter, bis ... nun ja, ihr wisst schon. Die Geräusche aus dem Waschraum wurden immer lauter, und nach ungefähr zehn Sekunden hatte ich mich von einem eiskalten, berechnenden Auftragskiller in einen vor Zorn bebenden, eifersüchtigen Ehemann verwandelt. Bevor ich wirklich wusste, was ich tat, marschierte ich in den Waschraum und verriegelte die Tür hinter mir. In dem Moment, in dem ich den absurd luxuriösen Waschraum betrat – inklusive Kaffeemaschine, Spirituosenwagen und Ledermöbeln –, verstummten die Geräusche. Die Kabinentür war geschlossen. Ich warf einen Blick unter der Tür hindurch, sah jedoch nichts. Aber sie konnten sich nirgendwo sonst verstecken, darum vermutete ich, dass ihre Füße gerade in die Luft ragten und deshalb nicht zu sehen waren.

»Alice?«

Keine Antwort. Ich gab der dicken Kabinentür sanft einen Schubs. Sie war verriegelt.

»Vögelst du dich die Karriereleiter hinauf, ja? Du machst mich echt krank.«

Immer noch keine Antwort. Kein einziges Geräusch.

»Ich weiß, dass du da drin bist, Alice. Du und deine Zielperson. Ich wette, er heißt Cooper. Das würde perfekt passen. Fick dich, Cooper.«

Absolute Stille.

»Ehrlich gesagt bin ich sogar froh, dass es so endet. Ich war mir nicht sicher, ob ich es durchziehen könnte, dich zu töten, aber jetzt weiß ich, dass ich damit absolut kein Problem hab. Es wird mir vielmehr ein Vergnügen sein. Dich umzubringen werde ich auch genießen, Cooper. Sie hat dich zwar an deinem Winzpimmel hier hineingeschleift, aber sie ist trotzdem immer noch meine Frau, du Arsch…«

»…loch«, ergänzte Alice – *hinter mir.*

Ich fuhr herum und blickte in den Lauf einer Kimber Tactical Pro, Kaliber 45, deren Schalldämpfer direkt auf mein Gesicht zielte. Alice grinste mich triumphierend an.

»Lass mich raten. Keine Dummheiten?«, sagte ich.

39

»Du warst tatsächlich eifersüchtig, John.« Sie lachte.

Ich war so wütend, dass ich spürte, wie meine Fingernägel in meine Handflächen schnitten, als ich die Faust ballte.

»Auf die Knie.«

»Kannst du dir abschminken«, entgegnete ich lässig.

Sie spannte den Hahn.

»Okay, mehr kannst du nicht tun, um zu beweisen, dass du es ernst meinst«, sagte ich. »Sieht aus, als könntest du jetzt nur noch schießen.«

Ich spuckte ihr ins Gesicht und nutzte die halbe Sekunde, die mir ihre reflexartige Reaktion verschaffte, um mir den Schalldämpfer zu schnappen. Sie schaffte es noch, eine Kugel abzufeuern, die an meinem Gesicht vorbeisauste und ein Loch in den Papierhandtuchspender aus Messing schlug. Dann riss ich ihr die Waffe aus der Hand und warf sie mit derselben Bewegung aus dem Fenster. Alice' Zeigefinger blutete, als die Kimber zur Straße hinabsegelte.

Wir starrten einander wie beim »Mexican standoff« an, unterlegt von einer Instrumentalversion von »You Light Up My Life«. In Momenten wie diesen ist es wichtig, weit vor dem Erstschlag eine Strategie parat zu haben. Für Improvisation bleibt da keine Zeit. Also taten wir dasselbe: Wir griffen auf einen im Voraus zurechtgelegten Plan zu, von dem wir uns einen Vorteil versprachen, und warteten darauf, dass der jeweils andere den ersten Zug machte.

»Du zuerst«, sagte ich.

»Alter geht vor Schönheit«, erwiderte sie.

Dann trat sie mir mit solcher Wucht gegen die Brust, dass ich nach hinten gegen die Wand prallte und die Keramikfliesen zertrümmerte. Ich konterte mit einem wilden Front-Kick in ihren Bauch. Sie keuchte und würgte, als sich ihr Mund mit Blut füllte. Aber das stoppte sie nicht. Im Gegenteil, sie spuckte mir Blut in die Augen und begann, meinen Kopf und Nacken mit dem Marmorhandtuchhalter zu traktieren, den sie aus der Wand gerissen hatte. Ich fing die auf mich niederstürzende Stange ab, drehte sie mit aller Kraft um hundertachtzig Grad, riss sie ihr dadurch aus der Hand und rammte sie ihr gegen die Kniescheibe. Sie fiel hart zu Boden. Ich warf mich auf sie, um ihr einen Bodyslam zu verpassen, aber sie rollte sich zur Seite, wodurch ich mit vollem Gewicht auf meinem Ellbogen auf den Boden krachte. Dann sprang sie auf mich und nahm mich in den Schwitzkasten.

Sie wandte einen Würgegriff namens »Seidenraupe« an. Der Ursprung ist unbekannt, obwohl viele spekulieren, er stamme aus dem Naban-Wrestling, dessen Ursprung im alten Burma liegt. Mit dem Würgarm fasst man sich an die gegenüberliegende Schulter und umschließt so den Nacken des Gegners. Mit der Hand des anderen Arms schlängelt man sich wie eine Brezel durch die so entstehende Öffnung und packt den Angreifer hinten am Nacken. Der Griff ist anfangs so fest, dass ein unerfahrener Kämpfer sofort das Bewusstsein verliert. Ich hingegen schaffte es, mein Kinn in den Weg zu schieben, bevor sie mich umklammerte, darum schnitt sie lediglich den Blutfluss auf der rechten Seite meiner Halsschlagader und der Unterschlüsselbeinarterie ab, sodass ich immer noch ein wenig Luft bekam.

Zuerst spielte ich mit dem Gedanken, sie über meinen Kopf abzuwerfen. Aber dann fiel mir ein, dass das eine sehr dumme Idee war. Hätte ich sie abgeworfen und sie den Griff beibehalten, hätte sie sich im Flug wie eine Turnerin überschlagen und mir mithilfe der sogenannten Axialbelastung das Genick gebrochen. Also fing ich stattdessen an, sie in die Luft zu heben, um ihr vorzugaukeln, ich würde sie herumwirbeln wollen. Sie drückte mit ihrem Griff fester zu, musste dann allerdings ihre Arme umpositionieren, um das Gleichgewicht nicht zu verlieren. In diesem Moment zog ich sie blitzschnell wieder zu Boden. Diese Verlagerung war alles, was ich brauchte, um meinen Körper blitzschnell so zu drehen, dass wir uns Brust an Brust aneinanderklammerten. Bevor Alice ihre Arme von mir lösen konnte, hatte ich sie bereits mit meinen umschlungen und wandte so einen anderen bekannten Griff an: den »Bear Hug«. Jetzt musste ich sie nur noch stark genug festhalten, um ihr mit meiner Stirn den Todesstoß verpassen zu können, indem ich ihr ihren Nasenknochen ins Hirn rammte. Sie schloss die Augen, scheinbar in Erwartung des Todes, vollführte dann jedoch das eine Manöver, das ich nicht auf dem Zettel hatte.

Sie küsste mich.

Ich schäme mich nicht zuzugeben, dass es der heißeste Kuss war, den mir jemals jemand gegeben hat. Ich erwiderte ihren Kuss und wir schalteten so schnell von mörderischem Zorn zu wilder Fleischeslust, dass ich dachte, wir würden gleich hier im Waschraum ein Kind zeugen.

Dann fing jemand an, an die Tür zu klopfen.

Wir hörten Stimmen, die die Personen im Inneren des Waschraums dringend aufforderten, die Tür zu öffnen. Sie machten sich Sorgen, jemand könne auf der Toilette im Sterben liegen, und hatten offenbar bereits den Notruf gewählt. Dann hörten wir das Stampfen schwerer Stiefel, als die Hausmeister den Korridor entlangrannten, und das verräterische Rasseln des Generalschlüsselbundes, der an einem Gürtelholster hing. Zeitgleich zum Geräusch des Schlüssels im Schloss warf ich meine Jacke auf das Fenster und Alice trat die Scheibe ein. Als sie die Tür öffneten und anfingen, auf Mandarin über die Schäden im Waschraum zu meckern, standen wir bereits draußen auf dem Fenstersims. Bis der ergraute Hausmeister seinen Kopf aus dem Fenster streckte, waren wir beide bereits auf ein Baugerüst gesprungen, das vor dem Gebäude nebenan stand, und hatten getrennte Wege eingeschlagen.

Ein ganz normaler Tag im Büro.

Ich muss zugeben, ein Teil von mir war von unserem kurzen Waschraum-Nahkampf-Rendezvous sehr erregt. Das Feuer zwischen uns brannte eindeutig noch lichterloh. Aber als ich Alice das nächste Mal sah, musste ich auf die harte Tour lernen, dass der Brand völlig außer Kontrolle geriet.

40

FBI, Quantico, Virginia
Gegenwart

»Ich verstehe langsam, wieso Sie Alice wiedersehen möchten«, stellt Fletch süffisant fest.

»Weshalb denn?«

»Weil Sie sie immer noch lieben.«

»Egal, was Sie so rauchen, lassen Sie mir unbedingt was davon in meine Zelle bringen.«

Fletch wirkt beinahe gerührt von dem Gedanken, dass meine Motivation, Alice ein letztes Mal wiederzusehen, romantischer Natur sei. In seiner Vorstellung ist das etwas Gutes, denn der heilige Gral der Verhöre besteht darin, die eine persönliche Schwachstelle zu finden, mit der man die dicke Eisschicht des Verdächtigen aufbrechen kann. Jeder Terrorist hat eine Schwäche für irgendjemanden oder irgendetwas. Jeder Serienmörder hat einen Lieblingsteddybären. Fletch will, dass ich mich nachts in meiner finsteren, feuchten Zelle an meinen Teddybär kuscheln kann. Auf diese Art kann er sich als Vaterfigur und Erlöser zugleich darstellen, der auf wundersame Weise Brot und Fisch vermehrt, um meine Seele zu erretten.

»Streiten Sie es etwa ab?«, fragt er mit merkwürdig jugendlichem Tonfall.

»Dieses genugtuende Gefühl der Vertrautheit gönne ich Ihnen nicht, Fletch. In Anbetracht dessen, dass Sie mir schon alles andere genommen haben, behalte ich das lieber für mich.«

»Meinetwegen, aber unsere einzigen Bedenken hinsichtlich eines Treffens zwischen Ihnen und Alice betreffen die Sicherheit. Sie können sich vorstellen, welcher Shitstorm auf uns einprasseln würde, falls es Ihnen gelänge, sie in unserem Gewahrsam zu verletzen oder gar zu töten.«

»Ganz zu schweigen von all dem Papierkram.«

Er ignoriert meinen schlechten Witz und schielt zum Einwegspiegel hinüber.

»Wenn wir allerdings wüssten, dass Ihre Intention, sie wiederzusehen, harmloser Natur ist …«

»Schon kapiert, Fletch. Hilft es mir, wenn ich zugebe, dass ich Alice liebe?«

Er zuckt mit den Schultern und kann es kaum abwarten, recht zu bekommen.

»Na schön. Ich liebe sie. Ich hab nie aufgehört, sie zu lieben. Zufrieden?«

Er lächelt. Ich glaube, er ist wirklich glücklich. Aber ganz eindeutig ist er nicht mit dem »schmalen Grat zwischen Liebe und Hass« vertraut, den *The Persuaders* musikalisch so elegant dargelegt haben.

»Können wir jetzt weitermachen oder soll ich Ihnen noch das Alice-Tattoo zeigen, dass ich auf meinem Schw…«

»Machen wir weiter. Erzählen Sie mir mehr über Craig Davison.«

41

Ich hasse Golf. Das ist ein unmöglich schwieriges Spiel – oder ein Sport oder wie immer ihr es auch nennen wollt –, und auf Golfplätzen tummeln sich stets die fettesten, betrunkensten hirntoten Weißen des Planeten. Außerdem hasse ich Florida. Aus den gleichen Gründen. Trotzdem stand ich, John Lago, nun hier, eine hochprofessionelle Tötungsmaschine, frisch aus dem Nachtflieger gehüpft, und machte in gelben Hosen Übungsschwünge auf Ben Hogans Lieblingskurs, dem Seminole Golf Club in Juno Beach. Während ich wie besessen meinen Ball reinigte und versuchte, mir einen Reim auf »den Kuss« zu machen, gesellte sich mein neuer Partner für eine Viererpartie, Craig Davison, zu mir an den Abschlagsbereich. Die anderen beiden Spieler waren noch nicht aufgetaucht. Hm … Ich frage mich, wieso.

Wäre Craig nicht bereits Mitte vierzig, hätte er den perfekten Praktikanten abgegeben. Er hatte die ideale Statur und sah aus wie ein Weltklasse-Mauerblümchen. Ich plauderte ein wenig mit ihm und versuchte, das Eis mit gutem altem Männer-Small-Talk zu brechen. Aber er war Profi und wusste genau, wie man viel redet, ohne wirklich etwas zu sagen. Während wir darauf warteten, unseren Abschlag machen zu können, kratzte ich noch ein bisschen mehr an seiner Teflonfassade.

»In welchem Bereich arbeiten Sie eigentlich, Craig?«

»Im Vertrieb.«

»Und welche Sparte?«

»Technischer Vertrieb. Nicht sehr spannend«, flüsterte er leicht verärgert.

»Ich habe ein paar Jahre im technischen Vertrieb gearbeitet«, flüsterte ich zurück.

»In welchem Bereich?«

»Hauptsächlich Informationssysteme.«

»Mann, dann sind wir ja beide so langweilig, wie wir aussehen.« Er grinste.

»Das können Sie laut sagen. Manchmal denke ich, Farbe beim Trocknen zuzusehen wäre spannender als mein Leben«, sagte ich.

Er lachte höflich und ging dann zum Abschlag. Nach einer gefühlten Ewigkeit, in der er sich aufwärmte und seinen Schlag vorbereitete, schlug er den verdammten Ball mit einem verdrehten Slice in die Büsche. Dass er anschließend von meinem pfeilgeraden 320-Meter-Drive auf die Mitte des Fairway nicht sehr angetan war, brauche ich wohl nicht weiter zu erwähnen.

»Guter Schlag«, murmelte er. »Spielen Sie oft?«

»Sehr selten«, antwortete ich, um ihn zu provozieren.

Als wir in den Golfwagen stiegen, roch ich förmlich, wie das ungezügelte Verlangen zu gewinnen aus jeder von Craigs Poren stieg. Natürlich spielte ich eine hervorragende Runde, während er kaum einen Putt schaffte. Während wir uns von Loch zu Loch vorarbeiteten, sah ich allmählich immer deutlicher die allzu vertraute Frustration und Angst, die mit einer schlechten Runde Golf einhergehen. Genau genommen war er inzwischen richtig angepisst, aber hielt seine Gefühle noch in Schach. Außerdem begann er zu trinken. In genau diese Lage hatte ich ihn bringen wollen. Die hinteren neun Löcher auf diesem Platz sind für ihren hohen Schwierigkeitsgrad berühmt. Die Fairways sind extrem schmal und das Rough gleicht einem Urwald. Als wir nach den ersten neun Löchern eine Mittagspause einlegten, war Craig bereits leicht angetrunken, hatte keinerlei Selbstvertrauen mehr und den Blick stur aufs iPhone gerichtet, um den Eindruck zu erwecken, er sei viel zu beschäftigt, um sich richtig für seine Runde zu interessieren.

Am sechzehnten Loch slicte er seinen Ball meilenweit in die Büsche rechts von ihm. Es ist schon erstaunlich, was eine kleine Manipulation am Fünfer-Eisen so anrichten kann. Ach ja, ich hatte ganz vergessen zu erwähnen, dass Sue und ich seine Golfschläger vor der Runde komplett umgearbeitet hatten. Ups! Ich hörte, wie Craig leise vor sich hin fluchte, während er losstapfte, um seinen Ball zu suchen. Meine Einladung, ihn mit dem Golfwagen hinzufahren, schlug er aus. Er irrte für eine Weile zwischen den Bäumen herum und stampfte dabei auf den Boden wie ein Kleinkind während eines Wutausbruchs. Schließlich gab er auf und drehte sich Richtung Fairway um, lief stattdessen jedoch direkt mir in die Arme.

»Was zum …«, begann er, als ich ihm mit einem Taser einen Stromschlag in den Nacken verpasste. Craigy sackte artig zusammen und fiel bewusstlos zu Boden. Sue wartete mit einem Golfcart auf uns, auf dessen Lastanhänger wir ihn verstauten und mit einer Plane bedeckten.

»Unser junger, unbekannter Hans im Glück«, sagte ich in meinem besten Bill-Murray-Akzent, der sich im Grunde anhörte wie ein australischer Kobold.

»Was faselst du da?«, fragte Sue.

»Bill Murray? *Wahnsinn ohne Handicap*?«

»Da klingelt bei mir nichts.«

»Kinder. Mein Gott. Wenn ein Film nicht auf einem Trinkbecher von McDonald's landet, existiert er anscheinend nicht.«

42

Sue fuhr mit dem Golfmobil runter vom Platz, dann ließen wir es im Wald stehen. Der bewusstlose Craig wanderte in den Kofferraum unseres Mietwagens, und wir nahmen ihn mit auf einen netten, kleinen Bootsausflug – mit seiner eigenen Hundert-Meter-Yacht. Als er wieder zu sich kam, tranken Sue und ich seinen Champagner und rauchten seine kubanischen 10.000-Dollar-Zigarren.

»Ich hoffe, es stört Sie nicht, dass wir es uns bequem gemacht haben«, begrüßte ich ihn.

»Ich fahr mit einem Boot!«, rief Sue vergnügt.

Craigs Augen weiteten sich, als er Sue erblickte. Für Bleichgesichter wie Craig sind alle Schwarzen mutmaßlich hasserfüllte Mörder, und genau deshalb war Sue der perfekte Verhörexperte, wie er da verkehrt herum auf einem Stuhl saß und den armen Bastard mit weit aufgerissenen Augen anstarrte. Sue spielte die Rolle eines Mitglieds der Crip-Gang auf Speed, das noch überlegte, ob es eine Kugel für sein Gegenüber verschwenden oder ihn einfach mit seiner Knarre zu Tode prügeln sollte.

»Wer … Wer sind Sie?«

»Ich stelle hier die Fragen«, erwiderte ich. Das hatte ich schon immer mal sagen wollen. Sue verpasste ihm eine mit der Handrückseite, um der Aussage Nachdruck zu verleihen.

»Ich habe Geld. Ich gebe Ihnen, was Sie wollen«, flehte Craig.

»Wir wissen, dass Sie Geld haben«, stimmte ich ihm mit einer ruhigen, aber bedrohlichen Radiostimme zu. »Sie haben unser geliebtes Vaterland an die Chinesen verkauft, Sie mieser Verräter.«

Sue schlug ihn wie die gefügige Schlampe, in die er sich gerade vor unseren Augen verwandelte.

»Ich hab keine Ahnung, wovon …«

»Klappe!«, bellte ich ihn an.

»Lass uns den Wichser abknallen«, sagte Sue in seiner besten *Shaft*-Stimme und drückte ihm den Lauf seiner 45er an die Schläfe.

Da Sue sonst nie so redete, klang das dermaßen witzig, dass ich mich zusammenreißen musste, um nicht zu lachen. Als er bemerkte, wie sehr ich mich zusammenreißen musste, machte er es nur noch schlimmer, indem er die Pistole wie ein Gangster seitlich hielt.

Ich saß Craig gegenüber und musterte ihn mit dem durchdringenden Röntgenblick eines Polizeikommissars.

»Wir werden Sie umbringen, Craig. Das ist Ihnen doch klar?«

Craig nickte und ließ seine Schultern sinken.

»Sie wissen, dass Sie es verdient haben, oder?«

Er zögerte.

Ich streckte die Hand aus und griff mir sein Kinn, das ich dann zum Nicken nach oben und unten zog.

»Sie haben den Chinesen Radartechnik verkauft. Die haben sie einem Haufen Scheißkerlen in Afghanistan verkauft. Und diese Scheißkerle haben sie benutzt, um drei, ich wiederhole: drei amerikanische Militärhelikopter ins Visier zu nehmen. Alle drei wurden abgeschossen. Zweiunddreißig amerikanische Soldaten sind an einer Felswand zerschellt und in einem Sarg aus verbogenem Metall und Glas verbrannt – auf fremdem Boden, Tausende Kilometer von zu Hause entfernt. Ihr Familien mussten leere Kisten beerdigen, Craig.«

Er schaute mich an, als hätte er einen Geist gesehen. Denn das hatte er. Was ich ihm erzählte, war wahr.

Ich lachte angesichts seines geschockten Blicks.

»Craig. Ganz im Ernst, beleidigen Sie mich nicht mit diesem Blick. Haben Sie denn ernsthaft geglaubt, bei Ihren Verbrechen gäbe es keine Opfer?«

Keine Antwort. Sue verpasste ihm mit dem Griff seiner Kanone einen Schlag in die Weichteile. Er schrie vor Schmerzen auf und wollte sich krümmen, aber ich schlug ihn so hart, dass sein Stuhl umkippte. Dann zog ich ihn an den Haaren nach oben und stellte den Stuhl wieder auf.

»Linda. Das ist Ihre Frau, stimmt's?«

»Oh Gott …«

»Das werte ich mal als Ja. Sie wollen doch nicht, dass Linda etwas zustößt, oder? Obwohl sie ja einen Großteil Ihrer Freunde fickt.«

»Nein. Was? Bitte. Ich sag Ihnen alles, was Sie wissen wollen. Alles.«

Craigy hatte Schwierigkeiten, meine Behauptung über seine Frau zu verarbeiten, die übrigens ebenfalls stimmte.

»Gut. Ich möchte, dass Sie und Lindas zukünftiger zweiter Ehemann Ronnie, der Poolreiniger, wissen, dass Sie uns vertrauen können und Ihrer Frau nichts geschehen wird. Sofern Sie uns geben, was wir wollen.«

Er nickte.

»Vertrauen Sie mir, Craig?«

Er warf Sue einen Blick zu, als wäre er ein Pitbull an einem Würgehalsband.

»Sehen Sie mich an, Craig. Ich muss wissen, dass Sie mir vertrauen.«

Er sah mich an. Die Angst wich aus seinem Gesicht, er kapitulierte und nickte. Craig wusste genau, was er getan hatte. Ich lächelte in dem sicheren Wissen, dass wir nun ein konstruktives Verhältnis hatten, das nicht von Emotionen oder falschen Erwartungen beeinträchtigt wurde.

»Wenn ich hier weggehe«, fuhr ich fort, »muss ich Ihren Platz eingenommen haben. Ich muss Sie als Quelle für Ihren Käufer, Mr. Zhen, ersetzen. Deshalb müssen Sie mir absolut alles verraten, was ich wissen muss. Und – das ist wichtig – Sie müssen mir helfen, ein Treffen mit Zhen zu arrangieren.«

»Wenn ich tot bin oder vermisst werde, taucht er unter«, sagte Craig ausdruckslos.

»Sie werden weder das eine noch das andere sein, denn Sie haben beschlossen, mit Ihrem Boot zum Fischen rauszufahren. Sie brauchten etwas Zeit allein, um sich nach Ihrer Bauchspeicheldrüsenkrebs-Diagnose zu erholen. Das versteht Zhen sicher.«

»Ich hab keinen …«

»Laut Ihrer Krankenakte jetzt schon. Zhen wäre also versorgt. Jetzt versorgen Sie mich.«

Die nächsten zwölf Stunden lang erzählte uns Craig einfach alles. Ich hielt seine Motivation konstant, indem ich immer wieder persönliche Informationen einstreute – wo seine Kinder zur Schule gingen, den Namen seines invaliden Vaters und des Pflegeheims, eben die Art Details, durch die ihm das Blut in den Adern gefror. Wie alle gebildeten weißen Jungs ohne Straßenschläue versuchte Craig nicht mal, sich vage auszudrücken oder uns zu täuschen. Als ich merkte, dass wir sämtliche Infos aus ihm herausgequetscht hatten, erlösten wir ihn von seinem Leid (auf nette Weise) und schenkten ihm eine bewegende Seebestattung. Dann programmierten wir im Autopilot das Ziel Kuba ein – die können ein ordentliches Boot immer gut gebrauchen – und fuhren mit dem Schlauchboot zurück zur Küste. Damit hatte ich den Schlüssel zum Königreich sozusagen in der Tasche.

Zhens Männer waren verständlicherweise skeptisch, aber nachdem er Craigs Krankenakte geprüft hatte, ließ Zhen seine Genesungswünsche übermitteln und stimmte einem Treffen mit mir, Craigys neuem Wunderkind-Protegé, zu. Man informierte uns, dass das Treffen nicht im Voraus angesetzt werden würde. Also gab ich ihnen eine Nummer, die sie anrufen sollten, sobald sie sich mit mir treffen wollten, was sie nach kurzer Zeit auch taten.

Dann einigten Sue und ich uns darauf, für eine Weile getrennte Wege zu gehen. Alice fragte sich schon, wo zum Geier er in den vergangenen vierundzwanzig Stunden gesteckt habe, und seine Geschichte, dass er mit der Schweinegrippe ans Bett gefesselt gewesen sei, wurde langsam immer unglaubwürdiger. Er musste seinen Arsch ohnehin nicht länger riskieren und war darüber hinaus in Manhattan viel besser aufgehoben, wo er Alice für mich im Auge behalten konnte.

»Danke für deine Hilfe, Kleiner.«

»Weißt du, wie du dich bei mir bedanken kannst, JL? Bring die Hexe um und befrei meine Eier aus ihren Krallen. Denkst du, das kannst du für mich tun?«

»Mit Vergnügen«, versprach ich.

Ein paar Tage später erzählte mir Sue, dass Alice darauf warte, dass ich meinen nächsten Zug machte, damit sie mich gemeinsam mit Zhen kaltmachen könne. Ich erzählte ihm, dass Zhens Leute mich kontaktiert hätten, um ein Treffen zu vereinbaren, und dass Alice in weniger als vierundzwanzig Stunden ihre Chance bekommen würde.

43

Zhens Leute kommunizierten mithilfe einer Reihe hochgradig verschlüsselter elektronischer Nachrichten mit mir. Mir wurde aufgetragen, eine Postfachnummer anzugeben, an die sie mir zu diesem Zweck einen alten Pager schickten. Die Botschaften wanderten in Form einer numerischen Nachricht von Zhens Mobilfunkgerät zu einem chinesischen Spionagesatelliten und hinab zu mir. Die Nachricht musste von drei verschiedenen Dechiffrierprogrammen entschlüsselt werden, bevor ich sie lesen konnte. Sie schickten mich an mehrere falsche Treffpunkte, nur um zu prüfen, ob ich dort auftauchen würde, und um mich genauer unter die Lupe zu nehmen. Das machte ich ihnen jedoch nahezu unmöglich, indem ich immer Baseballkappe und Sonnenbrille trug und nie nach oben sah, um den Augen im Himmel keinen Datenbanktreffer zu ermöglichen.

In der Zwischenzeit stellte ich mir ein Waffenpaket zusammen, das sehr leicht zu transportieren war und das ich im Handumdrehen einsetzen konnte. Alles passte in einen großen Metallkoffer, den ich ständig mit mir herumschleppte. Ich war ziemlich beeindruckt von mir. Alice hatte alles Geld der Welt zur Verfügung, während ich kreativ werden musste, aber diese Aufgabe hatte ich so was von gerockt. Obwohl mich bei dem Gedanken schauderte, die Waffen tatsächlich einzusetzen. Ich hatte zwar schon mehrmals heftig unter Beschuss gestanden, steckte knietief in der Scheiße, hatte aber noch nie richtig Krieg gespielt. Alice hatte offenbar eine Art Massenvernichtungswaffenarsenal zusammengestellt und wartete nur darauf, es einzusetzen, und nur Gott wusste, was genau sie da bei sich trug. Ich hatte zwar eine grobe Ahnung, die mir dabei half, mein eigenes Arsenal zusammenzustellen, aber ich war nicht unbedingt versessen darauf, recht zu behalten.

Am Morgen vor meinem Treffen mit Zhen sprach ich ein letztes Mal mit Sue und trug ihm auf, er solle sich bereithalten.

»Was hat Alice denn in letzter Zeit getrieben?«, fragte ich ihn.

»Keinen Schimmer. Sie hält alles geheim. Nicht mal Bec... Nicht mal Rebecca weiß was.«

»Dann ist *Becca* nicht länger nützlich für uns«, erklärte ich. »Du musst sie ausschalten und die Leiche loswerden, Sue.«

»Was?«, fragte er defensiv.

»Kleiner Scherz.«

»Haha. Hast du Zhens Geschenk?«

»Ja, ich habe eine verschlüsselte Festplatte mit Dateien über alle neuen Waffen dabei, die Craigy ihm zu Weihnachten versprochen hat.«

»Astrein. Moment mal, was ist, wenn dir was zustößt und Zhen die Dateien in die Hände kriegt? Vielleicht zettelt er dann den dritten Weltkrieg an«, wandte Sue ernsthaft besorgt ein.

»Mach dir nicht in die Hose. Auf der Festplatte befindet sich ein Virus, der die Dateien nach zweiundsiebzig Stunden löscht. Außerdem können sie nicht kopiert werden.«

»Klingt, als wärst du 1a gerüstet, JL.«

»Wollen wir's hoffen.«

Vor meinem Treffen mit Zhen schickte er mir sage und schreibe zwölf falsche Uhrzeiten und Standorte, deshalb fuhr ich stundenlang in verschiedene Teile der Stadt zu angeblichen Treffen, nur um dort einen neuen Treffpunkt zu erhalten. Irgendwann landete ich in South Street Seaport. Dort wartete ich geschlagene zwei Stunden ohne Nachricht. Also fuhr ich zurück zu meiner Wohnung, aber als ich dort ankam, wartete eine Rolls-Royce-Phantom-Limousine am Bordstein. Nicht gut. Irgendwoher wusste er, wo ich wohne. Überhaupt nicht gut.

Auf den ersten Blick sah die Limousine aus wie der normale fahrbare Untersatz eines reichen Arschlochs. Aber wenn man genauer hinsah, erkannte man, dass sie gegen ausgeklügelte Angriffe mit Militärgeschützen stark gepanzert war. Die Fensterscheiben waren kleiner und dicker, und der Wagen lastete schwer auf den Rädern – die zweifellos mit Kevlar überzogen waren, um selbst dann nicht zu platzen, wenn sie mit Kugeln durchsiebt wurden. Das Gewicht des Fahrzeugs rührte von den fünf Zentimeter dicken, kugelsicheren Scheiben, der aufprallfesten Stahlplatte über dem Motor und der dicken, mehrschichtigen Verbundpanzerung unter der Originalkarosserie her. Soweit ich das beurteilen konnte, war der ganze Wagen vor Kugeln aus Handfeuerwaffen und Maschinenpistolen und eventuell sogar vor kleinen Sprengsätzen komplett geschützt. Ich wiederhole: gar nicht gut.

Die hintere, schwarz getönte Scheibe fuhr einen winzigen Spalt hinunter. Ich stand kurz da und wartete darauf, dass eine Kugel mein Gehirn gleich überall auf dem Hauseingang verteilen würde.

»Einsteigen«, flüsterte eine Stimme aus dem Inneren.

Die hintere Tür öffnete sich mit einem druckentlastenden Zischlaut und ich stieg ein. Die Kabine sah aus wie ein gut ausgestatteter Privatjet. Zhen saß am weitesten von mir entfernt, nahe an der Fahrerkabine. Seine Männer besetzten die Plätze auf der Seite. Einer von ihnen hielt mir ganz lässig ein Typ-95-Sturmgewehr unter die Nase.

»Nur damit du's weißt, Marshall Dillon«, sagte ich zu ihm, »dieses Gewehr besitzt eine effektive Reichweite von vierhundert Metern, und wenn du mir damit aus nächster Nähe ins Gesicht ballerst, verwandelst du nicht nur meinen Kopf in eine Granate mit rasiermesserscharfen Knochensplittern, sondern höchstwahrscheinlich würde die Kugel auch von der stark gepanzerten Seitenwand abprallen und, je nachdem, wie die Wettquoten in Vegas so stehen, im Gesicht deines Bosses landen.«

Die Mienen von Zhens Gorillas verdüsterten sich, und alle warfen mir finstere Blicke zu. Nur Zhen lachte. Dann sagte er auf Mandarin etwas vorwurfsvoll Klingendes zu dem Mann, der das Sturmgewehr hielt. Der Gorilla senkte sein Haupt, und als der Wagen auf dem West Side Highway immer mehr Fahrt aufnahm, öffnete er die Tür und verließ die Party. Ich sah noch, wie er hinter uns wie eine Stoffpuppe über die Straße wirbelte und unter den Rädern eines Sattelschleppers landete. Das einzige Kündigungsschreiben, das man vom chinesischen MSS erhält, ist eine neun Meter lange Blutspur auf dem Asphalt.

»Freut mich, Sie endlich kennenzulernen, Mr. Lago«, sagte Zhen ruhig.

Motherfucker!

44

Ich fiel nicht vollkommen aus den Wolken, dass jemand in Zhens Position meine wahre Identität aufgedeckt hatte. Ich machte mir nur in die Hose, weil ich vermutete, dass sie mich als Nächstes irgendwohin bringen würden, um mir dort die Haut mit einer Käsereibe abzuziehen und mich zu zwingen, meine abgetrennten Eier zu essen, bevor sie mich in einem Holzsarg voller ausgehungerter Dachse lebendig begruben.

»Sie sind entweder sehr mutig, Mr. Lago, oder ein Idiot.«

»Welcher Idiot hat es denn jemals in *diesen* Sitz geschafft?«, erkundigte ich mich.

»Ausgezeichnetes Argument. Darum werde ich Sie auch nicht umbringen. Zumindest nicht sofort.«

»Wie überaus großzügig von Ihnen.«

Er lachte.

»Sie sind ein tüchtiger Mann. Die meisten Männer zittern wie Espenlaub, wenn sie mich sehen. Aber Sie reißen einfach Witze, als wären wir alte Freunde. Das gefällt mir. Als ich in der Schule war, hatten die Engländer ein Sprichwort: Sei selbst an der Pforte zur Hölle vergnügt. Dem kann ich nur zustimmen.«

»Also, was passiert jetzt?«, fragte ich.

»Mir ist bewusst, dass Ihr früherer Arbeitgeber mich im Visier hat. Mein Sicherheitspersonal ist zwar robust, aber, wie wir beide wissen, jemand mit Ihrer Ausbildung ist Gold wert. Darum arbeiten Sie von nun an für mich.«

Zwei Dumme, ein Gedanke.

Die Tür des Rolls-Royce öffnete sich zischend, wodurch der ohrenbetäubende Fahrtwind bei hundertdreißig Stundenkilometern durch die Kabine rauschte.

»Andernfalls können wir Sie auch an den Füßen hinaushalten, bis der Asphalt Ihnen das Gesicht abgeschliffen hat«, fuhr er mit derselben Nonchalance fort, mit der man sonst jemanden fragt, ob er Lust hat, brunchen zu gehen.

»Das wird wohl nicht nötig sein. Wann fange ich an?«

Er nickte kaum merklich, woraufhin sich die Tür der Limousine schloss und uns wieder in die hermetische Stille des Luxus hüllte. Dann schüttelte er mir die Hand und untersuchte sie dabei näher.

»Die Eiserne Hand«, stellte er mit großem Interesse fest, so als würde ein Weinconnaisseur einen besonders gelungenen Jahrgang begutachten.

Er zeigte seinen Männern meine Hand. Sie grunzten anerkennend.

»Sehen Sie sich das gut an, meine Herren. John ist ein absolut unbestechlicher Mann ohne Selbsterhaltungstrieb. Alles, was er will, ist Rache nehmen, um ein Ungleichgewicht zu beseitigen, das alles vernichtet hat, was ihm lieb und teuer war. In vielerlei Hinsicht ist er der gefährlichste Mann, dem ihr jemals begegnen werdet.«

Alle verneigten sich höflich. Ich bin mir sicher, dass ich rot wurde.

»Wissen Sie, woher ich Ihren Namen kenne, Mr. Lago? Woher ich wusste, wo Sie wohnen und was Sie in der Vergangenheit getan haben?«

»Sie haben mein Buch gelesen und sind ein Riesenfan?«

Zhen lachte so heftig, dass die Beretta in seinem Schulterholster beinahe losging.

»Solche Bücher lese ich nicht, Mr. Lago. Ich kenne Sie wegen des Mannes, der Alice beauftragt hat, mich umzubringen.«

Die kleinen Härchen in meinem Nacken stellten sich auf.

»Und wer ist das?«, fragte ich.

»Es steht mir nicht frei, das zu verraten, und Ihnen steht es nicht frei, das zu fragen.«

Ich änderte meine Taktik.

»Darf ich fragen, weshalb Alice' Auftraggeber Sie töten will?«

»Will er gar nicht. Er will *Sie* töten. Sie und Ihre bezaubernde Gattin.«

Ich spürte, wie alles Blut aus meinem Gesicht wich. Das Ganze war eine Falle gewesen: der FBI-Maulwurf, der mysteriöse Klient ... Ich wusste jetzt, *was* passiert war, aber das *Wieso* bereitete mir Kopfzerbrechen wie ein kniffliger Scooby-Doo-Fall, während wir hinten in Zhens Limousine einem ungewissen Schicksal entgegenfuhren. Es konnte sich nur um Vergeltung für HR handeln, um Rache für unsere feindliche Übernahme. Bei dem FBI-Auftrag hätten wir beide umkommen sollen. Als der Drahtzieher merkte, dass wir es beide lebend überstehen würden, war er zur Teile-und-herrsche-Taktik übergegangen. Denn wer konnte uns wohl besser umbringen als, nun ja, wir selbst? Er hatte uns mit unserem dissonanten Dreiklang aus Paranoia, fehlendem Vertrauen und mordlüsterner Wut gegeneinander ausgespielt. Er hatte uns zu Todfeinden gemacht, und ich hatte keine Möglichkeit, Alice die Wahrheit zu erzählen. Sie jagte uns mit allem, was sie hatte, und das Einzige, was ich tun konnte, um sie aufzuhalten, war, sie umzubringen.

»Ich glaube, Human Resources Inc. hat sein Verfallsdatum erreicht«, erklärte Zhen. »Finden Sie nicht auch?«

»Ich glaube, damit treffen Sie voll ins Schwarze, Mr. Zhen.«

So sehr ich auch grübelte, mir fiel ums Verrecken nicht ein, wer unser mysteriöser Feind sein könnte. Da beide Bobs ausgeschaltet waren, musste ich diese Information irgendwie aus Zhen herausholen. Aber darum musste ich mich später kümmern. Während wir schweigend weiterfuhren, starrte ich auf die Landschaft draußen und zermarterte mir mein Hirn, wie ich mit Alice kommunizieren konnte. Wenn ich nach meinem Handy griff, würden mir die Gorillas den Schädel wegpusten. Und da ich schlecht Rauchzeichen durchs Schiebedach geben konnte, war ich am Arsch.

Anscheinend fuhren wir stadtauswärts nach Norden, in eine abgelegene Gegend. Die Straße war eng und führte die meiste Zeit bergauf. Ich entdeckte auch eine kleine Steinmauerbegrenzung am Straßenrand, auf deren anderer Seite es steil bergab ging. Dann fielen mir mehrere Autowerbespots ein, die auf dieser Straße gedreht worden waren. Wir befanden uns auf der malerisch schönen Nebenstraße zwischen Port Jervis und Hawk's Nest, außerhalb von New York City. Auf der anderen Seite des Steinwalls ging es gut und gerne zwölf bis achtzehn Meter in die Tiefe, wo der Delaware River am Boden dahinrauschte. Nicht gut. Gar nicht gut.

»Wo fahren wir hin?«, erkundigte ich mich.

»Das sehen Sie bald«, antwortete er ruhig und zündete sich eine Zigarette an.

Kaum hatten diese Worte und der erste Rauch seine nikotinfleckigen Lippen verlassen, hörte ich in der Ferne das Geräusch von Hubschrauberrotoren.

»Eventuell sollten wir eine andere Route einschlagen.«

»Warum?«, fragte Zhen.

»Weil meine erste Amtshandlung als Ihr neuer Angestellter darin besteht, Sie darüber zu informieren, dass Sie in Kürze von etwas angegriffen werden, das sich wie ein russischer Mi-24-Kampfhubschrauber anhört.«

45

Zhen guckte zum Fenster hinaus und suchte den Himmel ab.

»Ich sehe nichts.«

»Sie wird erst dann parallel zu uns fliegen, wenn sie bereit zum Angriff ist«, mutmaßte ich. »Ich schätze, sie fliegt noch etwa zwanzig bis dreißig Klicks östlich von uns, unterhalb des Radars, und nähert sich mit GPS.«

»Sie?«

»Meine Frau.«

»Woher sollte sie wissen, wo wir sind?«

»Das ist ihr Job. Mehr Sorgen sollten Sie sich jetzt darum machen, dass diese Straße die nächsten dreißig Kilometer einer Todesfalle gleicht, gefolgt von einer langen Hängebrücke – mit anderen Worten: Wir sind ein gefundenes Fressen.«

»Dann halten wir an und fliehen zu Fuß in den Wald.«

»Dort kann sie uns mit Infrarot-Radar orten und mit Kaliber-50-Miniguns in weniger als sechzig Sekunden durchlöchern. Der Wagen ist unsere beste Verteidigungsmöglichkeit.«

»Auch gegen Flugabwehr-Lenkraketen?«

»Na ja, am besten sorgen wir dafür, dass sie die gar nicht erst ins Spiel bringt, sonst sind wir so richtig am Arsch.«

»Wie sollen wir sie denn aufhalten? Mit Handfeuerwaffen? Machen Sie sich nicht lächerlich.«

Inzwischen hörte ich den Helikopter immer deutlicher.

»Darf ich mein Handy benutzen? Dann versuche ich, sie anzurufen.«

Zhen überlegte kurz und nickte dann zustimmend. Ich holte mein Handy heraus und versuchte immer und immer wieder, Alice anzurufen oder ihr eine SMS zu schicken, aber vergeblich, was mich kaum überraschte. Wenn ihr denkt, SMS am Steuer eines Autos zu schreiben ist schon gefährlich, dann versucht das mal am Steuer eines Kampfhubschraubers.

»Haben Sie ein Polizei- oder Militärfunkgerät?«, fragte ich.

»Nein«, antwortete er.

»Dann muss wohl Plan B her.«

Ich legte das Handy beiseite und wollte meinen Koffer öffnen. Zhens Gorillas hielten mir sofort wieder ihre Waffen unter die Nase. Die ganze Szene fühlte sich langsam an wie ein Musical von Mel Brooks. *Weihnachten mit dem Vorsitzenden Mao*!

»Was tun Sie da, Mr. Lago?«, fragte Zhen.

»Wenn Sie überleben wollen, brauchen wir das, was in diesem Koffer ist«, erklärte ich.

»Was genau ist das?«

»Ich zeige es Ihnen.«

»Öffnet ihn«, befahl er seinen Männern. »Wie lautet die Kombination?«

»Dreimal die Null.«

Einer der Gorillas öffnete meinen Koffer. Im Inneren befanden sich ein Steuerknüppel, zusätzliche Bedienelemente, mehrere Bordelektronik-Displays und Messgeräte.

»Was ist das?«, fragte Zhen.

»Das ist eine portable Flugkonsole für eine Wing-Loong-Drohne.«

Zhen hob eine Augenbraue.

»Schon witzig, oder? Das ist ein Imitat der amerikanischen Reaper-Drohne, die die Chinesen auf Grundlage von gehackter US-Militärtechnologie gebaut haben, die Sie gestohlen haben. In etwa so wie die gefälschten Nike-Schuhe, die Sie seit Jahren verkaufen. Ehrlich gesagt hab ich sie zu einem guten Preis bekommen.«

»Wieso bringen Sie so etwas zu einem Treffen mit mir mit, Mr. Lago?«

»Weil ich Sie, Mr. Zhen, bis vor ungefähr fünf Minuten als Köder benutzen wollte, um Alice aus ihrer Deckung zu locken und sie umzubringen.«

»Was?!«, rief er.

»Ja, tut mir leid. Aber nach dem, was Sie mir erzählt haben, haben sich die Dinge exponentiell verkompliziert, denn jetzt will ich sie nicht mehr umbringen.«

Er richtete seine eigene Waffe auf mein Gesicht.

»Wenn Sie sie nicht töten, töte ich Sie.«

»Mr. Zhen, damit motivieren Sie mich nicht. Und wenn Sie mich erschießen, gibt es nichts mehr, was sie davon abhält, eine Panzerabwehr-Lenkrakete in Ihr Handschuhfach zu stecken und diese Karre in einen 500.000 Dollar teuren Schmortopf zu verwandeln.«

Er kochte vor Wut, merkte aber, dass Drohungen zwecklos waren, und steckte seine Kanone wieder weg. Er hatte keine andere Wahl als mir zu vertrauen. Er begann, mit seinen Männern auf Mandarin zu reden, und isolierte mich. Aber ich wusste, dass sie über Alternativpläne diskutierten. Ich hoffte nur, dass keiner davon einen Massensuizid beinhaltete. Ich hatte gehört, dass chinesische Agenten große Anhänger der Praktik seien, sich selbst über den Jordan zu schicken, um eine Gefangennahme zu verhindern oder wenn sie in Ungnade gefallen waren. Ich lachte innerlich, als mir klar wurde, dass ich Zhen nicht nur vor den Gefahren da draußen, sondern möglicherweise auch vor sich selbst beschützen musste.

»Wie schnell kann Ihre Drohne hier sein?«, erkundigte er sich bei mir.

»In etwa zehn Minuten, sobald ich sie starte. Eventuell haben wir nicht mehr so viel Zeit.«

»Tun Sie's«, befahl er.

Seine Männer reichten mir die Drohnenkonsole. Ich schaltete sie ein und schickte das Telemetrie-Signal zum steuernden Satelliten. Er war sofort online. Ich zog das LCD-Display mit dem Video- und Datenfeed zu mir und lenkte die Drohne zu unserer Position, dann sahen wir Videoaufnahmen von der Kamera in ihrer Nasenspitze, während die Drohne den Atlantik verließ und landeinwärts in unsere Richtung flog. In der Zwischenzeit grübelte ich unablässig über der irrsten Textaufgabe der Welt: »John fährt in einem Wagen mit 145 km/h Richtung Norden. Alice nähert sich John in einem russischen Kampfhubschrauber mit einer Geschwindigkeit von 241 km/h aus einer Entfernung von 32 Kilometern in östlicher Richtung. Eine Wing-Loong-Drohne fliegt aus südlicher Richtung mit 563 km/h auf John zu. Wer erreicht John zuerst? A) Der Hubschrauber, B) die Drohne oder C) beide gleichzeitig.« Ich bin zwar nie besonders gut in Mathe gewesen, aber statistisch gesehen würden wir vermutlich alle aufeinandertreffen und gemeinsam den Löffel abgeben.

Ich setzte mein Geld auf die Wette mit der höchsten Quote – Alice *und* Zhen retten und in den Sonnenuntergang reiten –, schaltete den Videofeed der Drohne auf meiner Konsole ein und ließ die 360-Grad-Kamera in alle Richtungen schwenken. Während die Drohne mit Karacho in unsere Richtung raste, hörten wir die Rotorblätter des Helikopters immer deutlicher. Es klang ganz so, als hätte Alice beschlossen, uns jetzt anzugreifen, was nur logisch war, da wir auf dieser Straße praktisch keine Fluchtmöglichkeit besaßen. Und während mir das durch den Kopf ging, brachte die erste Salve aus Alice' Kaliber-50-Minigun unsere Welt ins Wanken. Falls ihr euch mit Miniguns nicht auskennt, stellt euch eines dieser altmodischen Gatling-Repetiergeschütze vor, nur etwa tausend Mal stärker, das Kugeln abfeuert, die so groß wie der Kopf einer chinesischen Glückskatzenfigur sind. Die gleißenden, scharfen Meteoriten aus Blei und Metall trafen den Wagen mit solcher Wucht, dass Zhens Chauffeur ihn kaum auf der Straße halten konnte. Ich war beeindruckt, dass die kugelsichere Panzerung so großer, scharf geschossener Munition standhielt.

Zhen ging auf dem Boden der Limousine in Deckung. Ich sah aus dem Fenster und entdeckte den Helikopter am Himmel, als er gerade für eine zweite Salve umdrehte. Ich baute darauf, dass Alice eine Einmischung des US-Militärs vermeiden wollte und ihre Raketen deshalb erst als letztes Mittel einsetzen würde. Ich überprüfte den Drohnenbildschirm. Laut GPS befand sich die Drohne jetzt in Schussweite, außerdem konnte ich auf dem Monitor bereits den Hubschrauber sehen. Dann schaute ich aus dem Fenster und konnte die Drohne selbst sehen. Höchste Zeit, eine Entscheidung zu treffen.

46

Ich musste sofort an den Tag denken, an dem mich Bob für HR rekrutierte, und daran, wie er mich mitten in den Wäldern einem gnadenlosen Angriff ausgesetzt hatte, bis ich keinerlei Kraft mehr zum Kämpfen hatte. Er wollte, dass ich bereit war, den Tod zu akzeptieren. Das war seine Lektion gewesen. Und die hätte ich nie gelernt, hätte Bob sich nicht so versessen darum bemüht, mir das Gefühl zu geben, dass ich keinerlei Kontrolle über die Situation habe und mein Tod unmittelbar bevorstehe. Genau dieses Gefühl musste ich in Alice jetzt auch wecken. Ausweichen und abwehren hätte das Raubtier in ihr instinktiv nur noch mehr angestachelt. Sie würde es als Schwäche auslegen und alles tun, was in ihrer Macht stand, um sie auszunutzen. Ich wollte sie nicht umbringen. Genau genommen war ich noch nie in meinem Leben so motiviert gewesen, sie zu beschützen. Aber ich musste sie davon überzeugen, dass ich sie nicht nur umbringen wollte, sondern dass ich die Situation auch völlig unter Kontrolle hatte und ihre Vernichtung unmittelbar bevorstand. Ihr Überlebensinstinkt war immer noch wesentlich stärker als meiner, daher glaubte ich, sie würde sich im Zweifelsfall zurückziehen. Genau das war mein Ziel. Aber bis es so weit war, musste ich einen Drahtseilakt wagen, bei dem sie tatsächlich zu töten auf der einen Seite und selbst getötet zu werden auf der anderen Seite lauerte. Der Gedanke, ihr nie die Wahrheit erzählen zu können, spornte mich an, und ich mobilisierte jeden Funken an Training, Erfahrung und Intelligenz in mir, um sicherzustellen, dass es nie so weit kommen würde.

Ich zielte mit der Drohne und schoss auf sie. Sie wich sofort aus.

Ich peitschte durch die Luft wie der Kopf einer Kobra und eröffnete mit meiner eigenen Minigun das Feuer, wobei ich darauf achtete, sie nicht zu treffen, aber gleichzeitig so dicht neben sie zu schießen, dass es sich echt anfühlte. Trotz seines Alters ist der Mi-24 schneller, als er aussieht, und sie stürzte nach unten, um meinem Feuer auszuweichen. Ich ließ eine weitere aggressive Salve folgen. Alice drehte scharf ein und versuchte, so niedrig zu fliegen, dass meine Drohne über sie hinwegschoss. Hübscher Einfall, aber dieses Manöver hatte ich vorausgeahnt und ließ die Drohne direkt hinter ihr hinabsinken. Und von einer Drohne verfolgt zu werden sollte man unter allen Umständen vermeiden. Das ist das taktische Äquivalent dazu, in der Dusche eines türkischen Gefängnisses die Seife fallen zu lassen. Ich aktivierte das erweiterte Waffenprogramm der Drohne. Meine Zielerfassung nahm Alice' Hubschrauber ins Visier und bereitete den Abschuss einer Rakete vor. Ich war sicher, dass ihr Radar in dem Moment warnend aufleuchtete, denn sie drehte scharf nach links weg, flog direkt auf die Limousine zu und nahm uns erneut mit ihrer Minigun unter Beschuss.

Durch den Aufprall ihrer Kugeln wurde der Wagen so heftig durchgeschüttelt, dass der Kopf unseres Fahrers gegen die kugelsichere Windschutzscheibe knallte und er das Bewusstsein verlor. Tja, ein Unglück kommt selten allein! Das Chaos brach aus, als dieser Panzer von einem Auto anfing, über die Straße zu schlingern, und Zhen und seine Gorillas mitsamt ihren Pistolen durch die Gegend geschleudert wurden. Ich musste Alice abschütteln, um wieder die Kontrolle über den Wagen zu bekommen, darum deaktivierte ich mein Zielerfassungssystem und feuerte eine Rakete grob in ihre Richtung ab. Die Rakete hatte Alice zwar nicht als Ziel erfasst, aber sie rauschte so gefährlich nah auf sie zu, dass ich erreichte, was ich wollte. Während sie ein Ausweichmanöver einleitete, zerschoss ich mit einem der herumfliegenden Sturmgewehre die Trennwand zur Fahrerkabine und kletterte auf den Fahrersitz. Mit einer Hand steuerte ich den Wagen, mit der anderen lenkte ich die Drohne. Das nenne ich Multitasking!

Als die Rakete, die ich abgefeuert hatte, an einem Berghang explodierte und eine dreißig Meter hohe, schwarze Rauchwolke in den Himmel stieg, drehte Alice für einen neuen Angriff um. Ich flankierte sie mit der Drohne und zwang sie so, sich mit ihr auseinanderzusetzen statt mit der Limousine. Immer, wenn sie sich so positionieren wollte, dass sie freie Schussbahn hatte, ahmte ich jede ihrer Bewegungen nach. Das machte sie so wütend, dass sie versuchte, sich mit einer ruckartigen Drehung seitlich nach unten von mir zu lösen. Das Heck scherte weit aus und wäre beinahe in eine tödliche Steilspirale gestürzt, aber nach ein paar qualvollen Momenten konnte Alice die Fluglage wieder stabilisieren. Aber als sie das geschafft hatte, war die Drohne wieder direkt zur Stelle, spiegelte jede Bewegung des Hubschraubers und flog ständig etwa vierhundert Meter neben ihr. Ihr überforderter Motor begann, schwarzen Rauch auszustoßen, aber Alice machte weiter Dampf, also zog ich mich zurück.

Schlechte Idee. Ehe ich michs versah, war Alice' Helikopter in einer Schlucht verschwunden. Ich folgte ihr mit der Drohne, verlor sie jedoch kurz darauf zwischen den Kronen der hohen Bäume aus den Augen. Ich reduzierte die Geschwindigkeit und schaltete auf Suchmodus um. Keine Spur von ihr. Das gefiel mir ganz und gar nicht. Dann fiel mir wieder ein, wieso ein Helikopter Starrflüglern in Kampfsituationen überlegen war: Er konnte schweben. Alice hatte sich irgendwo hinter diesen Bäumen versteckt, beobachtete mich und wartete darauf, dass ich die Fluggeschwindigkeit meiner Drohne reduzierte und nach ihr suchte – was ich eben getan hatte. Die Drohne besaß keinen lebenden Piloten, der die Rotoren hätte hören und den Standort per Triangulation hätte herausfinden können. Meine Videoaufnahmen gaben lediglich die Motorengeräusche der Drohne wieder.

Ich versuchte, wieder zu beschleunigen und die Drohne aus der Gefahrenzone zu holen, aber es war schon zu spät. Alice wusste, dass dies ihre einzige Chance war, meine Drohne auszuschalten, und sie ergriff sie. Sie tauchte direkt hinter mir auf und eröffnete mit allem, was sie hatte, das Feuer. Als die Drohne von Kaliber-50-Kugeln durchlöchert wurde, leuchteten meine Warnlämpchen auf. Sie hatte mich mit einer Rakete erfasst. Ich wechselte gerade noch rechtzeitig zur Heckkamera, um zu sehen, wie sie eine 9M17-Skorpion-Lenkrakete abfeuerte. Die gute Nachricht war, dass der Mi-24 eher als Panzerknacker gedacht ist, darum wird diese Rakete meistens nur bei starren Zielen auf dem Boden eingesetzt. Ihre Reichweite beträgt mindestens fünfhundert und maximal zweitausendfünfhundert Meter – also keine der fortschrittlichen Flugabwehr-Lenkraketen. Die schlechte Nachricht war, dass ich weniger als tausend Meter von ihr entfernt war, als sie sie abfeuerte.

Ich drehte die Nasenspitze der Drohne gen Himmel und gab Vollgas. Ich schoss nach oben durch die Wolken, mit der Rakete im Nacken. Drohnen sind sehr schwer zu treffen, selbst mit einem präzisen Zielerfassungssystem. Sie sind wendig und imstande, Bewegungen auszuführen, die ein menschlicher Pilot in einem wesentlich schwereren Fluggerät weder durchführen noch körperlich ertragen könnte. Also wandte ich jedes erdenkliche Ausweichmanöver an und schickte die Lenkrakete auf eine wilde Verfolgungsjagd, in der Hoffnung, sie abzuschütteln. Als ich mich mit einer seitlich-vertikalen Drehung zwischen zwei massiven Eichen hindurchschlängelte, traf die Rakete schließlich eine Gruppe Bäume und explodierte.

In der Zwischenzeit steuerte ich den Rolls-Royce-Panzer über die kurvigen Straßen und entdeckte, was vor uns lag: die Hängebrücke des Roebling-Delaware-Aquädukts. Die Limousine würde es nie über die Brücke schaffen, denn Alice würde sie einfach in die Luft sprengen und uns im Sturzflug in den Fluss schicken, wo sie uns durchlöchern könnte, bis nichts mehr von uns übrig war. Uns blieben meiner Schätzung zufolge noch etwa drei Minuten, bevor wir die Brücke erreichten. Dann setzte sie alles auf eine Karte. Sie visierte die Limousine *und* die Drohne an und feuerte zwei Skorpiongeschosse gleichzeitig ab.

So wie ich die Sache sah, hatte ich zwei Möglichkeiten: entweder durch die Fahrertür aus dem Wagen springen und jede Chance verlieren, einen Namen aus Zhen herauszuquetschen, oder versuchen, die zur Limousine fliegende Rakete mit einer meiner eigenen Drohnenraketen abzuschießen. Da meine Raketen zehnmal moderner waren als ihre, entschloss ich mich zu Letzterem. Es dauerte eine Ewigkeit, bis ich es geschafft hatte, die Limousinenrakete ins Visier zu nehmen, da ich ja während der Zielerfassung gleichzeitig mit meiner Drohne Alice' Rakete ausweichen musste.

Schließlich hatte ich sie erfasst und feuerte meine Rakete ab, aber ich war mir nicht mal sicher, ob sie den Skorpion treffen würde, bevor der Skorpion uns stach. Ich war nur noch etwa hundert Meter von der Brücke entfernt, als ich beide Raketen mit Vollgas Richtung Limousine fliegen sah, und beide Sprengköpfe deuteten wie ein erhobener Mittelfinger direkt in mein Gesicht. Wir erreichten die Brücke. Jetzt gab es kein Zurück mehr. Als beide Raketen weniger als vierhundert Meter vom Aufprall entfernt waren, stieg ich auf die Bremsen. Innerhalb von wenigen Sekunden nach dieser Aktion traf meine Drohnenrakete den Skorpion frontal und pulverisierte ihn.

Das Problem war nur, dass dieser Zusammenstoß weniger als dreihundert Meter von der Limousine entfernt stattfand. Durch die Explosion wurde die Front des Wagens so weit vom Boden hochgedrückt, dass es ausgesehen haben muss wie ein Hund, der auf seinen Hinterbeinen winselt. Als der Wagen wieder hinunterkippte, krachte er auf die Betonbrücke und blieb stehen. Ich wurde gegen das Armaturenbrett geschleudert und stürzte zu Boden. Mit einer Hand versuchte ich, mich wieder auf den Fahrersitz zu ziehen. Mit der anderen umklammerte ich den Joystick der Drohnenflugkonsole. Ich sah, wie Alice' zweite Rakete meiner Drohne immer näher kam, während ich völlig nutzlos neben dem Sitz hing.

Als ich es endlich wieder auf den Fahrersitz geschafft hatte, sah ich hinaus und erkannte, dass die zweite Rakete jetzt gefährlich nah hinter meiner Drohne herflog. Also beschleunigte ich sie, so sehr ich konnte, und flog in einer Entfernung von mindestens zweihundert Metern ununterbrochen 360-Grad-Schleifen um den Helikopter herum. Während die Drohne mit der Lenkrakete im Nacken um den Hubschrauber herumwirbelte, eröffnete Alice das Feuer im vergeblichen Versuch, die Drohne mit ihren schweren Geschützen zu verlangsamen. Ich wusste sofort, dass sie einen fatalen Fehler begangen hatte, denn die wesentlich stärkere Wärmesignatur strahlten nun ihre Maschinenpistolen und ihr überhitzter Hubschraubermotor aus, wodurch ihre Rakete sie als neues Ziel erfasste.

Der Lenkflugkörper stürzte sich sofort auf sie und war viel zu nah an ihr dran, als dass sie hätte ausweichen können. Ich zündete den Nachbrenner der Drohne und jagte der Rakete hinterher, nahm sie mit meinen Miniguns unter Beschuss und tat alles in meiner Macht Stehende, um sie von Alice abzulenken. Alice versuchte noch, in niedrigerer Höhe Richtung Wald zu fliegen, um die Rakete vielleicht zwischen den Bäumen abzuschütteln, aber es half nichts. Der Lenkflugkörper raste direkt auf ihr Cockpit zu. Ich hatte keine andere Wahl als zu versuchen, die Rakete abzuschießen, auch wenn Alice sich direkt dahinter genau in der Schusslinie befand. Erneut feuerte ich die Miniguns ab und schaffte es, das Heck der Rakete abzuschießen. Ohne ihre Heckflügel drehte sie weit vom Kurs ab. Ich hoffte, sie würde einfach am Hubschrauber vorbeirasen, aber sie streifte die Rotorkopfverkleidung und trennte zwei ihrer fünf Rotorblätter ab, wodurch der Hauptrotorkopf seinen Dienst versagte und der Hubschrauber wie ein Stein Richtung Wald in die Tiefe stürzte. Nachdem er zwischen den Bäumen verschwunden war, explodierten die Kerosintanks beim Aufprall. Der Wald begann lichterloh zu brennen und der Himmel wurde in tiefschwarze Rauchwolken gehüllt.

Ich stieg aus dem Wagen und versuchte den Hubschrauber zu entdecken, aber er war nicht mehr da.

Alice war nicht mehr da.

47

Ich schickte die Drohne im Sturzflug in den Fluss unter mir und sah mich hinten in der Limousine um. Zhens Männer waren alle tot. In Anbetracht der hellroten Farbe ihrer Haut hatten sie Zyankalikapseln geschluckt. Von Zhen fehlte jede Spur.

Als ich wieder auf die Flammen im Wald blickte, traf mich der Verlust von Alice wie eine Kugel in die Brust. Sie war tot. Beim Versuch, uns beide zu retten, hatte ich die Frau getötet, die ich liebte. Ich hatte so oft meinen Hals riskiert, um ihr zu beweisen, wie sehr ich sie liebte. Das einzig Wichtige für mich war die Liebe zu ihr gewesen. Das war sogar noch wichtiger als zu leben. Es war das, was mich wirklich stark gemacht hatte, selbst wenn es nur für eine kurze Zeit in meinem Leben gewesen war. Der Rest von mir, die Gewalt und Zerstörung, die Seelenlosigkeit und Verdorbenheit, machte mich schwach. Mit ihr war ich wie ein Fels in der Brandung. Ohne sie war ich nichts.

Wie hatte mir das entgleiten können? An welchem Punkt hatte ich beschlossen, meine Überzeugung, meine Wahrheit aufzugeben? In ihrem eigenen schwachen Moment hatte sie mich fälschlicherweise beschuldigt, sie hintergangen zu haben, und sogar versucht, mich wegen meines Verrats zu töten, aber ich hätte gleich erkennen müssen, dass man uns reingelegt hatte. Und ich hätte von ihr verlangen müssen, dass sie mir erlaubte, ihr das Gegenteil zu beweisen. Ich hätte alles in meiner Macht Stehende tun müssen, um ihr Vertrauen zurückzugewinnen. Aber stattdessen übernahm mein hässliches, bösartiges Ego die Kontrolle, und ich tat, was ich am besten konnte. Ich tötete. Selbst wenn ich versuche, das Richtige zu tun, stirbt am Ende etwas.

Alles, was ich jetzt noch denken konnte, war: *Was nun? Wohin jetzt?* Mit Sicherheit nicht zurück zu HR. *Ich hätte das Ganze in Mexiko beenden sollen*, dachte ich. Ich hatte meine Chance gehabt, die Welt von mir zu erlösen, aber ich hatte gekniffen. Und nachdem ich Alice hatte sterben sehen, fühlte sich Selbstmord nur wie ein weiterer egoistischer, schwachsinniger, realitätsferner Kartentrick à la John Lago an.

Sehen Sie genau hin …

»Lago?«, hörte ich Zhen schwach aus dem Inneren der Limousine flüstern.

Ich sah nach hinten. Zhen saß gegen einen seiner toten Gorillas gelehnt und hatte eine riesige klaffende Wunde auf der Stirn. Seine Pupillen waren so groß wie Pizzateller und sein Gesicht war aschfahl. Sein Hemd war mit Blut durchtränkt. Als ich ihn näher betrachtete, erkannte ich, dass es keine einfache Wunde war. Es war eine Schusswunde. In Anbetracht der Menge an Blut lag er bereits im Sterben. Er sah mich lange an, so als würde er versuchen, sich an etwas zu erinnern, was er mir sagen wollte.

»Zhen«, sagte ich.

»Ich sterbe«, flüsterte er.

»Soll ich Hilfe rufen?«, fragte ich, obwohl ich wusste, dass ich das unter gar keinen Umständen tun würde.

Er gluckste leise und hustete ein wenig Blut aus.

»Sie erheitern mich, Lago.«

»Immer gern zu Diensten. Jetzt können Sie mir vielleicht zu Diensten sein und mir den Namen Ihres Freundes verraten.«

»Kommen Sie näher. Die haben ihre Augen und Ohren überall, John.«

Ich kletterte zu ihm und er flüsterte mir den Namen ins Ohr. Es traf mich wie ein Vorschlaghammer.

»Was haben Sie jetzt vor?«

Ich war so perplex, ich hörte ihn zuerst gar nicht.

»John.«

Ich drehte mich zu ihm.

»Was wollen Sie jetzt unternehmen?«

»Ich denke, wir kennen beide die Antwort auf diese Frage«, erklärte ich leise.

»Sie können ihn nicht einfach so umbringen. Sie müssen alles vernichten. Es gibt noch andere, aber er ist der Anführer. Nur wenn er tot ist und es nichts mehr zu retten gibt, ist Ihre Rache vollendet.«

Ich dachte daran, wie schier wahnsinnig das war, was ich tun musste.

»Ich weiß nicht, ob ich dazu die Mittel habe«, überlegte ich abwesend.

»Ich helfe Ihnen.«

»Wie?«

»Geld. Mit Geld ist alles möglich. Alles ist …«

Er schwankte benommen und kämpfte, um bei Bewusstsein zu bleiben.

»Hören Sie zu und merken Sie es sich«, begann er und diktierte mir die Nummer eines Offshore-Kontos.

»Dort liegt mehr als genug … Mir ist so …«

In seinem Schockzustand versuchte er sich selbst zu umarmen, um sich zu wärmen, konnte aber kaum seine Arme bewegen.

»Kalt«, sagte er – und starb.

Daraufhin hörte ich ein Zirpen. Das Geräusch stammte von meinem Handy, das irgendwo im Wagen lag. Ich suchte zwischen den schweren und stinkenden Leichen von Zhens Gorillas danach. Als ich es fand, sah ich rund fünfzig verpasste Anrufe und SMS von Sue. Ich las mir die letzte SMS durch:

Alice lebt. Sie hat mich angerufen und um Hilfe gebeten. Was ist passiert? Wo steckst du, verdammt? Ruf mich an!

48

Ich raste zum Hubschrauberwrack. Es müssen gut und gerne acht Kilometer von der Brücke aus gewesen sein, aber das hielt mich nicht ab. Um das Wrack herum brannte der Wald lichterloh. Durch den dichten Rauch musste ich gefühlt stundenlang umherkriechen, um Alice zu finden. Sue leitete mich zwar mithilfe des GPS, aber Rauch, Hitze und schwacher Handyempfang erschwerten die Suche erheblich. Ich spürte, wie mein Körper von den herabfallenden brennenden Trümmern verbrannt und versengt wurde, aber ich kämpfte mich immer weiter vor und hielt mein Gesicht so gut es ging weg von der Hitze.

Kurz bevor ich am Rand einer Rauchvergiftung war und vor Erschöpfung umkippte, hörte ich Alice schwach durch den Wald rufen. Dann fand ich sie, wie sie an einem brennenden Baum in ihrem Fallschirm hing, kopfüber und am Ende ihrer Kräfte, aber lebendig. Ich rief Sue an und sagte ihm, er solle sein Arsch schleunigst zu uns bewegen und uns abholen. Er hatte irgendeinem Hipster aus Brooklyn einen aufgebockten Ford Bronco gestohlen und raste quer durchs Gelände zu unserem Standort. Ich kletterte den Baum hinauf, um Alice hinunterzuholen, während das schwielige Fleisch meiner Hände brutzelte und schmorte wie Schweinekoteletts auf einem Grill. Sie sah mich an, als würde sie träumen.

»John? Was … machst du denn hier? Ich muss tot sein. Wir sind beide tot, stimmt's?«

Ihre Augen waren glasig, und sie stand kurz davor, das Bewusstsein zu verlieren, also dachte ich mir, dass es kein günstiger Zeitpunkt war, um über Semantik zu streiten.

»Ja, wir sind tot. Und das ist die Hölle«, sagte ich, als ich die Flammen auf meinen Fingerspitzen ausblies und versuchte, sie aus ihrem Fallschirmgurt zu befreien.

»Das erklärt das Feuer.«

»Genau. Kannst du deinen Arm da rausziehen?«

Dann verpasste sie mir eine Ohrfeige.

»Motherfucker«, flüsterte sie und wurde ohnmächtig.

Ich wickelte mich mithilfe einer der Fallschirmschnüre am Baum fest und zog ihren Körper aus den Gurten. Dann warf ich sie über meine Schulter und kletterte den Baum hinunter. Sie war immer noch bewusstlos, also trug ich sie drei Kilometer aus dem lodernden Wald heraus bis zu dem Treffpunkt, an dem Sue uns abholte.

In seiner Hinterwäldlerkarre fuhr er uns zurück in die Stadt, während Alice bewusstlos auf dem Rücksitz lag. Auf der Fahrt klärte ich ihn über die Situation auf und erzählte ihm vom geheimnisvollen Puppenspieler, dessen Namen mir Zhen verraten hatte, und dass dieser Mistkerl uns seit dem Moment in eine Falle gejagt habe, als Alice und ich die Leitung von HR übernahmen. Sue wirkte erleichtert, wie ein Kind, dessen Eltern ihm erzählt haben, dass sie sich doch nicht scheiden lassen. Eine seltsame Situation, die mich irgendwie an Clint Eastwoods *Der Texaner* erinnerte, aber es fühlte sich beinahe so an, als wären wir eine große, glückliche Familie auf einem Sonntagsausflug.

Als wir wieder in Manhattan waren, fuhren wir zu meinem Lieblingsunterweltkrankenhaus, in dem verwundete Gangster gegen Bares zusammengeflickt werden. Sie sedierten Alice und kümmerten sich um ihre Rauchvergiftung und ein paar gebrochene Rippen. Während sie sich ausruhte, genehmigten Sue und ich uns eine Flasche des minderwertigen Mafiadoktor-Scotchs aus dem Medizinschrank. Sue kippte sich die halbe Flasche in einem Zug rein. Der Kleine ist so trinkfest wie ein sibirischer Ölarbeiter, der gerade seine Frau und seine Biberfellsocken beim Kartenspielen verloren hat. Ich schickte ihn los, um bei HR mal nach dem Rechten zu sehen, damit ich mit Alice allein sein konnte, wenn sie aufwachte.

»Mama und Papa brauchen ein bisschen Zeit für sich«, sagte ich.

»Gib Bescheid, wenn ihr bereit seid, es den Mistkerlen heimzuzahlen, JL.«

Es war schon fast Mitternacht, als Alice wieder zu sich kam. Als sie mich neben ihrem Bett sitzen sah, fing sie an zu weinen.

»Was ist denn los?«, fragte ich. »Mal abgesehen von allem Offensichtlichen.«

»Es tut mir leid«, antwortete sie.

Sie sah mein völlig verdattertes Gesicht.

»Ich habe gehört, worüber du und Sue im Wagen gesprochen habt. Ich komme mir vor wie eine Idiotin. Schlimmer noch, ich bin eine Verräterin, weil ich dir nicht vertraut habe. Du solltest mich von meinem Leid erlösen, jetzt auf der Stelle. Ich bin es nicht wert, John.«

Ich nahm sie fest in den Arm, wobei ich aufpasste, ihr nicht gegen die Rippen zu drücken.

»Wir haben beide aufgehört, an uns zu glauben, Alice. Das machen wir nie wieder.«

»Nie wieder.«

Sie zog mich näher zu sich und zuckte vor Schmerz zusammen.

»Gebrochene Rippen. Du musst schlafen«, sagte ich.

»Geh nicht weg«, bat sie mich matt.

»Ich weiche dir nicht von der Seite«, versprach ich.

Sie döste schon langsam ein, griff dann aber nochmals nach meinem Arm.

»John?«

»Ja?«

»Wenn ich aufwache, versprich mir, dass wir diesen Scheißkerl umbringen, egal, wer er ist.«

»Versprochen«, sagte ich und küsste sie auf die Stirn. »Träum was Schönes.«

49

Früh am nächsten Morgen rief mich Sue an. Man hatte ihn aus HR ausgesperrt. Auch als er Alice' Zugangscode ausprobierte, kam er nicht hinein. Später, als er zu Rebecca ging, um herauszufinden, was los war, fand er sie tot in ihrer Wohnung. Man hatte sie per Kopfschuss getötet und ihren Leichnam in die Badewanne gelegt, wo er dabei war, sich in einem Säurebad zu zersetzen. Das Werk eines Profis, wenngleich schlampig ausgeführt. Irgendjemand wollte aufräumen.

Sue flippte völlig aus und war rasend vor Wut und gelähmt vor Trauer. Ich riet ihm, nicht nach Hause zu gehen, sondern unterzutauchen. Es war nirgendwo mehr sicher, und wir mussten annehmen, dass jeder Teil unseres früheren Lebens nun Bestandteil einer komplexen Todesfalle war. Er riss sich zusammen und traf sich mit uns im Krankenhaus. Alice versuchte ihn zu trösten, aber Rebeccas Verlust hatte ihn ziemlich mitgenommen. Und auch mir ging die Sache sehr nah. Erinnerungen an Eva kamen wieder hoch.

Wir mussten handeln. In Anbetracht der Situation bei HR gingen wir jede Wette ein, dass wir ihn dort finden würden und er die Rekruten als Geiseln hielt, bis er entschieden hatte, ob er sie töten oder ihnen einen neuen Sklavenhalter suchen würde. Als ich damals den *Leitfaden für Praktikanten* verfasste, wollte ich den Rekruten damit helfen und sie in solchen Momenten anleiten, in denen ich auf mich allein gestellt gewesen war. Ich hatte versagt. Mehr noch: Ich war der Grund, wieso sie nun aufs Neue einer Person in einer Machtposition ausgeliefert waren, die sie lediglich ausnutzen und dann in die Mülltonne werfen wollte. *No más*. Es wurde Zeit, den Albtraum zu beenden und zu retten, was von diesen armen Kindern noch übrig war. Es wurde Zeit, HR ein für alle Mal zu vernichten.

Wir drei versteckten uns die nächsten paar Tage im Krankenhaus. Solange der Geldstrom nicht versiegte, konnte ich mich darauf verlassen, dass die schaurigen Ärzte brav ihre Klappe hielten. Währenddessen arbeiteten wir unseren Plan aus, HR inklusive unseres persönlichen Zauberers von Oz auszulöschen. Auf Zhens Konto lagen knapp 80 Millionen Dollar. Er hatte recht. Das war mehr als genug. Infiltrieren war nicht allzu kompliziert, da Alice und ich das Sicherheitssystem von HR entworfen hatten und sie keinesfalls genug Zeit gehabt hatten, es in ihrer Abwesenheit auszutauschen. Alles, was wir brauchten, war ein wenig Unterstützung.

»Wie viele Gorillas brauchen wir denn, JL?«

»Mindestens zwanzig.«

»Dreißig«, widersprach Alice. »Gehen wir lieber auf Nummer sicher.«

»Dann also dreißig. Aber wo finden wir dreißig kaltblütige Killer, die mit einer Knarre umgehen können und sich nicht in die Hose scheißen, wenn jemand eine auf sie richtet?«, überlegte ich.

Sue fing an zu lachen.

»Was ist?«, fragte ich.

»Darum kümmere ich mich«, antwortete er und hängte sich ans Telefon.

Wir mussten zwar tief in Zhens Kriegskasse greifen, aber Sue garantierte uns, wir würden die Art von Truppe bekommen, die wir brauchten. Alice und ich kümmerten uns ums Waffenarsenal. Innerhalb von vierundzwanzig Stunden hatten wir alles, was wir brauchten, um Human Resources Inc. in eine qualmende Ruine zu verwandeln. Das Problem war nur, dass wir keine Ahnung hatten, was mit den Rekruten passiert war, denn Sue hatte nichts mehr von ihnen gehört, seit man ihn aus HR ausgesperrt hatte.

50

Am Abend vor unserem Sturm auf HR schaufelte ich mir und Alice ein paar Stunden in trauter Zweisamkeit frei. Seit unserer Versöhnung hatten wir nichts anderes getan als Schlachtpläne zu schmieden und Unsummen für Waffen und Munition auszugeben. Ich brauchte etwas Zeit allein mit ihr, denn ehrlich gesagt war ich mir ziemlich sicher, dass wir den nächsten Tag in Oz nicht überleben würden, und ich wollte ein wenig verlorene Zeit aufholen. Als die Sonne unterging, reichte ich Alice eine Einkaufstüte von Barneys und sagte ihr, sie solle sich umziehen. Im schwarzen Overall von Helmut Lang und den dunklen Belstaff-Stiefeln sah sie absolut umwerfend aus.

»Was ist denn der Anlass?«, erkundigte sie sich. »Alice Coopers Begräbnis?«

»Wir gehen aus«, erklärte ich. »Und damit meine ich … raus.«

Ich zog meine komplett schwarze Black-Label-Garderobe von Ralph Lauren an und führte Alice zum nächstgelegenen Dach, wo ich einen 1988er-Krug-Champagner entkorkte. Wir tranken direkt aus der Flasche.

»Alice, meine Liebste?«

»Ja, mein Hübscher?«

»Heute Nacht nehme ich dich mit auf ein kleines Abenteuer.«

»Wirklich? Erzähl.«

»Wie du ja weißt, stehe ich auf Dächer. Dieses Dach hier habe ich deswegen ausgesucht, weil man von hier aus ein gesamtes Rendezvous erleben kann, ohne jemals den Bordstein berühren zu müssen.«

»Das klingt zauberhaft«, sagte sie und küsste mich.

»Stehen du und deine Rippen das durch?«

»Absolut. Oxycodon ist mein neuer bester Freund.«

»Ausgezeichnet. Sollen wir etwas essen gehen?«

»Ausgezeichnete Idee.«

Wir tranken aus und sprangen von Dach zu Dach. Alice war begeistert. Für das Abendessen sprangen wir aufs Ichimura, mein liebstes Sushi-Restaurant. Der Chefkoch höchstpersönlich hatte ein privates Dachdinner nur für uns zwei zubereitet, und wir aßen unter den Sternen, als wären wir ein ganz normales Pärchen, das abends ausgegangen war. Wir sprachen sogar über Themen, die absolut nichts mit High-Velocity-Munition oder den stabilsten hochexplosiven chemischen Verbindungen zu tun hatten.

Nach dem Essen hatte ich etwas ganz Besonderes für Alice vorbereitet. Ich entführte sie ins Four Seasons, wo wir geheiratet hatten. Da wir nicht gesehen werden durften, wie wir ein Hotel betraten, hüpften wir aufs Dach der untersten Etage und fuhren mit dem Lastenaufzug bis ganz nach oben. Das Ty Warner Penthouse, unser alter Spielplatz, wurde nach unserem letzten Besuch, bei dem wir ein drei Meter breites Loch in den Boden gesprengt und Bob den Zweiten und seine Gorillas massakriert hatten, noch immer renoviert. Die Suite war also für eine Übernachtung frei!

Sue hatte meinen Proviant bereits vor ein paar Stunden mithilfe einer Getränkekühlbox für die Bauarbeiter in die Suite geschleust. Meine Bar war gefüllt mit Drinks, edlen Snacks von Dean&DeLuca und anderen … *Dingen*, auf die Alice stand … Nachdem wir die Suite in Beschlag genommen hatten, zündete ich ein paar Kerzen an und mixte uns beiden einen Drink.

»John, womit habe ich dich bloß verdient? So sehr ich mir das Hirn zermartere, mir fallen nur schlechte Dinge ein, die ich getan habe.«

»Vielleicht ist genau das die Antwort. Ich bin das Gegensatz-Karma. Ich bin das, was man bekommt, wenn man ein bösartiges, blutrünstiges Leben führt.«

»Wenn du das so formulierst, klingt es sogar logisch.«

Wir küssten uns, und ich führte sie zu exakt der Stelle, an der unsere Hochzeitszeremonie stattgefunden hatte. Das Loch im Boden war immer noch da, obwohl es inzwischen teilweise repariert wurde.

»Was machst du da?«, fragte sie. »Wir fallen noch runter.«

»Wir beenden, was wir hier angefangen haben.«

»Ist da unten etwa noch jemand, den wir töten müssen?«

Sie lugte nach unten durchs Loch.

»Nein, wir haben nie unsere Ehegelöbnisse abgelegt, und wenn es dir nichts ausmacht, würde ich das gern nachholen.«

»Oh, Schatz.« Sie küsste mich. »Aber wir haben weder einen Pfarrer noch dieses … Buch.«

»Die Bibel?«

»Genau. Die meinte ich.«

»Das brauchen wir beides nicht. Wir lassen einfach unser Herz sprechen. Ich weiß, das klingt kitschig, aber ich will das wirklich tun. Unseren wahren Gefühlen füreinander Ausdruck verleihen. Oh Mann, das klingt ja noch kitschiger. Tut mir leid.«

»Das klingt überhaupt nicht kitschig«, entgegnete sie mit Tränen in den Augen. »Ich bin dabei. Du zuerst.«

Ich nahm ihre Hände und sah ihr in die Augen, dann mussten wir beide anfangen zu lachen.

»Okay, tut mir leid«, sagte ich.

»Ja, mir auch. Jetzt Spaß beiseite.«

Das machte es nur noch schlimmer. Wir mussten beide so laut lachen, dass uns fast die Luft wegblieb.

»Ich krieg das noch hin!«, rief ich. »Tut mir leid …«

Wir atmeten beide tief ein, dann küsste Alice mich.

»Bereit?«, fragte sie.

»Bereit.«

Sie hielt meine Hand.

»Dann fang an.«

»Ich, John Lago, im Vollbesitz meiner angeblichen geistigen Kräfte und meines geschundenen Körpers, nehme dich, Alice, eine komplett Wahnsinnige mit einem megascharfen Körper, zu meiner Ehefrau. Ich gelobe, dich zu lieben und darüber hinaus nie wütend auf dich ins Bett zu gehen – und außerdem, dich weder in einen Nahkampf zu verwickeln noch auf dich zu schießen oder einzustechen, dich in Brand zu setzen, auf dich einzuschlagen noch jemals wieder eine Fernlenkrakete auf dich abzufeuern. Ich verspreche, dir mein Leben anzuvertrauen und zuzulassen, dass du mir deines anvertraust, und dir stets Rückendeckung zu geben, sogar wenn es mal nicht ums Kämpfen geht. Bis dass der Tod – oder eine langjährige Gefängnisstrafe – uns scheidet.«

Tränen strömten ihr Gesicht hinunter. Und sie lachte immer noch.

»Das war wunderschön, John.«

»Jetzt du.«

»Ich, Alice, nehme dich, John Lago, zu meinem scharfen Ehemann. Ich verspreche, dich so verflucht scheißheftig zu lieben, vielleicht sogar, bis es wehtut. Ehrlich gesagt definitiv, bis es wehtut. Ich verspreche, ein aggressives, rücksichtsloses, zutiefst widerwärtiges Miststück allen gegenüber zu sein *außer* dir und nie wieder zu versuchen, dich zu verstümmeln, zum Krüppel zu machen oder zu töten, selbst wenn du mal wieder das dreckige Geschirr in der Spüle stehen lässt.«

»Ich wusste doch, dass du das hasst.«

»Warum hast du's dann gemacht? Egal, halt die Klappe, ich bin noch nicht fertig. Ich verspreche, dir nicht nur mein Leben anzuvertrauen, sondern auch meine Seele, und ich verspreche, dass du mir deine anvertrauen kannst. Und ich verspreche, dich stets mit wildem Enthusiasmus zu vögeln, und bin bereit, alles wenigstens ein Mal auszuprobieren. Oh, und ich verspreche, dich mit ganz traditionellem Ehefrauen-Kram zu verwöhnen, obwohl ich das nicht müsste – zum Beispiel dich bekochen, dir coole Klamotten kaufen und dir ein Bad einlassen, wenn du einen harten Tag gehabt hast –, weil ich das gern möchte, weil ich dich liebe, John. Ich liebe dich, verdammt noch mal, Baby.«

Zu diesem Zeitpunkt weinten wir beide bereits.

»Du darfst den Bräutigam jetzt küssen«, verkündete ich.

Wir küssten uns und verschmolzen miteinander, und während uns halb Manhattan beim Blick am Fernseher vorbei zum Fenster hinaus zusehen konnte, machten wir Liebe, wie zwei Menschen, die alles, was sie gerade gesagt hatten, auch so meinten.

51

In der nächsten Nacht fuhren wir mit einem Tourbus voller Waffen und Sprengsätze in die Bronx, um unsere neue Crew einzusammeln. Als wir ankamen, stiegen dreißig von der Straße gehärtete Schwarze aus ihren Luxusschlitten. Diese Jungs waren reine Muskelmasse. Und ihren Autos und ihrer Kleidung nach zu urteilen waren sie kostspielige Muskelpakete, die haufenweise Kohle verdienten, indem sie für Drogendealer, Mafiosi und alle anderen arbeiteten, die wollten, dass sich ihre Probleme mit einer Ladung Blei in Luft auflösten.

»Verkauft ihr Jungs Schokoriegel, um Geld für einen Ausflug nach Disneyland zu sammeln?«, fragte ich.

Sie lachten. Gut. Mit einem Haufen unberechenbarer Hitzköpfe wäre ich nicht bei HR einmarschiert. Diese Typen waren Profis mit ruhiger, bedrohlicher Lässigkeit. Einer von ihnen kam auf mich zu. Mit einer mit Gold und Onyx beschichteten Uzi in der Hand blieb er vor mir stehen, der Lauf seiner Waffe nur einen halben Meter von mir entfernt, und grinste mit einem Mund voller Goldzähne, auf denen kleine Diamanten die Zahl 187 bildeten, den Polizeicode für Mord.

»Hast du das Geld dabei?«, wollte er wissen.

Ich zog meinen Mantel zurück und enthüllte mein Souvenir aus Mexiko: den goldbeschichteten 45er mit einer Platin-Intarsie der Jungfrau Maria am Griff.

»Das habe ich in der Tat«, antwortete ich.

Sue zeigte ihnen dreißig schwarze Seesäcke, die bis oben hin mit Hundertern gefüllt waren.

»Keinen Schimmer, wie du so schnell an so viel Kohle gekommen bist«, flüsterte der Gangster, »aber du hast gerade eben den ganzen Spielplatz gekauft, Mr. Gangster.«

Seine Crew lachte.

»Lasst uns ein paar Arschlöcher ausräuchern, ja?«, sagte ich.

»Dafür sind wir hier«, stimmte er mir zu, während alle in den Bus kletterten.

Auf dem Weg zu HR spielte unsere Gangstercrew mit einem Joint von der Größe des Arms eines Babys eine Runde »Puff Puff Pass« – reihum nimmt jeder einen Zug, wer hustet, fliegt raus, und der Letzte sackt alle Einsätze ein. Sie boten mir etwas an, aber ich brauchte eher etwas mit gegenteiliger Wirkung, um mich einzustimmen.

»Habt ihr auch irgendwas zum Aufputschen?«, fragte ich.

Sie lachten. Einer von ihnen brachte einen so großen Frischhaltebeutel voller Drogen zum Vorschein, dass ein ganzer Thanksgiving-Truthahn darin Platz gehabt hätte.

»Knall dich in die Stratosphäre hoch, wenn du willst.«

»Genau das will ich.«

Ich holte einen Stapel Hunderter hervor.

»Nee, lass stecken. Der erste Trip ist immer gratis, Meister.«

Er hielt mir auf seiner ausgestreckten Handfläche vier verschiedene Pillen und ein winzig kleines Plastikfläschchen mit bläulichem Pulver hin.

»Das nenne ich das ›V12-Paket‹. Wir haben hier eine Mexican Molly, eine Dutch Molly, ein OG Dexy und einen Calciumkanalblocker, damit Puls und Blutdruck gleichmäßig bleiben, während du aus allen zwölf Zylindern feuerst.«

»Und was ist das Pulver?«

»Reine Ginsengwurzel. Damit pisst du das Gift ein paar Stunden später einfach wieder aus. Im Idealfall aufs Gesicht von einem der armen Schweine, die du gerade abgeknallt hast.«

»Erinnere mich daran, mir deine Pager-Nummer geben zu lassen, wenn wir hier fertig sind. Du bist mein neuer bester Freund.«

Ich warf mir weisungsgemäß seinen V12-Cocktail ein, der alles hielt, was er versprochen hatte: eine unübertroffene Klarheit des Verstandes und ein körperliches Hochgefühl, das mich davon überzeugte, ich könne alles tun, was Iron Man auch kann, aber ohne den Anzug. Die Herzmedizin nahm ich anschließend. Klappte wie am Schnürchen. Gleichmäßig. Ausgeglichen. Fokussiert.

»Wir sind gleich da«, sagte Alice. »Packt euer Zeug.«

»Zu Befehl, Ma'am«, gab ich zurück und bewaffnete mich mit zwei SIG-Maschinenpistolen des Typs MPX-K, einem Dutzend Magazinen mit jeweils zwanzig Schuss 9-mm-Patronen und zwei SIG Sauer P226 mit zehn Patronen pro Magazin. Und natürlich mit stylischer Kevlar-Körperpanzerung.

»Wo habt ihr den Kram denn her, aus dem Verteidigungsministerium?«, fragte mein neuer bester Freund, der Drogendealer.

»Aber echt, Mann«, fuhr ein anderer fort. »Die G.I.-Joe-Ausrüstung behalten wir, wenn der Job vorbei ist, verdammt. Hast du gehört?«

»Wenn ihr den Job überlebt, könnt ihr alles behalten, was ihr wollt«, antwortete ich.

Sie lachten. Selbstsicher. Großspurig. Diese Jungs hatten keinen Schimmer, mit wem sie es zu tun bekamen. Wir fuhren um den Block, dann war unser Ziel in Sicht: *Human Resources Inc.*

Wir parkten an den Laderampen auf der Rückseite des Gebäudes. Als Alice, Sue und ich aus dem Bus stiegen, standen wir ein allerletztes Mal vor dem Eingang von HR. Die Straße war merkwürdig still.

»Willkommen bei Human Resources Inc«, verkündete ich.

»Ihr werdet viele interessante Orte besuchen«, fuhr Alice fort. »Einzigartige Menschen aus allen sozialen Schichten kennenlernen …«

»Und sie töten«, ergänzte Sue.

»Ziehen wir's durch«, sagte ich.

Alice küsste mich.

»Ich weiß, das Date gestern Nacht hast du dir auch deswegen einfallen lassen, weil du Angst hast, dass wir hier nicht lebend wieder rauskommen«, verriet sie mir, »aber ich verspreche dir, dass wir auf gar keinen Fall verlieren werden.«

»Zum Teufel, nein«, warf Sue ein. »Scheitern ist keine Option.«

»Wir brauchen so eine Art Ruf zu den Waffen, wie bei den drei Musketieren«, überlegte ich.

»Klugscheißer.« Alice grinste.

Unsere Gangster schwärmten aus, bis an die Zähne wie urbane Marines im Angriffsmodus bewaffnet. Pistolen wurden gesichert und geladen, denn sobald wir durch diese Tür stürmten, würde die Show losgehen, und wir mussten auf alles vorbereitet sein. Ich war bereit.

Ich war matter Stahl und Kunststoff …

Geschmeidiges schwarzes Kevlar …

Pulver, Blei und Feuer.

Ich war die Kugel. Und auf mein mattes, graues Gesicht war ein Name eingeätzt, direkt über meinem weit aufgerissenen Hohlspitzmund. In dieser Nacht würde ich beides vernichten: den Ort und den Mann, die mich erschaffen hatten.

52

Wir öffneten die Tore der Laderampen mit militärischen Sprengladungen, die nicht sehr viel mehr Lärm machten als eine Fehlzündung am Auto. Aber wir wussten, es reichte aus, um die Personen im Gebäude vor unserer Anwesenheit zu warnen. Als wir hineinstürmten, erwarteten wir ein Feuergefecht, aber der Laden war leer. Auf allen Etagen war das Licht aus, nirgends ein Lebenszeichen.

Wir wollten gerade abdrehen und wieder nach Hause gehen, als mir das Kellergeschoss wieder einfiel. Dort war damals, als sich im restlichen Gebäude noch legale Unternehmen befunden hatten, der ursprüngliche HR-Firmensitz untergebracht gewesen. Im Laufe der Jahre hatte Bob den Rest des Gebäudes aufgekauft und das Untergeschoss dichtgemacht. Ich wusste davon, weil ich neugierig war und immer mal wieder etwas von dort habe mitgehen lassen: Alkohol, Medikamente, Geld, Pistolen, Munition, Ausweise, Kreditkarten und hin und wieder mal eine Stinger-Rakete.

Über die Lieferantentreppe gingen wir hinunter zum Keller. Als wir die Tür im Treppenhaus zum Kellergeschoss öffneten, warf einer der Gangster vorsichtig einen Blick in den Korridor. Alles war dunkel und ruhig – ein sehr schlechtes Zeichen.

»Alles sauber«, begann er, »lasst uns …«

Ein metallisches Zischen, dann spritzte sein Hirn uns und die Wand des Treppenhauses voll.

»Folgt mir«, flüsterte ich.

Ich rammte zwei Kampfmesser aus Titanium in die metallische Brandschutztür und bedeutete einem der Gangster, er solle sie wie

Griffe festhalten. Dann schoss ich die Tür aus den Angeln und wir rückten hinter der Metalltür geschützt nach vorn. Schallgedämpfte 9-mm-Patronen prasselten auf die Tür ein und prallten überall um uns herum ab. Wir behielten unsere Flanken im Auge und schossen auf alles, was sich bewegte. Ein Mitglied unserer Crew hatten wir zwar verloren, aber wir schafften es, uns in einem anderen Raum mit nur einem Zugang zu verschanzen. Wir setzten Nachtsichtgeräte auf, und ich inspizierte die Umgebung.

Es war eine tödliche Falle.

Während eine unbekannte Anzahl an Schützen uns unter Beschuss nahm, befahl ich den anderen, sich zurückzuhalten, und zählte Pistolen und Patronen. Es klang, als wären sie ungefähr zwanzig Mann. Ich wusste ganz genau, welche Maschinenpistolen und welche Faustfeuerwaffen sie trugen, und da sie alle gleichzeitig schossen, konnte ich grob abschätzen, wann ihre Magazine leer sein würden. Als das schallgedämpfte Höllenfeuer allmählich verebbte und ich hörte, wie neue Magazine geladen wurden, stürmten wir aus dem Raum wie die Bullen von Pamplona, die eine Horde Touristen aufspießen wollen. Wie sich herausstellte, war das eine Spezialität der Gangster. Beim Frontalangriff standen die Jungs spartanischen Soldaten in nichts nach. Jeden, den sie nicht mit Blei vollpumpten, weideten sie mit Schlagringmessern aus.

Blut spritzte wie die Gischt des Ozeans über den Bug eines Schiffes, und Leichen fielen den Hünen in Basketballschuhen und Rindsledermänteln von der Größe eines jungen Ochsen links und rechts vor die Füße. Ein wunderschöner Anblick! Aber ich war ja auch auf einem 50.000-Volt-Trip und rannte, schoss, schlitzte, schlug und kickte wie Van Damme im Schnellvorlauf. Und Alice und Sue waren dicht an meiner Seite.

Meine Gangster gewannen gegenüber den feindlichen Killern an Boden und drängten sie mit ihrer Furchtlosigkeit und ihren modernen Wildwest-Schießkünsten immer weiter zurück. Das ermöglichte mir, tiefer in dieses Labyrinth vorzudringen, aus dem ich seltsame Geräusche dringen hörte, die gedämpften Rufen ähnelten. Schließlich fand ich den Ursprung dieser Geräusche. Sie kamen aus einem Raum hinter einer versperrten Metallbrandschutztür. Mit ihrer MPX-K zerschoss Alice die Scharniere, dann trat ich die Tür ein. Sie kippte direkt um und rutschte quer über den Boden, während Alice und ich mit einer Handvoll Gangster hineinstürmten.

In diesem Moment sah ich alle unsere Rekruten.

Sie waren mit Kabelbinder an Handgelenken und Knöcheln gefesselt und lagen mit dem Kopf nach unten auf dem Fußboden. Sue kam ebenfalls in den Raum gerannt.

»Alles gesichert da draußen«, sagte er.

Ich zeigte auf die Rekruten. Dann hörten wir den elektrisch klingenden Knall einer M7-Sprengkapsel, und die Rückwand des Raumes ging in Flammen auf ... gefolgt von der Wand daneben, dann der nächsten, bis der Raum völlig in Brand stand.

»Das ist eine Falle! Wir müssen sie hier rausschaffen!«, brüllte ich.

»John, sieh mal!«, rief Alice.

Sue und ich folgten ihrem entsetzten Blick hinauf zur Decke, die mit genug Sprengstoff verkabelt war, um das gesamte Gebäude in die Luft zu jagen. Das waren die C4-Sprengsätze, die ich vor langer Zeit bei HR platziert hatte, nur dass sie inzwischen jemand von ihrem ursprünglichen Aufenthaltsort entfernt hatte und sie nun über uns hingen. Uns blieben nur noch Sekunden, bevor entweder die Hitze oder die Flammen selbst sie entzünden würden.

»Schnell!«

Wir ließen unsere Messerklingen ausschnappen und schnitten die Kabelbinder, so schnell es ging, durch, damit die Rekruten aufstehen konnten. Dann rissen wir ihnen das Klebeband vom Mund und schubsten sie zurück in die Realität.

»Raus hier! Schnell!«

Alle sprinteten durch das höhlenartige Labyrinth des Kellergeschosses. Blind und halb erstickt durch den Rauch mussten wir uns unseren Weg durch die Leichen bahnen, die überall herumlagen. Dann kam einer der Gangster auf mich zugerannt.

»Draußen wimmelt es nur so vor Bullen!«

»Was?«

»Wir sind umzingelt. Meine Crew und ich schießen uns den Weg nach draußen frei. Auf eine Mordanklage vor Gericht hab ich keinen Bock. Tut mir leid, Mann. Viel Glück noch.«

Dann rannten er und seine Jungs die Stufen hinauf. Wir folgten ihnen bis zu den Laderampen, von wo aus ich eine Armee von FBI-Agenten und lokalen Polizisten mit gezogenen Waffen auf der Straße stehen sah.

Dann detonierte der erste Sprengsatz aus dem Keller.

»Runter!«, riefen Alice und ich.

Wir warfen uns alle zu Boden, bevor das Gebäude durch die Explosion heftig durchgeschüttelt wurde. Draußen gingen die Agenten und Cops in panischer Angst, das ganze Gebäude könnte über ihnen einstürzen, in Deckung.

Dann rannten wir zu den Toren der Laderampen. Gerade als wir es nach draußen geschafft hatten, erblickte uns einer der Polizisten.

»Keine Bewegung!«, schrie er.

»Rennt weiter!«, rief ich durch den Rauch und den Staub.

Ich eröffnete das Feuer auf die Cops und Agenten, während Alice und die Rekruten wegliefen. Als mein Magazin leer war und ich nachladen wollte, erhoben sich die Cops aus ihrer Deckung und eröffneten nun ihrerseits das Feuer auf mich. Ich spürte, wie eine Kugel in meiner Hüfte einschlug, und durch den plötzlichen Schmerz ließ ich die Waffe fallen. Ich hatte keinen nennenswerten Schutz mehr und die Cops waren kurz davor, mich aus den Geschichtsbüchern auszuradieren, als die restlichen Sprengsätze im Keller in die Luft gingen. Ein Hagelschauer aus Ziegelstein-, Glas- und Holzsplittern prasselte auf die Straße nieder. Die Druckwelle riss die Cops von den Beinen, und der Betonboden bei den Laderampen brach unter mir ein. Ich stürzte ein Stockwerk tiefer und schlug so hart auf, dass ich das Bewusstsein verlor. Ich bin mir nicht sicher, wie lange ich k. o. war, aber irgendwann sah ich allmählich ein helles Licht, das mir in die Augen schien.

Als ich endlich wieder zu mir kam, hatte sich ein Feuerwehrmann über mich gebeugt und leuchtete mir mit einer Taschenlampe in die Pupillen. Dann legte er mich vorsichtig über die Schulter und trug mich aus der Geröllwüste hinaus. Sanitäter legten mich auf eine Trage, an die mich zwei Bundesagenten mit Handschellen festketteten. Ich ließ meinen Blick wandern und suchte nach Alice und Sue, konnte sie aber auf der Straße, die aussah wie ein Kriegsgebiet, nirgends erkennen. Als man mich eilig in den Krankenwagen schob, sah ich, wie Human Resources Inc. im Hintergrund in sich zusammenstürzte und für alle Zeiten von der Skyline von Manhattan verschwand.

53

Ich bin inzwischen schon seit mehreren Wochen in Gewahrsam, während Assistant Director Fletcher und seine Kumpane versuchen zu entscheiden, was sie mit ihrem Hauptgewinn anstellen sollen. Was ich witzig finde, denn die Möglichkeiten liegen eigentlich auf der Hand: mich entweder zum Tode verurteilen oder zu einem Schicksal verdonnern, das noch schlimmer ist als der Tod – lebenslang in diesem Drecksloch hocken. Immer wenn ich mir versuche vorzustellen, wie ich den Rest meines Lebens Rahmspinat, Rahmmais und Rahmbrokkoli zum Abendessen hinunterwürge, habe ich mich selbst vor Augen, wie ich mir langsam ein Seil aus dem ekligen Kadaverfleisch webe, das in der Kantine serviert wird, und mich damit aufhänge.

Eine gute Neuigkeit gibt es jedoch. Vor Kurzem teilte mir Assistant Director Fletchers Büro mit, dass sie meiner Bitte, Alice sehen zu dürfen, stattgegeben hätten. Wie ihr wisst, musste ich ihnen im Gegenzug Informationen geben, die zu ihrer Festnahme führten. Um ganz ehrlich zu sein, freue ich mich wirklich darauf, sie wiederzusehen, denn solange unsere Zielperson noch am Leben ist, hat keiner von uns beiden auch nur den Hauch einer Chance, bis zum nächsten Quartal zu überleben – und das ist noch großzügig geschätzt. Typen wie er können jedem, den sie wollen, alles antun, was sie wollen.

Wie dem auch sei, mein guter alter Kumpel Fletch rief mich heute Morgen persönlich an, um mir mitzuteilen, dass sie Alice in Gewahrsam hätten und jetzt zu mir brächten. Darum sitze ich also wieder mit Handschellen an den Stuhl gekettet unter der grellen Lampe in meinem fensterlosen Betonblock-Einmachglas in Quantico und warte darauf, mich meinem Schicksal zu stellen. Ich hatte sogar nach einer gruseligen Hannibal-Lecter-Maske aus der psychiatrischen Abteilung gefragt, um die Stimmung etwas aufzupeppen, aber Fletch fand das gar nicht witzig. Ehrlich gesagt bin ich auch etwas nervös, was mich überrascht, wenn man bedenkt, dass ich absolut nichts mehr zu verlieren habe. Fletcher betritt den Raum und grinst so breit wie ein Vater, der seinen kleinen Sohn gleich mit einem Red-Ryder-Luftgewehr für Kinder zu Weihnachten überrascht.

»Sie ist unterwegs, John.«

»Kann mir jemand ein Minzbonbon geben?«, scherze ich.

Fletcher zündet sich eine Zigarette an. Mir bietet er keine an. Wir hören Schritte, die den Flur entlangkommen. Die Spannung ist greifbar. Als es an der Tür klopft, springt Fletcher quasi aus seinem Stuhl, um sie zu öffnen. Er ist so versessen darauf, dass mir fast schlecht wird. Man schiebt Alice in einem Rollstuhl in den Raum. Ihr rechter Oberarm und ihr Unterschenkel sind eingegipst.

»Sie haben fünf Minuten, also nutzen Sie sie«, verkündet Fletcher. »Ihnen ist klar, dass alles, was Sie sagen, als Beweismittel zulässig ist?«

»Anders würde es mir auch gar nicht gefallen«, antworte ich.

Fletcher dreht sich zu Alice.

»Alice?«, sage ich.

»Ja«, gibt sie leise zurück und schielt schmunzelnd auf mein Gipsbein, das wie verrückt juckt. »Sieht aus, als hätten sie dich schon in der ersten Runde k. o. gehauen, was, John?«

Ich werfe Fletch einen finsteren Blick zu.

»Was haben sie mit dir gemacht?«, frage ich sie.

»Ehrlich gesagt habe ich während unserer Wildwest-Show bei HR ordentlich was einstecken müssen. Ich hätte in einer Woche den Gips abbekommen, als mich das FBI heute Morgen dank dir aufgespürt hat …«

»Es tut mir leid, ich …«

»Spar dir das, John. Jetzt bin ich hier. Du hast doch, was du wolltest. Und wie er schon sagte: Du hast fünf Minuten.«

Sie funkelt Fletch böse an.

»Ziemlich schlechter Tausch, wenn Sie mich fragen«, sagt sie.

»Können wir eine Minute für uns haben?«, frage ich ihn.

»Sicher«, antwortet er und freut sich dabei hämisch wie ein Schulhofschläger.

Sie wird an den Tisch geschoben, sodass sie mir gegenübersitzt, dann kettet man sie mit Handschellen an den Stuhl und den Stuhl wiederum an den Tisch. Ein »Tiere füttern verboten«-Schild ist das Einzige, was fehlt. Fletch und seine Kollegen verlassen den Raum, aber ich kann sie sehen, wie sie durch das mit Stahl verstärkte Fenster der Tür spähen.

Alice und ich blicken einander lange an und lassen die Präsenz des anderen auf uns wirken. Sie entspannt sich ein wenig und schafft es sogar zu lächeln.

»Wie geht es dir?«, frage ich.

Sie guckt auf ihr Bein und ihren Arm.

»Blendend. Und dir?«

»Ging mir nie besser.«

Wir lachen kurz.

»Es tut mir leid, Alice.«

»Nein, tut es nicht.«

»Ich weiß, du glaubst mir nicht.«

»Wieso sollte ich auch?«

»Weil ich dich wirklich liebe.«

»Würdest du mich lieben, wäre ich nicht hier, John.«

»Du weißt, dass genau das Gegenteil stimmt. Und du weißt, dass du mich auch noch liebst«, sage ich.

»Vielleicht. Aber genau wie bei einer chronischen Vireninfektion oder einem erbärmlichen Präsidenten habe ich gelernt, damit zu leben«, entgegnet sie.

»Sei nicht so verbittert. Wir wissen beide, dass es so das Beste ist.«

»Für wen?«

»Für uns.«

»John, deswegen hast du mich hergebracht? Um dich bei mir dafür zu entschuldigen, dass du mich hergebracht hast?«

»Ich musste dich sehen. Nach heute …«

»Sei still. Das alles ist schon armselig genug«, sagt sie.

»Ist das alles, was du zu sagen hast?«, frage ich.

Sie sieht für einen Augenblick zur Seite und versucht, ihre Tränen zurückzuhalten.

»Weißt du, John, du warst nicht der Einzige, der einen Deal ausgehandelt hat.«

»Was soll das heißen? Ich hab keinen Deal ausgehandelt.«

Ich blicke in Richtung Fletch. Er tut so, als würde er interessiert in seinen Akten lesen, aber ich weiß, er lauscht jedem Wort, das wir sagen.

»Also hab ich mir gedacht, da du mich verpfiffen hast, um deinen Arsch zu retten, nutze ich alles, was mir noch geblieben ist, um mir die Todeszelle zu ersparen.«

Fletcher betritt wieder den Raum.

»Ich habe dich nicht verpfiffen, um meinen Arsch zu retten.«

»Das reicht«, unterbricht er uns. »Die fünf Minuten sind um.«

»Was für eine Abmachung haben Sie mit Alice getroffen, Fletcher?«

»Ich sagte, das reicht.«

»Ich habe ihm gesagt, ich würde ihm den Namen der Person verraten, die HR wirklich leitet«, erklärte Alice trotzig. »Um endlich nicht mehr mit einer Zielscheibe auf dem Rücken herumzulaufen.«

Ich mustere Fletch prüfend, ob das der Wahrheit entspricht. Er gibt seinen Jungs das Zeichen, Alice wieder aus dem Raum zu schieben.

»Im Tausch wogegen?«

»Einer von uns muss sterben, John. Das ist dir doch klar? Sie können uns nicht einfach beide lebend davonkommen lassen, nach allem, was wir angestellt haben.«

»Alice, wenn du es ihm verrätst, sterben wir *beide*.«

»Du gibst wohl nie auf, oder, John? Vielleicht erzähle ich es ihm ja gleich jetzt, hier vor deiner Nase, damit unser kleines Treffen unvergesslich wird«, sagt Alice.

»Schafft sie hier raus«, befiehlt Fletcher und nähert sich meinem Ende des Tisches.

»Wollen Sie die Wahrheit denn nicht hören, Fletch?«, fragt sie ihn.

»Halt verdammt noch mal die Klappe, Alice«, rufe ich. »Er ist ein Lügner. Genau so hat er es doch die ganze Zeit geplant.«

Sie dreht sich zu Fletcher. Er legt seine Hand auf die Rückseite meines Stuhls.

»Hören Sie nicht auf ihn, Alice«, bedrängt er sie. »Und sagen Sie kein Wort mehr.«

»Wieso denn nicht, Fletch?«

»Alice, Sie bewegen sich auf ganz dünnem Eis«, warnt Fletcher sie.

»Ich weiß, wieso Sie nicht wollen, dass ich es verrate, Fletch«, beginnt sie und grinst ihn an, »denn *Sie* sind die Person, die HR leitet … Und Sie sind es schon immer gewesen.«

54

Assistant Director Fletcher starrt sie lange an. Dann sieht er mich an. Ich kann nicht genau sagen, ob er wütend oder schockiert ist oder gleich einen Herzinfarkt erleidet. Schließlich fängt er an zu grinsen, wobei seine Mundwinkel leicht zittern.

»Ich werde Sie in den Akten als feindliche Kämpfer einstufen. Sie werden beide gegrillt. Aber erst, nachdem wir Ihre Köpfe so lange unter Wasser getaucht haben, bis wir alle Informationen bekommen, die wir wollen. Und dieses Gespräch ist hiermit beendet.«

»Dann werden Sie mit uns zusammen gegrillt, Fletch«, sage ich.

Und kette sein Handgelenk mit der Handschelle fest, aus der ich eben geschlüpft bin.

»Was zum Teufel?«, ruft er und greift nach seiner Pistole, die ich inzwischen aber in der Hand halte.

Ich verpasse ihm einen Schlag auf den Kopf und er sinkt in seinen Stuhl. Zwei Agenten ziehen ihre Waffen, aber bevor sie überhaupt nachdenken können, ob sie abdrücken sollen, schieße ich beiden in den Fuß. Sie sacken zusammen und schreien vor Schmerz auf, während ihre Waffen auf den Boden knallen. Dann halte ich Fletcher den Lauf seiner eigenen Pistole an die Stirn.

»Seht zu, dass ihr eure Ärsche hier rausschafft«, befehle ich den verwundeten Agenten, »sonst mache ich ihn kalt. Und sperrt die Tür hinter euch zu. Keiner kommt rein!«

Sie gehorchen und jammern dabei wie zwei erbärmliche Waschlappen.

»Wie bist du denn aus den Handschellen gekommen?«, fragt Alice.

»Du wärst überrascht, wie viele amüsante und nützliche Dinge man von einem Gefängniswärter so kaufen kann. Die Typen sind wandelnde Supermärkte.«

Fletcher greift nach der Waffe. Ich stoße ihm meinen Ellbogen ins Gesicht und breche ihm die Nase. Blut strömt über seine Brust. Vor der Tür versammeln sich inzwischen Sturmtruppler. Zweifellos riegeln sie jetzt das ganze Gebäude ab. Ich rücke meinen Stuhl zu Alice hinüber und richte die Waffe auf ihr Gesicht.

»Dann ist das das Ende?«, fragt sie.

»Das ist es definitiv«, antworte ich.

»Du hast also vor, mit wehenden Fahnen unterzugehen, stimmt's?«

»So etwas in der Art.«

»Dein Clint-Eastwood-Komplex nimmt langsam Überhand, John.« Sie schließt die Augen.

»Okay. Bring es zu Ende.«

»Auf drei«, sage ich.

Zusammen zählen wir: »Eins ... zwei ... drei.«

Dann lehne ich mich vor und küsse sie.

Es ist ein inniger und leidenschaftlicher Kuss. Die Art Kuss, bei dem allen Anwesenden, falls sie nicht einer der beiden Küssenden sind, die Luft wegbleibt.

Während Fletch uns schockiert zusieht, nehme ich Alice die Handschellen ab. Sie wirft ihren gesunden Arm um meinen Hals und zieht mich quasi über den Tisch zu sich.

»Ich hoffe, Sie genießen diesen Moment, denn bald sind Sie beide tot. Es gibt keinen Ort, an dem Sie sich verstecken können.«

»Wir brauchen uns auch gar nicht mehr zu verstecken, Fletch. Denn wir haben ein paar ›Du kommst aus dem Gefängnis frei‹-Karten mitgebracht.«

Alice und ich ziehen ruhig an den in unseren Gipsverbänden versteckten dünnen Metallkabeln, durch die sich der Gips in zwei Teile spalten lässt, die man dann bequem abnehmen kann. Im Inneren von

Alice' Verbänden befinden sich Sprengzünder. Sie zieht die Metallschiene aus ihrem Armgips – ein genialer Einfall, damit sie am Metalldetektor des Gefängnisses vorbeikommt – und schraubt die Endstücke auf. Sprengkapseln fallen aus der Schiene heraus. Sie verkabelt sie mit dem Draht, dann bringe ich alles an meine beiden Verbände an, die aus hochexplosiven Materialien bestehen.

»Was zum Teufel ist das?«, fragt Fletch.

»Ziemlich cool, was?«, sagt Alice zu ihm und der Kamera in der Ecke des Raums.

Ich gebe ihm einen kurzen Überblick.

»Fletch, vielleicht notieren Sie sich das lieber. Mein Gips besteht aus äußerst exotischem Sprengstoff auf militärischem Niveau, einer ziemlich unkonventionellen kristallinen Mischung von HMX, auch bekannt als Oktogen, und CL-20, auch bekannt als irgendein Mist, den ich nicht aussprechen kann.«

»Man verwendet es für panzerbrechende Raketensprengköpfe, und wir haben genug davon hier, um das gesamte Gebäude dem Erdboden gleichzumachen … Zusammen mit allem anderen im Radius von vierhundert Metern«, fährt Alice fort.

»Falls Sie denken, dass Sie es damit hier rausschaffen, haben Sie sich gehörig geschnitten«, will uns Fletch einschüchtern.

»Oh, das ist nicht unser einziger Zaubertrick für diese Party, Fletch.«

»Weit gefehlt«, stimmt mir Alice zu. »Das ist immerhin das FBI, oder? Quantico. Da muss man schwere Geschütze auffahren.«

»Tonnenschwere«, ergänze ich.

»Ich durchschaue Ihren Bluff«, sagt er. »Schaltet sie aus!«, ruft er seinen Männern draußen zu.

Als sie losstürmen, klatsche ich zweimal in die Hände, wie der Rentner in diesem alten TV-Werbespot, der seine Stehlampe mit dem *Clapper* einschaltet. Durch eine Explosion in der Nähe – der Lautstärke nach zu urteilen eine recht große – wird der Raum wie von einem Erdbeben kräftig durchgeschüttelt.

»Was haben Sie getan?«, ruft Fletcher sichtlich geschockt von diesem Tritt in die Eier, der ihm gerade die Augen geöffnet hat.

Seine Hand schießt in die Höhe, um seinen Leuten zu signalisieren, uns doch nicht auszuschalten.

»Das war ein alter Lagerraum, in dem das FBI Akten zu illegal abgehörten Telefonaten amerikanischer Bürger aufbewahrt. Auf Nimmerwiedersehen. Bisher wurde also noch niemand in den Agentenhimmel verfrachtet, aber wenn wir unsere Gipsverbände hochgehen lassen – zusammen mit allen anderen Sprengsätzen, die wir platziert haben –, reicht das aus, um Ihr ganzes geliebtes Quantico mitsamt allen frisch rekrutierten Nachwuchsspionen auszulöschen.«

Fletchers Augen suchen hektisch den Raum ab. Er versucht angestrengt, sich etwas einfallen zu lassen, irgendwas.

»Ich weiß nicht, ob er schon überzeugt ist, Alice«, sage ich.

»Ja, Fletch, wie wär's mit einer weiteren Demonstration?«

Ich hebe meine Hände, um zu klatschen.

»Nein!«, ruft er. »Ich glaube Ihnen.«

»Gut«, sage ich. »Schön, dass wir endlich an einem Strang ziehen.«

»Aber ich muss den diensthabenden Kommandanten warnen. Ansonsten schicken sie die Kavallerie hierher. Wenn sie das nicht bereits getan haben.«

»Darum haben wir uns schon gekümmert«, sage ich.

»Wir arbeiten sehr gründlich«, ergänzt Alice.

»Hey, Sue!«, rufe ich.

Sue erscheint auf dem Überwachungsmonitor, der in der Ecke des Raums hängt. Er winkt in die Kamera wie ein aufgeregter Studiogast bei *Good Morning America* und hält eine Maschinenpistole in der Hand.

»Hey, Leute!«, sagt er. »Guckt mal. Ich hab ein paar Freunde mitgebracht.«

Die gesamte Rekrutenriege von HR Inc. kommt hinter ihm zum Vorschein, ebenfalls mit MPX-Kanonen in der Hand und ebenfalls dämlich winkend.

Fletcher blickt ungläubig auf den Monitor. Das gesamte Lobby-Personal liegt gefesselt und geknebelt auf dem Fußboden.

»Das ist Ihre Lobby«, erklärt Alice, »und dort an die große Topfpalme gefesselt sitzt Ihr diensthabender Kommandant.«

»Und das sind unsere berühmten HR-Rekruten«, verkünde ich stolz. »Während Ihre Männer und die Cops versucht haben, nicht von mir niedergeschossen zu werden, und heulend zu ihren Mamas gerannt sind, als das HR-Gebäude in die Luft flog, sind alle entkommen, einschließlich unserer neuen Freunde aus der Bronx.«

»Schatz, du bist mein Held«, sagt Alice. »Du bist zurückgeblieben und hast für uns alle den Kopf hingehalten.«

»Du bist es wert, Liebling«, erwidere ich.

»Sie wollten also geschnappt werden«, realisiert Fletcher.

»Selbstverständlich«, sage ich. »Aber ich dachte mir, wenn ich mich stelle, würden Sie womöglich Verdacht schöpfen. Und während Sie und Ihre Kumpane über mein Schicksal beratschlagten, arbeiteten Alice und Sue daran, Ihres zu besiegeln. Sue, zeig Fletch, was sich hinter Tür Nummer zwei befindet.«

Der Überwachungsmonitor wechselt zu einer Liveübertragung aus der Sicherheitszentrale von Quantico. Die gesamte Belegschaft ist gefesselt und geknebelt. Neben ihnen befindet sich ein Sprengsatz. Fletch kann nicht fassen, was er da sieht.

»Ganz recht, Fletch«, sage ich und lese seine Gedanken, »auch darum haben wir uns gekümmert.«

»Wie konnten Sie sich denn dort Zutritt verschaffen?«, fragt Fletcher vollkommen fassungslos.

»Zutrittverschaffen ist unsere Spezialität, Baby.«

»Und woher kommen die Gipsverbände mit den Sprengsätzen?«

»Wie schon gesagt: Dinge in und aus dem Gefängnis zu schmuggeln ist kein Problem. Das ganze Arsenal war sogar schon vor mir hier. Ich musste bloß eine Schlägerei anzetteln, damit ich auf die Krankenstation komme, wo mein Unterweltdoktor, der sich mit einem Photoshop-Ausweis und einem Lächeln reingeschmuggelt hat, mir meinen Spezialgips anlegte … Das war so leicht, dass es mir fast peinlich ist.«

»Diesem Gebäude ist ein Trupp Marines zugeteilt«, beginnt Fletcher. »Ich muss sie informieren …«

»Das haben wir auch schon erledigt«, sagt Alice. »Zeig es ihm, Sue.«

Der Überwachungsmonitor wechselt zur Kaserne des Marine-Trupps. Die Gangstercrew vom Sturm auf HR hatte alle Soldaten gefesselt, mit dem Gesicht nach unten auf den Boden gelegt und hielt ihnen Pistolen an den Kopf. Währenddessen reichten sie einen Joint herum und lachten, als sie den Marines Rauch ins Gesicht bliesen.

»Gott, sind die süß«, sagt Alice.

»Komm ja nicht auf dumme Gedanken, Schatz.«

Ich drehe mich zu Fletch und bediene mich an seinen Zigaretten.

»Sieht aus, als hätten Sie sich um alles gekümmert«, sagt er.

»Fletch, tun Sie nicht so überrascht. Immerhin waren *Sie* es doch, der uns erschaffen hat. Das ist *Ihr* Monster.«

»Ich habe keine Ahnung, wovon Sie da reden.« Er lacht.

»Überspringen wir die Nummer mit dem Leugnen doch, ja? Ihre jahrzehntelange Rolle als geheimer Kopf von HR haben wir in der Beweisakte, die wir dem FBI-Direktor und Ihren Kollegen hier in Quantico zukommen ließen, sehr detailliert dokumentiert. Nachdem Mr. Zhen so nett war, Ihre Identität preiszugeben, haben wir seine Behauptung sehr sorgfältig überprüft. Ich muss zugeben, wir waren echt beeindruckt, als wir sowohl die Finanzunterlagen als auch die – jetzt kommt's – CIA-Akten durchgesehen haben. Denn wie sich herausstellte, hatten die Sie schon seit geraumer Zeit im Auge.«

»Wir haben es sogar geschafft, das Geld zurückzuverfolgen, das Sie mir für den Zhen-Job überwiesen haben«, erzählt Alice stolz. »Sehen Sie's ein, Fletch. Wir haben genügend Beweise, um Sie zweimal für schuldig zu erklären.«

»Was Sie da erzählen, ist einfach grotesk«, protestiert er kopfschüttelnd.

»Das finde ich auch«, sage ich. »Ein respektierter, hochdekorierter FBI-Agent, noch dazu ein Assistant Director, leitet eine Vermittlungsagentur für Elitekiller, die sich als Praktikanten tarnen? Grotesk.«

Ich verpasse ihm eine Ohrfeige, damit er mit dem Kopfschütteln aufhört.

»Hören Sie, Fletch, diese kleine Schauspieleinlage, die Sie für Ihre Golfkumpel aufführen, ist nicht nur bescheuert, sondern lenkt Sie auch von einer äußerst wichtigen Entscheidung ab, die Sie jetzt treffen müssen.«

»Welche Entscheidung?«, fragt er resigniert.

»Entweder Sie lassen uns gehen oder wir jagen diese Würstchenbude mit allen an Bord in die Luft. Stimmt's, Liebling?«

»Genau so ist es, Liebster«, sagt Alice. »Und hübsch formuliert mit der *Würstchenbude*.«

»Aber nur damit das klar ist: Es geht hier nicht um eine Fluchtstrategie. Wenn wir bloß hätten abhauen wollen, hätten wir uns ja von Anfang an gar nicht erst schnappen lassen.«

»Ich verstehe nicht«, sagt er.

»Das werden Sie gleich. Sehen Sie, diese Party hier geben wir *Ihnen* zu Ehren. Und wir wollen, dass alle bestens über unseren Ehrengast Bescheid wissen.«

»Stellen Sie es sich wie einen Roast vor, eine dieser witzigen Hohn-und-Spott-Sendungen, nur mit Waffen«, schlägt Alice vor.

»Jahrelang haben Sie junge Menschen wie uns ausgebeutet und unser Leben gegen Profit eingetauscht. Jahrelang haben Sie die Regierungsbehörde verraten, die Ihnen jeden Monat einen Gehaltsscheck schickt. Jahrelang waren Sie Assistant Director Fletcher. Aber heute sind Sie der Mann, der Human Resources Inc. gegründet hat. Und so wird man Sie von nun an in Erinnerung behalten.«

»Darum sind wir hier«, resümiert Alice. »Der Tag des Jüngsten Gerichts.«

Fletcher ist leichenblass. Die Sturmtruppler stehen regungslos und stumm vor der Tür und sind zweifellos völlig vor den Kopf gestoßen von dem, was sie eben gehört haben. Ein Teil von mir ist überrascht, dass sie so überrascht sind. Typen wie Fletcher ficken den amerikanischen Traum schon in den Arsch, seit Thomas Jefferson sich das erste Mal an seiner Haussklavin vergriffen hat. In vielerlei Hinsicht *ist* die Ausbeutung der Armen durch die reiche, mächtige Elite der amerikanische Traum.

»Ich liebe dich, John Lago«, sagt Alice.

»Ich liebe dich auch, Alice … wie auch immer du weiter heißt.«

Sie küsst mich. Sue unterbricht uns, als seine knisternde Stimme aus dem Lautsprecher des Überwachungsmonitors ertönt.

»Wir können das Fass anzapfen. Alle Partygäste sind jetzt da, Leute.«

Sue schaltet nacheinander auf alle Kameras um und zeigt uns, dass Einsatzkräfte von SWAT und dem Verteidigungsministerium das Gebäude umstellt haben. Im Inneren des Gebäudes haben unsere HR-Truppen alle Ausgänge gesichert und verriegelt und jedes Mitglied des internen Sicherheitsdienstes außer Gefecht gesetzt. Im Grunde haben wir also den größten »Mexican standoff« aller Zeiten fabriziert.

»Die Uhr tickt«, warnt Alice Fletch.

»Tick. Tick. Bumm«, sage ich.

Fletcher beobachtet gespannt den Monitor und sieht mich schließlich wieder an.

»Ich habe nur eine Frage«, sagt er.

»Nur raus damit.«

»Sie sagen, Sie wissen, wer ich bin, aber *wer sind Sie*? Ganz im Ernst?«

Ich beuge mich ganz nah zu ihm vor und lächle.

»Mein Name ist John Lago, Arschloch. Und Sie haben fünf Minuten, also nutzen Sie sie.«

55

Fletch sieht mich mit einem resignierten Blick an.

»Ich gebe Ihnen, was Sie wollen«, sagt er, wobei ihm die Worte fast im Hals stecken bleiben, »aber nur, um diese Behörde zu beschützen.«

»Gut. Ich will eine Boeing 777 inklusive Crew, die für ihre fünfzehntausend Kilometer Reichweite vollgetankt in zwei Stunden auf dem Reagan Airport auf uns wartet. Außerdem will ich, dass uns ein Charterbus in einer Stunde dorthin bringt. Und das ist erst der Anfang.«

»Um so etwas möglich zu machen, muss ich zuerst mit dem Direktor sprechen.«

Er klappert mit seinen Handschellen, um seinen Worten Nachdruck zu verleihen.

»Wir organisieren Ihnen ein Telefon. In der Zwischenzeit brauchen Alice und ich unsere Zivilkleidung zurück.«

Während Fletch seine Anrufe erledigt, bringt man uns unsere Klamotten. Als wir uns umgezogen haben, klingelt das Telefon.

»Fletcher am Apparat«, sagt er, als er abhebt. »Ja, Sir. Ich sage es ihnen.«

Er legt auf und sieht uns entschuldigend an.

»Fletch, das ist nicht das Gesicht eines Mannes, der gleich Ja sagen wird«, warne ich ihn.

»Der Direktor sagt, wir brauchen mehr Zeit, um Ihre Forderungen zu erfüllen.«

Ich drehe mich zu Alice.

»Ich dachte eigentlich, ich hätte mich klar ausgedrückt, findest du nicht auch?«

»Allerdings«, sagt Alice, »glasklar. Vielleicht probieren sie irgendeine neumodische Verhandlungstaktik für Geiselnahmen aus.«

»Der Direktor versteht Ihre Forderungen. Wir brauchen lediglich mehr Zeit.«

»Ich habe Ihnen zwei Stunden gegeben. In dieser Zeit kann sehr viel passieren.«

»John …«

»Fletch, wir verhandeln hier nicht«, sage ich in Anlehnung an eine seiner früheren Mahnungen.

Er greift erneut zum Hörer und spricht mit dem Direktor. Allerdings sieht es genau genommen so aus, als würde nur der Direktor reden. Als Fletcher wieder auflegt, sieht er aus, als hätte man ihn mit einem dicken Telefonbuch erschlagen.

»Er sagte, er würde es versuchen.«

»Er soll sich mal lieber Mühe geben, sonst verliert er Quantico und alle, die sich darin befinden.«

»Ich verstehe«, sagt Fletch.

Dann warten wir. Fünf Minuten vor Ende der Frist klingelt Fletchs Telefon. Er hebt ab.

»Fletcher.«

Er sagt kein Wort, sondern hört nur zu. Dann legt er wieder auf.

»John, es tut mir leid …«

»Nicht so sehr, wie es mir leidtut«, erwidere ich und klatsche erneut in die Hände, dann detoniert eine weitere Sprengladung und schüttelt das Gebäude durch.

»John, lassen Sie das! Ich verstehe ja, dass Sie mich töten wollen, aber hier arbeiten auch Hunderte Unschuldiger. Es fällt mir schwer zu glauben, dass Sie die auch umbringen wollen.«

»Hat Ihnen der Direktor aufgetragen, das zu sagen?«, fragt Alice.

»Keiner von uns beiden denkt …«

Ich klatsche und noch eine Explosion lässt den Verhörraum erzittern. Staub fällt von der Decke.

»Denkt was, Fletch?«, sage ich. »Dass ich so weit gehen würde, all diese *Unschuldigen* zu töten?«

Ich drücke Fletcher den Lauf meiner Waffe ins Gesicht.

»Falls es Ihnen entfallen sein sollte, ich bin ein Killer. Menschen zu töten ist mein Beruf.«

Dann jage ich ihm eine Kugel in den Schädel.

»Sue, spreng alles!«, rufe ich.

»Verstanden!«

Eine ganze Reihe von Explosionen schüttelt den Raum in wildem Rhythmus durch.

»Wir sollten vermutlich gehen«, sagt Alice.

Wir rennen aus dem Verhörraum. Ein paar weitere Explosionen folgen, die sich anfühlen wie ein nie enden wollendes Erdbeben. Als wir hinausrennen, versucht niemand uns aufzuhalten. In dieser flüchtenden Menschenmasse, die im panischen Exodus durch Glastüren stürmt und langsamere Artgenossen einfach niedertrampelt, kämpft jeder für sich selbst. Ich weiß, was ihr jetzt denkt. Würde ich all diese Menschen wirklich umbringen? Natürlich nicht. Die Explosionen stammen von Sprengladungen, die wir in den knapp dreißig unbesetzten Lagerräumen voller Akten im gesamten Gebäude platziert haben. Das Einzige, was wir vernichten, sind also Daten über amerikanische Bürger, die seit J. Edgar Hoovers Tagen illegal zusammengetragen wurden. Ganz gleich, wie das hier ausgeht, ich sterbe wenigstens in dem Wissen, dass ich meiner Bürgerpflicht nachgekommen bin.

Alice und ich treffen uns nahe der Lobby mit Sue und den Rekruten.

»Wie sieht's aus, Sue?«, frage ich.

»Die Cops und SWAT-Teams haben sich zurückgezogen, um ihre Leute in Sicherheit zu bringen. Die Sprengsätze schleudern Trümmerteile hoch und wirbeln so viel Staub auf, dass sie die Luftunterstützung abziehen mussten. Im Moment sind alle völlig blind und warten darauf, dass sich der Staub und das Chaos legen.«

»Perfekt. Genau der richtige Zeitpunkt, um zu verduften.«

Wir sprinten alle gemeinsam durch die Türen der Lobby und das angrenzende Waldgebiet, das die FBI-Akademie zu Trainingszwecken nutzt. Wir rennen drei Kilometer, bis wir einen Rangierbahnhof der Eisenbahnlinie von Quantico erreichen. Auf den Gleisen steht ein großer Güterzug mit laufendem Motor bereit. Unsere Gangstercrew kommt ebenfalls angerannt und schließt sich uns an. Ich erkenne das salopp hingeschmierte Graffiti auf der Seite des Waggons: BULLSHIT-EXPRESS.

Alice und ich lachen.

»Gefällt's euch?«, fragt Sue.

»Damit hast du dich selbst übertroffen, Sue.«

Er öffnet die Güterzugtüren und alle steigen ein: Alice, Sue, die Rekruten, die Gangster und ich. Die Waggons sind nicht gerade modern, aber Sue hat sie mit Sofas, Stühlen, Essen, Getränken und batteriebetriebenen LED-Lampen ausgestattet. Es ist zwar nicht der Orient-Express, aber ein Nonstop-Schnellzug bis nach Manhattan und gleichzeitig die Transportart, die uns das FBI wohl am allerwenigsten zutraut. Ich persönlich würde um nichts in der Welt mit etwas anderem reisen wollen.

Epilog

Während wir mit dem Bullshit-Express zurück nach New York fahren, ziehen sich alle auf die Sofas und Sessel zurück, genehmigen sich einen Drink, rauchen ein wenig Gras und ruhen sich aus. Alice und ich ergreifen die Gelegenheit und klettern nach vorn zur Lok, um zuzusehen, wie die Lichter New Yorks langsam über den dunklen Wassern zu glitzern anfangen.

»Ich glaube, das ist die Stelle, an der wir sagen: Wir haben es geschafft«, überlege ich.

»Und die Stelle, an der wir einander zu unserer Leistung gratulieren und sagen: Gut gemacht«, fügt Alice hinzu.

»Gut. Ich bin froh, dass wir das erledigt haben.«

Wir lachen und ich küsse Alice das erste Mal als freier Mann.

»Ich will dir etwas zeigen«, sagt sie grinsend.

»Ich steh drauf, wenn du schmutzige Sachen sagst«, erwidere ich.

»Doch nicht *das*. Sieh her.«

Sie zieht ihre linke Hand aus ihrer Hosentasche und bringt den Harry-Winston-Ring an ihrem Finger zum Vorschein. Ich kann es nicht glauben.

»Du bist zurückgegangen, um ihn zu holen?«

»Ja«, gesteht sie schüchtern.

»Weshalb? Du hattest mich doch verstoßen.«

»John, ich dachte, du bist tot. Ich weiß, das klingt krank, aber ich musste irgendetwas behalten, das mich an dich erinnert.«

»Das ist nicht krank, das ist süß«, sage ich, während ich ihr den Ring vom Finger ziehe und ihn in die Prärie werfe.

»John! Verdammt, wieso hast du das gemacht?«

»Alice, diesen Ring habe ich mit Bobs Blutgeld unter Vorspiegelung falscher Tatsachen zu einer Zeit gekauft, in der alles, was uns betraf, eine Lüge war. Wir brauchen einen Neuanfang, und ich muss dir einen Ring kaufen, der wirklich etwas bedeutet.«

Sie lächelt und küsst mich.

»Das hast du wunderschön gesagt. Und um ehrlich zu sein, hab ich ihn sowieso nie besonders gemocht.«

»Jetzt geht's los …«

»Nein, im Ernst. Der Ring ist – war – zwar unglaublich schön, aber der Diamant war für meinen Geschmack einfach viel zu groß und auffällig. Ich bin ein Mädchen, das lieber nicht so dick aufträgt.«

»Wirklich? Das wusste ich ja gar nicht.«

»Schatz, es gibt vieles, was du nicht über mich weißt.«

»Dann ist es gut, dass wir Whiskey und eine lange Fahrt vor uns haben.«

Wir küssen uns und ich lächle sie an. Dann dämmert es mir …

»Moment mal«, sage ich. »*Will* ich denn überhaupt mehr über dich wissen?«

»Hast du Angst, ich würde dir etwas erzählen, was dich verstört?«

»Sollte ich denn Angst haben?«

Alice grinst und flüstert mir ins Ohr.

»Ja.«